hi oedd fy ffrind

I'r genod i gyd

bethan gwanas

hi oedd fy ffrind

y Lolfa

Argraffiad cyntaf: 2006
Ail argraffiad: 2014

Dymuna'r Lolfa gydnabod cefnogaeth ariannol Cyngor Llyfrau Cymru

Diolch i Lowri Lewis ac Isabel Rabey, Ysgol Penweddig

Cynllun a llun y clawr: Sion Ilar

Rhif Llyfr Rhyngwladol: 0 86243 922 1

Cyhoeddwyd, argraffwyd a rhwymwyd yng Nghymru gan
Y Lolfa Cyf., Talybont, Ceredigion SY24 5HE
e-bost ylolfa@ylolfa.com
gwefan www.ylolfa.com
ffôn (01970) 832 304
ffacs 832 782

pennod 1

"Be dach chi'n 'neud?" gofynnodd Non mewn llais plentyn. Llais mor boenus o ddiniwed.

Asu, 'doedd hi'n berffaith blydi amlwg be oeddan ni 'di bod yn 'neud! 'Doeddan ni'n dau'n noeth yn fy ngwely i, ein coesau ni 'di clymu'n chwyslyd yn ei gilydd? Doedd ein dillad ni ar hyd y lle, bob man? Doedd fy ngwallt i fel tas wair, a'n llygaid i'n gleisiau mascara? A do'n i'n teimlo fel cropian o dan garreg i rywle?

Roedd Non, fy ffrind gorau i, yn sefyll yn y drws yn sbio arna i'n noethlymun gorn efo Adrian, ei chariad hi, ei hunig gariad hi erioed, ac ro'n i newydd fod yn gneud bob dim dan haul efo fo – pethau oedd wedi gneud iddo fo riddfan mewn pleser, gweiddi a chwerthin, ac roedd o wedi bod yn gneud yr un peth i mi, a'r ddau ohonan ni wedi mwynhau'r cwbl yn uffernol am na ddylen ni fod yn ei wneud o o gwbl yn y lle cynta. Roedd o'n canlyn efo Non, a finna efo John – ei brawd hi, ffor ffycs sêc – felly be uffar oeddan ni'n da yn llyfu'n gilydd fel'na?

Y peth ola ti fod i'w wneud ydi ffwcio cariad dy ffrind gora. Mi ddylai fod rhestr mewn llyfryn ar gyfer pawb sy'n gadael ysgol: paid â gwario pres sydd ddim gen ti; paid â meddwl bod ar fywyd ffafr i chdi; paid â boddi dy ofidiau mewn potel nac unrhyw gemegolion eraill; paid â gwisgo sodlau uchel os nad wyt ti'n gallu cerdded ynddyn nhw; paid â phrynu rhwbath dim ond am ei fod o'n hanner pris (mae 'na reswm pam ei fod o'n hanner pris: 'Pryn rad, pryn eilwaith,' chwedl Mam); paid â gyrru car pan ti'n flin/*depressed*/chwil; paid byth â shafio dy goesau/ceseiliau o flaen dy gymar; paid ag anghofio pen-blwydd dy fam – ac yn bendant, paid â ffwcio cariadon dy ffrindiau.

Non oedd fy ffrind gorau i yn y byd, y ffrind gorau ges i 'rioed. Roedden ni wedi tyfu i fyny efo'n gilydd, wedi rhannu profiadau – rhannu'n gwaed hyd yn oed. Mae craith ei chyllell boced hi'n dal yn llinyn bach arian ar gledr fy llaw. Ond doedd hynny ddim yn golygu rhannu bob dim, ac yn sicr ddim yn golygu rhannu Adrian, y boi roedd hi'n ei addoli, y boi roedd hi wedi gobeithio'i briodi.

Does gen i'm esgus. Wel, heblaw alcohol. Dim ond rhoi'r gyts i ti 'neud rhwbath ti wedi bod isio'i 'neud beth bynnag mae alcohol, yndê? A rhoi esgus handi i guddio y tu ôl iddo fo wedyn.

Ro'n i wedi bod ar sesh drwy'r dydd efo'r genod – Alwenna a finna wedi bod ar rownds o seidar a blac, ac ro'n i wrth y bar yn y Llew Du pan welais i Adrian. Neu pan deimlais i o'n hytrach. Roedd o'n trio stwffio at y bar o mlaen i ac mi 'nes i droi rownd i roi llond pen iddo fo.

"Oi! Be ti'n feddwl ti'n 'neud, y…! Iesu, Adrian! Be ti'n da 'ma?" medda fi, "ti'm i fod yn Tregaron efo criw WAC?"

"Mwy o hwyl i ga'l fa'ma, does?" medda fo.

"Mwy o hwyl ta mwy o ferchaid?" Ro'n i'n nabod hogia WAC yn iawn. Yr holl waith ar fridio gwahanol anifeiliad wedi effeithio ar eu hôrmons nhw.

"Trio awgrymu rhwbath, Miss Davies?" medda fo.

"Fyswn i'm yn meiddio, Mr Pugh," medda fi efo gwên ddiniwed.

"Ti'n cal dy syrfio?" medda fo'n sydyn.

"Fi fydd nesa."

"Ty'd â peint o *bitter* i mi ta," meddai gan ymbalfalu yn ei boced am newid.

"Dim ond un? Ti'm mewn rownd?"

"'Di colli'r hogia ers oes. Dim stamina gen y diawliad."

"Ond mae gen ti?"

"Mi fysat ti'n synnu… " A dwi'n cofio sylwi ar y lliw haul ar ei freichiau, a siâp ei gyhyrau dan ei grys T Adidas tyn. Neis… neis iawn. Ac wedyn mi edrychais i yn ei lygaid o, ac mi roddodd fy stumog naid. Roedd o'n gwbod yn iawn be oedd yn mynd drwy fy meddwl i. Estynnodd bapur punt arall i mi. "Ty'd â dau rym a blac hefyd – os ti'n gêm."

"Gêm i be?"

"Eu hyfed nhw efo fi 'de, be arall?"

Felly mi wnes. A llwyth o rai eraill hefyd. Eu clecio nhw efo fo nes bod fy llygaid i'n dyfrio. Mae'n rhaid 'mod i'n gwybod yn iawn be fyddai'n digwydd; mae'n rhaid ei fod ynta hefyd, ond duwcs, roedden ni'n ifanc doedden, a doedd o ddim fel tasa neb wedi priodi nag oedd? Dyna fyddai Mam wastad yn ei ddeud wrtha i: os nad ydi dyn wedi priodi mae gen ti berffaith hawl mynd ar ei ôl o. Ond mae cariad dy ffrind gora yn fater arall tydi. Yn enwedig ffrind fel Non. Oeddan, roeddan ni wedi cael ffrae fach ar y ffôn, ac ro'n i wedi rhoi'r ffôn i lawr arni, ond ro'n i wedi anghofio am y peth yn syth. Do'n i'm hyd yn oed yn cofio pam roedden ni wedi ffraeo yn y lle cynta. Do'n i'n sicr ddim yn trio talu'n ôl iddi na dim byd felly. A bod yn onest, does gen i'm syniad be ro'n i'n drio'i 'neud.

Ond mi ddigwyddodd, a dyna fo. Dwi ddim yn gallu pwyso botwm *delete* ar fy ngorffennol. Mi fedra i anghofio, ond mae'r ffaith iddo ddigwydd yn dal yna – am byth – yn sownd ynof fi fel rhyw gacimwnci.

Dwi'm yn cofio cerdded yn ôl i fyny Allt Penglais efo fo – mae'n siŵr ein bod ni'n dau'n baglu a disgyn ar hyd y lle. Ond dwi'n cofio cerdded i mewn i'r llofft. Cofio pa mor falch o'n i nad oedd Alwenna yno, y ferch o Ben Llŷn ro'n i'n rhannu'r stafell efo hi. Cofio gwenu'n ddrwg ar Adrian, ac yntau'n gwenu'n ôl. Ac yna dechrau cusanu'n gilydd, snogio fel pethau gwirion, llyfu a bwyta'n gilydd, tynnu'n dillad a baglu ar y gwely a thynnu mwy o ddillad. Wnes i'm meddwl unwaith am Non, achos ro'n i wedi troi'n anifail oedd jest isio'r dyn 'ma y tu mewn i mi. Doedd 'na'm sôn am gondom. Dwi'n amau a ofynnodd o o'n i ar y pil hefyd. Fy nabod i'n ddigon da i gymryd y peth yn ganiataol, mae'n siŵr. Neu jest yn ormod o anifail ar y pryd i feddwl am bethau cyfrifol fel'na.

Mae'n rhaid ein bod ni wedi syrthio i gysgu wedyn, a dyna pryd gerddodd Non i mewn a rhoi'r golau mlaen. Non, o bawb. Be ffwc oedd hi'n da yma? Roedd hi wedi methu ei lefel A – doedd hi'm wedi gallu dod i'r coleg efo fi. Ac adre roedd hi i fod!

Dwi'm yn cofio be ddeudis i, os deudis i unrhyw beth o gwbl, ond dwi'n cofio'n iawn be ddeudodd hi – ar ôl i'w brên bach ara hi weithio allan be oeddan ni 'di bod yn 'neud a pam oedd ei chariad hi'n noeth yn fy ngwely i. Mi ddeudodd, mewn llais pathetic o grynedig, ei bod hi wedi dod draw am ein bod ni'n ffrindia, ei bod hi wedi dod i ddeud sori wrtha i, i ymddiheuro am ffraeo efo fi, yn ffrindia er gwaetha pawb a phopeth, yn fêts, yn *blood sisters*. Wel… os o'n i'n teimlo fatha cachu cynt… A rŵan roedd hi jest yn sefyll yno, y dagrau'n llifo i lawr ei hwyneb hi, ac ro'n i isio rhedeg ati a chydio ynddi. Ro'n i isio deud 'sori', ond allwn i ddim. Doedd 'na'm pwynt. Mi ddeudodd hi rhwbath wrth Adrian – dwi'm yn cofio be'n union, ond rhwbath gaeodd ei geg o – yna rhoi edrychiad i mi nad anghofia i byth, edrychiad oedd yn deud mai dan garreg oedd fy lle i, 'mod i'n faw isa'r domen a dim ond i mi gymryd cam tuag ati, mi fyddai'n fy ngwasgu'n slwtsh dan ei sawdl. Felly 'nes i'm symud. Wir yr, doedd gen i ddim llai na'i hofn hi. Wedyn mi drodd efo'r cefn sytha welais i erioed, camu drwy'r drws a'i gau ar ei hôl. Nid efo clec, ond clic bach taclus, swta. Clic oedd yn atseinio yn fy nghlustiau i am oes.

Allwn i ddim sbio ar Adrian wedyn, ac allai o ddim sbio arna i chwaith. Roedd meddwl amdano'n dal yn noeth yn fy ngwely i'n troi arna i. Mi ddechreuais godi 'nillad oddi ar y llawr.

"Sa'm yn well i chdi fynd ar ei hôl hi?" gofynnais.

"Glywist ti ddim be deudodd hi? 'Di hi byth isio 'ngweld i eto."

"Ia, wel, mi fysa hi'n deud hynna rŵan yn bysa. Cer, rheda ar ei hôl hi, 'wyrach neith hi fadda i chdi." A thaflais ei drôns ar y gwely mewn anogaeth.

"Dwi'm yn meddwl rywsut," meddai gan anwybyddu'i drôns a gorwedd yn ôl ar fy ngobennydd. "Madda i chdi, ella. Ond fi? Byth."

"Dyna brofi bod gen ti lot i'w ddysgu am ferched, Adrian."

"Be ti'n feddwl?"

Sefais o'i flaen a sbio arno. "Gwranda. Mae merched wastad yn rhoi'r bai ar y ferch arall – bob tro. Fi fydd yn cael y bai am hyn, fi ydi'r un neith hi byth faddau iddi. Dim ond i ti chwarae dy gardiau'n iawn, mi neith hi dy groesawu di'n ôl efo'i breichia'n agored led y pen."

"Ti'n meddwl?"

"Garantîd i ti. Os wyt ti isio hi'n ôl, yndê."

"Ia… "

"Ti'm yn edrych yn siŵr iawn."

"Wel… "

"Be? 'Di o uffar o bwys gen ti os dach chi'n aros efo'ch gilydd neu beidio?"

"Ddeudis i mo hynny, naddo."

"Be ti'n ddeud ta?"

"Dwn i'm. Mae hi'n hen hogan iawn, ond oedd petha 'di mynd yn… dwn i'm… stêl ers tro. Mi fysan ni 'di gorffen yn hwyr neu'n hwyrach."

Roedd o'n edrych mor ddi-hid, a'i lais o mor wastad, fel tasa 'na'm byd wedi digwydd. Ro'n i isio'i grogi o.

"O, dwi'n gweld. Oeddat ti'n mynd i orffen efo hi beth bynnag, oeddat?" Roedd fy llais i'n codi ac yn dechrau troi'n wichlyd. Roedd fy ngwaed i'n berwi. "Doedd gen ti'm byd i'w golli felly, nag oedd, a dwi 'di colli'r ffrind gora oedd gen i erioed!"

"Paid ti â meio i, mêt! Oeddat ti'n gwbod yn iawn be oeddat ti'n 'neud!"

"Nag'on tad! Y blydi rym a blacs 'na 'nath hyn!"

"Ia, ia… "

"'Swn i byth 'di gneud taswn i'n sobor nafaswn! A ti ddechreuodd beth bynnag!"

"Y? Ty'd 'laen, Nia!" meddai gan chwerthin a chodi ar ei eistedd. "Ti 'di bod yn rhoi'r cym on i mi ers misoedd!"

Be? Allwn i ddim credu 'nghlustiau.

"Fi? Yn rhoi'r cym on i chdi?! *In your dreams, pal!*"

"O? Felly breuddwydio o'n i yn y lorri 'na yn y Steddfod, ia? 'Nes i'm dal dy lygaid di pan oeddat ti'n rhoi'r sioe 'na mlaen i mi, naddo?"

"Pa sioe?" Ond ro'n i'n dechrau cochi. Ro'n i'n dechra cofio…

"Ella mai John oedd ynot ti, ond perfformio i mi oeddat ti, yndê?"

"Paid â malu cachu! O'n i'n meddwl bo chdi a Non yn cysgu!"

"Pwy ddiawl alla gysgu a chditha'n nadu fel'na? Doedd Non druan ddim yn gwbod lle i roid ei hun, ac oeddat ti'n gwbod yn iawn 'mod i'n effro. Welist ti fi'n sbio, a 'nest ti wenu a sbio i fyw fy llygaid i a gneud yn siŵr 'mod i'n cael gweld bob blydi modfedd ohonot ti'n do? Ges i uffar o berfformiad gen ti!"

"Breuddwydio oeddat ti! 'Nes i'm ffasiwn beth!" Roedd fy ngheg i'n boer i gyd, ac ro'n i wedi gwylltio gymaint ro'n i isio crio. Ro'n i wedi llwyddo i anghofio am y noson honno, felly pam na allai o?

"Gwada di hynny lici di, Nia, ond dan ni'n dau'n gwbod y gwir, tydan? Oeddat ti'n cael *thrill* go iawn allan o'r peth, doeddat?"

"Ddim gymaint â chdi, mae'n amlwg!" Damia. Brathais fy nhafod. Gwenodd yntau'n oer a dechrau codi o'r gwely. Diolch byth bod ei drôns wrth ei benelin. Do'n i ddim am ei weld yn noeth eto.

"Ella ddim. Do, 'nest ti 'nhroi i mlaen, rhaid i mi gyfadda." Oedd rhaid iddo godi ar ei draed i dynnu'i drôns amdano? Roedd o'n hogyn mor nobl, damia fo – ac yn gwybod yn iawn 'mod i methu peidio sbio. "Ond oedd y ffaith 'mod i'n sbio yn dy droi ditha mlaen doedd?" Oedd. Oedd, yn uffernol. A John druan ddim callach. Na Non.

"Ond ti wastad wedi licio cynulleidfa, dwyt Nia?" meddai Adrian wedyn, yn araf a phwyllog. Penderfynais beidio â'i ateb. Roedd y diawl yn cymryd ei amser i dynnu'i drôns i fyny, ac yn sbio ar fy wyneb i drwy'r cyfan. "Doedd sylw John ddim yn ddigon i ti, nag oedd? Ti isio i bawb dy ffansïo di a neb arall, dwyt?"

"Paid â malu…"

"Dyna pam ti wastad wedi bod yn fflyrtio efo fi, yndê. Methu diodde'r ffaith 'mod i'n talu mwy o sylw i Non nag i chdi," meddai, gan estyn am ei jîns, wedi iddo wisgo'i drôns o'r diwedd. "Wel, oedd hi'n hen bryd i chdi ddysgu dy fod ti'n gorfod talu am gael eisin ar dy gacen."

"Jest cer o'ma, 'nei di?" Ro'n i ar bigau drain, isio'i hitio fo, isio chwydu, isio iddo fo jest fynd o 'ngolwg i.

"Paid ti â phoeni, dwi'n mynd," meddai gan gau'i falog. "Ond dwi angen 'y nghrys." Damia. Ro'n i'n gwisgo'i grys T afiach, pyg, drewllyd o. Ac ro'n i'n noeth oddi tano. Sefais yno mewn penbleth. "Wel?" meddai o wedyn. Mi allwn i droi 'nghefn arno i'w dynnu, ond i be? Mi fyddwn i'n dal yn noeth. Mi fyddai'n rhaid i mi groesi'r stafell at y sinc i nôl tywel. Bygro fo. Tynnais y crys dros fy mhen a'i daflu ato, a wnes

11

i'm trafferthu trio cydio mewn tywel na dim, dim ond sefyll yno'n sbio arno fo'n sbio arna i.

"Rhyfedd fel 'di petha ddim yn edrych cweit 'run fath wedyn, tydi?" meddai, yna tynnu'r crys dros ei ben. Bastad. Cerddais yn syth at y sinc a lapio 'nhywel amdana i'n dynn. Gwenodd.

"Gad i mi ofyn un peth," meddai gan eistedd ar fy ngwely i eto i wisgo'i sanau. "Os mai Non ydi – oedd – dy ffrind gora di erioed, pam na fysat ti wedi rhedeg ar ei hôl hi a gofyn am faddeuant, y?"

"Dwi 'di deud wrthat ti unwaith! Neith hi byth fadda i mi! Yr hogan sy wastad yn cael y bai!"

Gafaelodd yn ei sgidiau a chyrlio'i wefus. "Ia? 'Sgwn i pam?"

Os o'n i wedi gwylltio cynt, ro'n i isio'i ladd o rŵan. Claddais fy ngwinedd yn ddwfn i gledrau fy nwylo, a sgrechian.

"Cer o 'ma!"

Ac mi aeth, a'i sgidiau yn ei ddwylo. Ond wedi agor y drws, mi drodd i edrych arna i eto a deud:

"Mi ddaw Non o hyd i ddyn dipyn gwell na fi, ond mi ddaw o hyd i ffrindiau llawer, llawer iawn gwell na chdi, Nia." Ac yna mi gaeodd y drws yn glep yn fy wyneb.

Wedi sefyll yno'n fud am rai munudau, agorais y ffenest i sbio dros oleuadau Aberystwyth a Bae Ceredigion yn y tywyllwch; gan fod 'na wal gyferbyn â'r ffenest, ro'n i'n gorfod hongian drwyddi er mwyn gweld unrhyw beth, ac yna mi wnes i gynnau un o'r ddwy ffag oedd wedi eu gwasgu'n fflat ym mhoced fy jîns ar y llawr. Ro'n i'n crynu, ond do'n i ddim yn crio. Ro'n i wedi gwylltio gormod i grio. Ro'n i'n ei gasáu o efo pob gewyn, pob diferyn, pob blydi atom ohona i. Ond ro'n i'n casáu fy hun yn fwy.

pennod 2

MI GES I FATH hir, hir wedyn, er ei bod hi'n oriau mân y bore. Ia, dwi'n gwbod y byddai pob myfyriwr seicoleg yn darllen cyfrolau i mewn i hynna – mai ymgais i lanhau fy hun oddi mewn ac allan, gorff ac enaid oedd o – ond ylwch, ro'n i'n teimlo'n fudur am 'mod i'n fudur, iawn? Mae sens yn deud eich bod chi'n drewi o gwrw a mwg ffags ar ôl ôl-deiar, ac yn enwedig wedi i chi gael rhyw a rhannu gwely efo corff arall hyd yn oed yn fwy chwyslyd na chi. Do'n i ddim isio mwydo yn y dillad gwely yna ar ôl iddo FO fod ynddyn nhw. A phun bynnag, mi fydda i'n mwynhau gorweddian mewn bath. Ella bod stafelloedd Pantycelyn yn afiach o boeth, ond o leia roedd 'na ddigon o ddŵr poeth i gael bath go iawn, bath i fyny at yr ên. Ychydig fodfeddi fyddwn i'n eu cael ar y mwya adre oherwydd yr *immersion heater* pathetig 'na. Mi fydden ni'n gorfod aros blwyddyn neu ddwy eto cyn cael gwres canolog yn Nhynclawdd.

Tynclawdd. Mam a Dad. O na, mi fyddwn i'n gorfod egluro wrthyn nhw be oedd wedi digwydd, pam 'mod i a Non wedi ffraeo – a John... ro'n i'n cymryd yn ganiataol y byddai hi'n deud bob dim wrth John y cyfle cynta gâi hi. Roedd o'n frawd iddi wedi'r cwbl, a fyddai hwnnw ddim isio 'ngweld i eto, chwaith. *'Nice one*, Nia,' meddyliais, 'colli dy gariad a dy ffrind gora 'run pryd. Clyfar iawn. Ffycin briliant.' Suddais fy mhen o dan y dŵr ac aros yno am amser hir.

Ro'n i'n gwybod na fyddai fy nghymdogion yn hapus 'mod i'n defnyddio'r sychwr gwallt am ddau y bore, ond tyff, do'n i'm yn mynd i gysgu a 'mhen i'n wlyb nag'on? Mi fyddai 'ngwallt i fel tas yn y bore wedyn, ac yn amhosib tynnu crib drwyddo. Wrth sychu 'ngwallt, edrychais ar y lluniau ro'n i wedi eu blu-takio ar y wal uwchben fy nesg. Non a fi'n rhowlio chwerthin mewn cwch rhwyfo yng Nglan-llyn; Non a fi ar ei sesh pen-blwydd hi'n ddeunaw, yn codi'n gwydrau o Blue Moon i'r camera, ei gwallt hi'n gyrls *shaggy dog perm* erchyll, a'i llygaid yn rhowlio yn ei phen, finna wedi gwneud fy ngheg Brigitte Bardot arferol; John yn gwenu'n ddel ar ei dractor ddechrau'r haf; John yn sefyll yn erbyn drws ei Gapri du a'i freichiau brown tywyll wedi'u plethu'n ddiamynedd, yn sbio'n flin i mewn i'r camera. Roedd o'n casáu cael tynnu'i lun, ond ro'n i'n meddwl ei fod o'n edrych yn uffernol o secsi yn y llun yna. *Mean and moody*, fel Clint Eastwood. Mi fyddai o'n blydi *mean and moody* rŵan, garantîd. Ystyriais dynnu'r lluniau i lawr a'u taflu i'r bin, ond penderfynu peidio yn y diwedd. Ar y pryd, ro'n i'n dal yn hanner gobeithio y byddai John yn maddau i mi. Roedd o hefyd wedi gwneud digon o bethau gwirion yn ei gwrw, ac yn fwy tebygol o ddallt. Ro'n i'n dal i led obeithio y byddai Non yn maddau ymhen ychydig wythnosau hefyd. Breuddwyd ffŵl.

Tynnais y dillad gwely a'u taflu ar y llawr. Fyddwn i ddim yn cael rhai glân gan Mr Jones, y dyn dillad gwely, tan fore Llun, ond roedd yn well gen i gysgu ar y fatres na gadael i 'nghroen gyffwrdd â lle roedd O 'di bod yn gorwedd. Tynnais grys T dros fy mhen, cyn sylweddoli mai'r un Pink Floyd ges i gan John oedd o. Brathais fy ngwefus, yna dringo dan y cwilt, waldio'r gobennydd, diffodd y golau bach a chau fy llygaid yn dynn, dynn.

Mi ges fy neffro gan sŵn Alwenna'n waldio'r drws yn agored, yna'n taflu ei hun ar ei gwely gan riddfan yn ddramatig, cyn dechrau paldaruo.

"O god! dwi'n marw. Am noson briliant! Asu, ges i laff. Y noson ora eto, ond argol, dwi'n sâl. Newydd chwydu'n gyts allan, ac mae 'mhen i'n troi. Dwi'n meddwl 'mod i'n dal yn pisd 'sti, a dim ond dydd Iau ydi hi. Wsnos y glas 'ma'n para am byth, dydi? Mae heno a fory i fynd eto. Lle diflannaist ti ta? 'Di bachu eto, do? Asu, ti'n uffernol, Nia!"

"Sbia adre," meddwn yn llesg, gan geisio osgoi ateb. "Lle gysgist ti neithiwr?"

"Gredi di byth!"

"Tria fi."

"Efo Huw!"

"Pa Huw?" Roedd 'na o leia hanner dwsin ohonyn nhw ym Mhantycelyn.

"Wel, Huw ap Dafydd, siŵr!"

"Pa un 'di hwnnw?"

"Yr un gorjys! Dod o Lanbed. Gneud y gyfraith yn yr ail flwyddyn! Dwi 'di bwyntio fo allan i chdi o leia ddwywaith!"

"O, hwnnw."

Pawb â'i dâst, meddyliais. Fyddwn i byth wedi disgrifio Huw ap Dafydd fel rhywun 'gorjys' fy hun. Roedd o'n edrych tua deugain ac yn gwisgo dillad dyn canol oed hefyd. Tydan ni'n lwcus nad ydan ni i gyd yn gwirioni 'run fath. Wedyn cofiais 'mod i newydd fod yn boncio'r boi roedd fy ffrind gorau wedi gwirioni efo fo, ac ochneidiais yn uchel.

"Be sy'n bod?" gofynnodd Alwenna. "Ti'n sâl?"

"Fel ci. Ddois i adre'n gynnar neithiwr, gweld y bliws." Do'n i ddim am ddeud wrthi am Adrian.

"Dwi'm yn synnu. Ti 'di bod reit brysur wsnos yma'n do, y diawl bach drwg!"

Oeddwn. Nid Adrian oedd yr unig ddyn oedd wedi fy arwain ar gyfeiliorn ers cyrraedd y coleg. Ro'n i wedi bod yn anffyddlon i John ddwywaith eisoes: Dewi o Fangor ar ôl noson hurt yng Nghwrt Mawr ar y nos Sul (bonc sydyn a siomedig yn y coed ar y ffordd i lawr i Panty – a gwrthod ei gynnig am fwy), a do'n i ddim yn gallu cofio enw'r boi 'nes i landio efo fo ar y nos Lun. Do'n i'n cofio fawr ddim arall chwaith, dim ond 'mod i wedi deffro yn ei wely o am dri y bore, dychryn am fy enaid, pilio fy hun oddi arno ac ymbalfalu yn y tywyllwch am fy nillad cyn rhedeg drwy gynteddau'r neuadd yn giglan yn uchel wrth drio cofio pa rif oedd fy stafell i.

Mae hyn yn swnio'n ofnadwy rŵan, dwi'n gwbod, ond nid y fi oedd yr unig un oedd yn ymddwyn fel'na. Roedd y bilsen fach *de rigeur* ac roedd rhai'n waeth na fi. Roedd 'na fechgyn oedd yn mynd ati i drio cael hogan wahanol bob nos, ac yn llwyddo. Roedd 'na ferched, oedd wedi cael magwraeth tu hwnt o gul nes cyrraedd y coleg, yn mynd yn hurt bost – merched gweinidogion a phrifathrawon gan amla – ac yn gorfod diodde llysenwau fel 'Magi Slag' a 'Gwenda Groundsheet' am flynyddoedd wedyn. Rhwbath tebyg i fi a 'Nia Dim Nicyrs', ond doedd criw'r coleg yn gwybod dim am yr enw hwnnw, diolch byth. Byddai'r bechgyn yn cael llys-enwau hefyd, ond fyddai'r rheiny ddim hanner mor hyll, wrth gwrs. Roedd 'na elfen o wrhydri yn yr enw 'Shagger' hyd yn oed.

Oedd, roedd rhai'n llwyddo i fynd drwy'r coleg fel lleianod, neu'n gwbl ffyddlon i un person drwy'r cyfan, ond roedden nhw'n brin ar y diawl. Dwi'n dal ddim yn dallt sut roedd y peth yn bosib. Roedd gen i feddwl y byd o John; ro'n i wedi'i addoli ers blynyddoedd, wedi trio bob ffordd dan haul i'w fachu o. Ac wedi llwyddo, ro'n i wir wedi meddwl mai fo fyddwn i'n ei briodi, mai Non fyddai fy morwyn briodas i, neu, gwell fyth, y bydden ni'n cael *double wedding*, fi a John a hi ac Adrian, ac y bydden ni i gyd yn byw'n hapus am byth.

Ha blydi ha. Wedi i mi feddwl mwy am y peth, 'nes i sylweddoli y byddai priodi John yn golygu priodi'i blydi ffarm o hefyd, a doedd hynny ddim yn rhan o'r freuddwyd. Actores o'n i isio bod, actores *glamorous*, lwyddiannus, a dydi'r rheiny ddim yn byw ar ffarm. Felly, nag'on, waeth i mi fod yn onest, do'n i'm wedi pasa aros yn ffyddlon iddo fo yn y coleg. Ond ro'n i wedi gobeithio cadw petha i fynd efo fo fel 'mod i'n gallu bod efo fo bob tro byddwn i adre. Ia, dwi'n gwbod, isio'r gacen a'r hufen a'r *hundreds and thousands* a'r blydi lot. Ond wrth gwrs, y funud gwelais i'r siop fferins o ddynion yn eistedd yn y ffreutur, yn yfed yn y dafarn, yn chwarae rygbi a phêl-droed ym Mlaenddôl ac yn cerdded i fyny ac i lawr Allt Penglais, aeth John yn angof. Mi fyddai rhai'n deud mai diffyg asgwrn cefn oedd hynna, ond dwi'n deud ei fod o'n beth gwbl naturiol i ferch ifanc oedd newydd adael cartref. Roedd 99% ohonon ni wrthi! Wel, 90% ta. Wrth gwrs, tase Non wedi llwyddo'n ddigon da yn ei harholiadau i gyrraedd y coleg, mi fyddai hi wedi sticio efo Adrian drwy ddŵr a thân. Un fel'na oedd hi 'rioed, yn driw a ffyddlon, ond doedd Adrian yn amlwg ddim wedi'i dorri o'r un brethyn. Mi fyddai'r berthynas wedi chwalu beth bynnag, heb fy help i. Neu dyna ro'n i'n ceisio'i ddeud wrtha fi'n hun.

Roedd Alwenna'n amlwg wedi cael blas ar ryddid coleg hefyd.

"Sut un oedd Huw ta?" gofynnais, gan wybod ei bod hi jest â marw isio deud y cwbl wrtha i ers meitin.

"O god Nia, lyfli cofia! Dwi 'rioed wedi cyfarfod neb mor *intelligent*. Mae o isio mynd ar *University Challenge* 'sti, a dwi'n meddwl y bysa fo'n briliant arno fo. Ti'm yn cael hynna'n aml, nagwyt – dyn clyfar sy hefyd yn uffar o bishyn. Dwi'n meddwl 'mod i mewn cariad."

"Ydi o mewn cariad efo ti?"

"O, dwi'm yn meddwl, ond oedd o mor, mor annwyl efo fi. Rêl *gentleman*, yn fonheddig, ti'n gwbod?"

"Ym mha ffordd?"

"Wel… 'nath o banad i mi yn y gwely bore 'ma… "

Ro'n i jest iawn ag yngan "Waw!" sarcastig, ond mi frathais fy nhafod mewn pryd.

"Ia, a be arall?" gofynnais yn lle hynny.

"Wel, oedd o jest mor neis, ac yn gofyn os o'n i'n iawn o hyd."

Unwaith eto, pawb at y peth y bo, meddyliais. Tasa dyn yn gofyn i mi os o'n i'n iawn yn dragwyddol, 'swn i isio'i dagu o.

"Dach chi'n canlyn rŵan ta?"

"Wel... na, 'swn i wrth fy modd, ond... mae hyn braidd yn embarasing... mae gynno fo gariad adre."

"O! Wela i. Ac ers pryd mae tw-teimio'n ei 'neud o'n fonheddwr?" chwarddais.

"Wel, er parch iddi hi, naethon ni'm... 'sti."

"Be?"

"Aethon ni ddim yr holl ffordd."

"Dwi'n gweld. Be naethoch chi ta?"

"Ym... " Roedd y greadures wedi cochi at ei chlustiau. Doedd hi'n amlwg ddim wedi arfer trafod rhyw yn fanwl efo neb.

"Popeth arall, dwi'n cymryd?"

"Ia."

"*Blow job* mae'n siŵr?"

"Ym. Do." Roedd yr hogan yn biws rŵan.

"Ac wedyn roedd o'n teimlo'n hunangyfiawn i gyd, oedd? Yn meddwl nad oedd o wedi bod yn anffyddlon i'r hogan arall 'ma am eich bod chi heb gael *full penetration*?" Mae'n rhaid bod 'na gant a mil o ddynion wedi defnyddio honna dros y blynyddoedd.

Saib hir.

"Ia, oedd," cytunodd yn y diwedd, mewn llais oedd yn crygu.

"O Alwenna... "

"Paid, dwi'n teimlo'n gymaint o ffŵl rŵan," meddai, gan roi'i phen yn ei dwylo, "ac yn fudur."

"Paid â phoeni am y peth. 'Dan ni i gyd yn gneud petha gwirion yn ein cwrw," meddwn gan godi o'r gwely. "Mae o'n rhan o dyfu i fyny. Ac mae'n amlwg dy fod ti wedi mwynhau dy hun, yn do?"

"Wel... do. Ond do'n i 'rioed wedi... dyna'r tro... " a dechreuodd grio.

"Alwenna? Be sy?" Ro'n i'n teimlo'n uffernol o gas am dynnu'r sbectol binc oddi ar ei thrwyn hi rŵan. Eisteddais wrth ei hochr ar y gwely a rhoi fy mraich am ei hysgwydd. "Be ddigwyddodd? Oedd o'n gas efo chdi?"

"Na... nag oedd. Ond do'n i – do'n i 'rioed wedi gneud hynna o'r blaen."

"Be? Cysgu efo rhywun? Ond o'n i'n meddwl..."

"Na, ddim, ddim hynny. Fues i'n canlyn efo I... Idris, cofio?" Ro'n i'n cofio'n iawn. Roedden nhw wedi cyfarfod ei gilydd yn y Royal Welsh, ac erbyn y Steddfod, roedd hi wedi cael rhyw am y tro cynta. Dwi'n ei chofio'n deud hynny wrtha i mewn ciw toilet yn y Steddfod efo gwên fawr ar ei hwyneb. Ond, yn gall iawn, roedden nhw wedi penderfynu rhoi'r caibosh ar y berthynas cyn i Alwenna ddod i'r coleg. "Ond 'nath Id 'rioed ofyn i mi 'neud... hynna."

"Be?" Roedd hi wedi 'ngholli i'n rhacs rŵan.

"*Blow job!*" udodd, a dechrau beichio crio. "O Nia, oedd o'n horibyl! Jest i mi chwydu!"

"Ond o'n i'n meddwl ei fod o'n fonheddig, yn gofyn oeddat ti'n iawn o hyd!"

"Oedd, ond roedd o mor neis efo fi, do'n i'm yn licio gwrthod."

"O, Alwenna... " Roedd gan y greadures yma dipyn i'w ddysgu, bechod.

Mi wnes baned i ni'n dwy a siarad efo hi am oes. Mi wnes i ei chynghori i beidio byth â gneud dim doedd hi ddim yn gyfforddus yn ei wneud efo neb, dim bwys pa mor dwyllodrus o 'neis' oedden nhw, a bod y rhan fwya o ddynion yn dallt y gair 'Na' yn iawn ayyb ayyb, ond mi gafodd dipyn o sioc o glywed 'mod i'n digwydd mwynhau rhoi *blow jobs*, a doedd hi'm yn edrych yn rhy siŵr pan wnes i ei sicrhau y byddai'n dod i arfer, a'i bod hi wastad yn well efo dyn roedd hi wirioneddol yn ei hoffi.

"Ond mi rydw i'n ei licio fo, Nia! Dwi wedi gwirioni efo fo!"

O, Alwenna...

pennod 3

MI GES I DDARN O DÔST i frecwast, a gorfod rhedeg i'r tŷ bach yn syth. Do'n i ddim yn dda, roedd gen i gur pen diawchedig, a doedd gen i ddim llwchyn o awydd yfed eto'r noson honno. Ond dwi'n ifanc, ac mae gen i'r stamina rhyfedda, felly am hanner awr wedi pump dyna lle ro'n i'n cerdded i lawr Allt Penglais eto efo Alwenna a dwy hogan arall oedd yn byw yr un cyntedd â ni, Ruth o Rosybol (oedd yn gwisgo'n hen ffasiwn uffernol ac yn edrych yn hogan boring) a Leah, rhyw hanner Goth o Ruthun. Dwi'n deud 'hanner Goth' achos dechra dod yn boblogaidd oedd y Goths yn 1980 a fu Rhuthun 'rioed yn gadarnle Goths chwaith. Ond roedd ganddi gnither yn byw yn Lerpwl a'i chopïo hi 'nath hi, mae'n debyg. Do'n i erioed wedi clywed am Goths a'r cwbl ro'n i'n ei feddwl oedd ei bod hi'n edrych yn blydi stiwpid efo'i chroen hurt o wyn, ei gwallt du potel, *eye liner* fel yr M1 am ei llygaid a gwefusau piws-ddu. Allwn i'm peidio â gofyn iddi wrth gerdded i mewn i'r Cŵps.

"Pam ti'n gwisgo fel'na?"

"Achos Goth dwi."

"Be 'di Goth?"

"Rhywun sy'n gwisgo fel'ma."

Smartass. Ond ro'n i'n licio hi. "Na, o ddifri rŵan, dw isio dallt. Be ydi'r busnes Goth ma?"

"Wel, 'dan ni'n bobol chydig bach yn wahanol. Dan ni'n canolbwyntio ar agweddau tywyll, trist bywyd, fel marwolaeth; dan ni'n sensitif, braidd yn rhamantus, yn licio darllen Dante, Byron a Tolstoy a llyfrau *horror* a *romance* o'r 19eg ganrif – Edgar Allen Poe yn enwedig – ac yn licio treulio'n hamser mewn mynwentydd, llyfrgelloedd a chaffis bach tywyll. A 'dan ni'n licio gwisgo du."

"Be gymi di, Leah?" gofynnodd Alwenna o'r bar.

"Snakebite a black, plîs."

Wel, roedd hi'n gyson, chwarae teg.

"Oeddat ti'n licio petha fel'na cyn troi'n Goth?" gofynnodd Ruth.

Gwenodd Leah. Roedd y lipstic du yn gwneud i'w dannedd edrych yn uffernol o wyn.

"Yli, 'nes i ddechra fel *punk* yn 'rysgol, ocê? Ond pan 'nes i ddarganfod Goths, 'nes i sylweddoli mai Goth o'n i yn y bôn. A mae o'n laff."

"Laff?" meddwn, wedi drysu rŵan.

"Ia, mae 'na rai Goths yn hollol *depressed* am fod eu bywydau nhw wedi bod yn gachu, ac mae gwisgo fel hyn yn gneud iddyn nhw deimlo'n well, ocê?"

"Sori, dwi'n dal ddim yn dallt," meddai Ruth.

"Yli," meddai Leah, "mae gan lot o bobol fywydau anhapus sy'n mynd i nunlle. Ac mae hynna'n drist, tydi? Ond mae bod yn Goth yn gneud *depression* ac *angst* yn *lifestyle choice*, ac mae hynna'n *art*."

"Be? Ti'n *depressed*?" gofynnodd Alwenna, gan roi'r diodydd o'n blaenau.

"Nacdw, ond dwi'n cael *moods* uffernol."

"A finna," meddai Ruth, "ond trio dod allan ohonyn nhw fydda i, ddim ymhyfrydu ynddyn nhw a trio deud mai celfyddyd ydi o."

Hm. Doedd Ruth ddim yn gymaint o lo ag o'n i wedi meddwl, felly. Ond 'nath Leah ddim dal dig. Chwerthin 'nath hi a deud y gwir.

"Ti'm yn mynd yn bôrd yn gwisgo du o hyd?" gofynnais.

"Nacdw. Mae o'n *slimming* tydi? A pheth arall, mae talc yn lot rhatach na *foundation*."

"A be sgin hynna i 'neud efo'r peth?" gofynnodd Ruth.

"Yli, dach chi'n iwsio *foundation* ar eich gwyneba, dwi'n iwsio *talcum powder*. Ti'm yn meddwl 'mod i mor wyn â hyn yn naturiol, wyt ti? Reit, iechyd da, genod." A dyma hi'n clecio hanner ei pheint i nodi bod y pwnc wedi dod i ben am y tro.

Er 'mod i'n meddwl ei bod hi'n nyts, a'r busnes bod yn Goth jest yn sioe wirion, allwn i ddim peidio â'i licio hi. Mi fyddech chi wedi disgwyl iddi astudio celf neu seicoleg neu rwbath tebyg, ond naci, mynd i astudio Ffrangeg a Drama oedd hi, ac roedd Ruth am wneud Cymraeg ac Addysg, fel Alwenna. Ro'n i wedi rhoi fy enw i lawr i neud Cymraeg a Drama. Doedd gen i fawr o ddiddordeb yn y cwrs Cymraeg a deud y gwir – yno i astudio Drama ro'n i yn y bôn – ond gan fod yn rhaid astudio mwy nag un pwnc yn y flwyddyn gynta, ro'n i'n meddwl y byddai Cymraeg yn haws na Saesneg.

Roedd ein dewis o bynciau'n deud cyfrolau amdanon ni, erbyn meddwl: roedd Leah isio teithio a gweld y byd a'r elfen 'isio sylw' oedd wedi gneud iddi ddewis Drama, mae'n siŵr gen i, achos doedd hi'm yn dangos llawer o ymroddiad at y pwnc, ddim fel fi. Doedd Ruth nac Alwenna ddim am deithio o gwbl; roedden nhw am gael swyddi fel athrawon Cymraeg yn y fro Gymraeg, a phriodi Cymro a chael llwyth o blant bach Cymraeg a threulio pob gwylia ha yn y Steddfod ac ar Ynys Enlli – neu yn Llydaw neu Iwerddon os oedd 'na griw o Gymry eraill yn mynd efo nhw. Chwarae teg iddyn nhw, mae angen mwy o ferched fatha nhw ar y genedl, ond yn dawel bach, ro'n i'n meddwl bod hynna'n blydi boring.

Ro'n i isio bod yn actores enwog – nid jest yng Nghymru, ond yn Lloegr ac America hefyd. Ia, dwi'n gwbod, mae hynna'n swnio mor ffuantus rŵan, ond ro'n i'n ifanc a llawn breuddwydion toeddwn, ac mae gan bawb yr hawl i freuddwydio, yn enwedig pan maen nhw'n ddeunaw ac wedi actio rhan Blodeuwedd yn nrama'r ysgol. O'r eiliad y rhois i 'nhroed ar y llwyfan 'na, o'r funud y clywais i'r bonllefau o gymeradwyaeth, ro'n i'n gwbod mai actores fyddwn i, doed a ddelo. A doedd John ddim yn ffitio i mewn i hynna. Ond do'n i'm isio'i golli o chwaith; ro'n i'n licio'i gwmni o – ac yn dal i'w ffansïo fo'n uffernol, achos er mai ffarmwr oedd o, roedd o'n *sex on legs*. Doedd y rhyw efo'r hogia coleg ddim wedi bod yn wych iawn hyd yma ac ro'n i'n ysu am gael noson efo rhywun oedd yn gwbod be oedd o'n 'neud, ond do'n i ddim wedi mentro ffonio John eto, a doeddwn i ddim am wneud chwaith.

Byddai Non yn siŵr o fod wedi deud wrth ei mam ac mi fyddwn yn garantîd o gael llond pen gan honno, gan mai hi fyddai wastad yn ateb y ffôn yn y Wern – hyd yn oed os oedd 'na rywun arall reit wrth ei ymyl a hithau i fyny yn y llofft yn rhywle. Fyddai tad Non byth, byth yn ateb y ffôn, hyd yn oed os mai fo oedd yr unig berson yn y tŷ. Wnes i 'rioed ddallt hynna. Byddai 'nhad i wrth ei fodd ar y ffôn, ond dyna fo, roedd tad Non wastad wedi bod yn od. Tawel a blin un munud, yna'n chwerthin a dawnsio rownd y gegin y munud nesa. Roedd Non a'r lleill wedi hen arfer efo fo, wrth gwrs, ond doedd gen i'm syniad mwnci sut i'w drin o. Lwcus bod John a finna wedi gorffen felly, meddyliais, gan fod y meibion wastad yn troi i fod fel eu tadau yn y diwedd. Ond doedd hynny ddim yn hollol wir yn yr achos yma. Doedd John yn ddim byd tebyg i'w dad. Roedd o'n foi reit arbennig, waeth i mi gyfadde: cymeriad cry, cyson, a phen-ôl oedd yn edrych mor, mor secsi mewn Wranglers. Felly ro'n i'n dal i led-obeithio y byddai o'n fy ffonio ryw ben.

Doedd 'na'm ffonau yn stafelloedd Pantycelyn, felly mater o ffonio un o giosgs y neuadd oedd hi, gan obeithio y byddai rhywun oedd yn digwydd pasio ar y pryd yn ei ateb ac yn ddigon clên i fynd i chwilio amdanoch chi wedyn. Roedd Mam wedi fy ffonio bob dydd hyd yma, ond doedd John ddim wedi ffonio o gwbl ers iddo roi'r ffôn i lawr arna i ar y nos Fawrth. Y cwbl wnes i oedd deud na fyddwn i'n dod adre dros y penwythnos wedi'r cwbl – rhywbeth digon rhesymol ar fy mhenwythnos cynta i yn y coleg, chwarae teg – ond roedd o wedi myllio'n lân a bod yn gwbl afresymol. Ro'n i wedi cynnig iddo fo ddod i lawr ata i yn lle 'mod i'n mynd adre, ond roedd hynny fel tywallt petrol dros dân glo. Roedd o wedi llyncu mul a dyna ni. Wel, os oedd o mor *possessive* â hynna, doedd 'na'm pwynt i ni drio dal ati beth bynnag, nag oedd? Dim rhyfedd 'mod i wedi rhedeg i freichiau dynion eraill. Ro'n i'n ifanc, ac roedd 'na fyd mawr, cynhyrfus yn agor o 'mlaen i, a llwyth o ddynion del, diddorol efo dyfodol llawer mwy disglair na John yn haid mawr denim wrth far y Cŵps. Fyddai hi ddim yn anodd eu dysgu nhw be oedd be yn y gwely.

Mi feddwais yn rhacs eto'r noson honno. Meddwi gormod i fachu, a deud y gwir. Tra oedd Alwenna'n beichio crio am fod Huw ap Dafydd efo ryw hogan arall, a Ruth â'i braich am ei hysgwydd yn ceisio'i chysuro ond yn crio'n waeth na hi (effaith y G&Ts – mae'n gneud petha rhyfedd i ambell hogan), ro'n i'n cysgu'n sownd o dan fwrdd yn y Llew Du. Roedd Leah wedi diflannu efo ryw hogyn mawr blewog o Wrecsam – oedd yn digwydd gwisgo jîns a chrys T du os cofia i'n iawn.

Mi ddeffrais y bore wedyn a 'mhen yn y bin sbwriel o dan y sinc yn y llofft. Roedd Alwenna'n dal i grio yn ei gwely, a stremps mascara dros gâs y gobennydd i gyd, a Ruth wedi cyrlio dan gôt a thywel ar y mat, yn amlwg wedi penderfynu cadw cwmni i Alwenna gan nad o'n i'n dda i ddim. Doedd gen i ddim syniad sut ro'n i wedi dod adre.

"Mi naethon ni dy lusgo a dy gario di hanner ffordd i fyny'r allt," meddai Alwenna ganol y bore wrth i ni'n tair nyrsio mygeidiau o goffi, "ond wedyn mi ddoist ti atat ti dy hun mwya sydyn a rhedag fel cath i gythral yr holl ffordd nôl. Doeddan ni'm yn gallu dy ddal di, a phan ddaethon ni o hyd i ti wedyn, roeddat ti'n ista ar dy din yn y ciosg yn cega efo rhywun."

"Be? Ar y ffôn?"

"Wel ia siŵr. Dyna ti'n 'neud mewn ciosg fel arfar, de?"

"O na... cega efo pwy?" Ro'n i wedi gwelwi o ddifri. John? Non? Neu, gwaeth fyth, ei mam hi?

"Yr *operator*," meddai Ruth, "Roeddat ti'n trio'i chael hi i rifyrsio'r charges."

"Pam?"

"Doedd gen ti'm pres, neu jest yn rhy chwil i ddod o hyd i ddarn dwy geiniog."

"A trio ffonio John oeddat ti," ychwanegodd Alwenna; "oeddat ti'n gweiddi a strancio ei fod o'n '*matter of life and death*'."

"Ond 'nath hi wrthod, gobeithio... do?" meddwn yn llesg.

"Oedd hi ar fin dy roi di drwadd," meddai Alwenna. "Ti'n ddiawl o actores yn dy gwrw 'sti, a'r gryduras wedi dechra dy gredu di, ond 'nes i dy dorri di i ffwrdd. Meddwl ella 'sa ti'n difaru yn bora. Oedd hi'n hwyr, 'sti."

Caeais fy llygaid a gollwng ochenaid o ryddhad.

"Alwenna, ti'n werth y byd yn grwn."

"Diolch. Bechod na fysa H-H-Huw yn gweld hy-hynna," meddai gan estyn am ei hances eto.

Edrychodd Ruth a finna ar ein gilydd. Roedd crio dros Huw ap Dafydd yn mynd i fod yn batrwm cyson am fisoedd lawer. Do'n i jest ddim yn dallt y peth, wir. Roedd Alwenna'n hogan gall ar sawl cownt, wedi cael dwy A a B yn ei lefel A ac yn gymeriad cryf, ond pan oedd hi efo'r boi 'ma, roedd hi'n un

blymonj mawr, gwan, pathetig a dwl. A phan mae'r boi dan
sylw'n gwybod hynny, does gan yr hogan ddim gobaith efo
fo, nag oes? Mae dynion, waeth pa mor dila ydyn nhw, yn
licio meddwl mai nhw ydi'r helwyr. Mae'n gweithio'r ddwy
ffordd, wrth gwrs. Bob tro y byddai 'na ryw foi yn glafoerio
drosta i heb i mi orfod hyd yn oed fflytro blew f'amrannau
arno fo, doedd gen i ddim llwchyn o ddiddordeb ynddo fo.
Rhy hawdd, doedd? 'Dan ni i gyd, wel, y rhan fwyaf ohonan
ni, yn mwynhau chwarae'r gêm. Mae 'na fwy o bleser i'w
gael wrth ennill gwobr ar ôl gorfod gweithio amdano fo, ac
anodda yn y byd ydi'r dasg, mwya'r pleser, yndê. Ro'n i wedi
breuddwydio am gael mynd efo John ers blynyddoedd, wedi
mopio efo fo cyn gadael yr ysgol gynradd, ond doedd o'm
wedi cymryd sylw ohona i am mai ffrind ei chwaer fach o o'n
i. Niwsans o'n i os rhywbeth, rhyw blentyn bach dan draed.
Mi fu'n rhaid i mi weithio'n uffernol o galed i ddangos iddo
fo 'mod i wedi tyfu i fyny. A rŵan, ro'n i wedi'i golli o. Ond
do'n i ddim am golli'r un deigryn drosto fo, chwaith – dim
uffar o beryg!

"Stopia grio dros blydi Huw ap Dafydd," meddwn wrth
Alwenna, "dio'm 'i werth o."

"Hy, gwranda ar y hogan oedd yn bei-beichio crio dros
John neithiwr," atebodd yn ôl yn syth.

"Y? Paid â rwdlan. Do'n i ddim, siŵr."

"Oeddat tad," meddai Ruth. "Oeddat ti'n sgrechian
mwrdwr wrth i ni dy lusgo di allan o'r ciosg."

Neidiodd cynnwys fy stumog i 'nghorn gwddw. "Wel dwi'm
yn cofio hynny."

"Wel nagwyt debyg, ti'm yn cofio deud wrthan ni be
ddigwyddodd efo cariad dy ffrind gora chwaith, nagwyt?"

O na… "Be ddeudis i?" gofynnais, gan ddifaru gofyn.

"Y cwbwl," meddai Ruth yn swta, "a dwi'm yn synnu dy

fod ti'n sgrechian mwrdwr." Trodd i edrych i fyw fy llygaid cyn cyhoeddi mewn llais athrawesaidd: "Roedd hynna *out of order*, Nia. Dan din go iawn."

Sythais. Do'n i ddim wedi disgwyl hynna gan Ruth, o bawb. Hi oedd y dawela ohonon ni, fel arfer. Roedd hi'n amlwg y byddai'n gwneud athrawes reit dda wedi'r cwbl.

"Iawn, ocê, dwi'm angen pregeth," meddwn yn flin, "dwi'n teimlo'n ddigon cachu fel mae hi, iawn? Ond mi ddigwyddodd a dyna fo – does 'na'm byd fedra i 'neud am y peth rŵan. Dim iws codi pais ar ôl piso."

"Mi allet ti ymddiheuro," wfftiodd Ruth, a'i llygaid yn tanio.

"'Nes i drio!"

"Ddim yn galed iawn. 'Nest ti'm rhedeg ar ei hôl hi, naddo?" Damia, faint o'r hanes ro'n i wedi'i adrodd yn fy nghwrw? Ac oedd rhaid i Ruth gofio bob blydi gair wedyn? Ond doedd hi'm wedi gorffen: "A 'nath o'm rhoi tro yn dy feddwl di lle byddai hi'n mynd y noson honno, naddo!"

Ym… Unwaith eto, roedd Ruth wedi fy llorio i. Nag'on, do'n i ddim wedi meddwl am hynny.

"Meddylia, Nia," meddai'r gyw-athrawes, yn amlwg wedi dechra mwynhau fy rhoi i'n fy lle, "roedd hi ar ei phen ei hun bach yn rhywle diarth ganol nos, yn beichio crio, ddim yn gwbod lle i fynd na sut i fynd adra, a llwyth o bobol wedi meddwi'n gocyls ar hyd y lle… does wybod be fysa 'di gallu digwydd iddi!"

Do'n i'm yn gwbod be i'w ddeud. Ro'n i isio cropian dan garreg.

"Wel? Wyt ti isio gwbod be ddigwyddodd iddi?" gofynnodd Ruth. Nodiais. "Mi 'nath rhai o'r Efengýls ddod o hyd iddi'n crwydro fel breuddwyd ar hyd y coridor, a chwarae teg, rêl Samariaid, mi naethon nhw fwg mawr o Horlicks iddi, estyn llond bocs o Kleenex iddi, gadael iddi ddeud ei stori a ffendio sach gysgu iddi. Erbyn iddyn nhw ddeffro yn y bore roedd hi wedi mynd, ond roedd hi wedi gadael nodyn yn diolch."

"Sut ti'n gwbod hyn i gyd?"

"Mae Anna Haleliwia yn gnithar i mi, ac mi welodd ni'n trio dy lusgo di i fyny'r grisia neithiwr. Oeddat ti'n mwydro am Non a John ac Adrian, ac mi ro'th hi ddau a dau efo'i gilydd."

"O. Wel… diolch am adael i mi wybod."

"Pleser. Rŵan, dwi'n meddwl y dylat ti o leia sgwennu llythyr ati."

"Llythyr?!"

"Dwi'n meddwl y bysa fo'n haws na'i ffonio hi – i'r ddwy ohonach chi."

Roedd hi'n iawn, wrth gwrs. Ro'n i'n gwybod hynny. Ond roedd meddwl am sgwennu llythyr yn crafu a chropian yn codi cyfog arna i.

"Mi wna i fory."

"Pam ddim heddiw? Gora po gynta."

"Achos mae gen i gur pen, iawn?"

Ro'n i'n dechra cael llond bol ar Ms Hunangyfiawn-Sbio-Arna-i-Fatha-Baw.

"*Parvus error in principio magnus est in fine*," meddai hi wedyn.

"Y?"

"Ti'm yn gwbod dy Aristotle? 'Mae camgymeriad sy'n fach ar y dechrau yn fawr yn y diwedd.' Ac er na fyswn i'n galw'r camgymeriad yma'n un bychan, mi eith o'n fwy os na wnei di rwbath am y peth yn o handi."

Ffycin hel. Hogan ddeunaw oed yn gallu dyfynnu Aristotle? Be oedd yr hogan 'ma? Jîniys?

Mae'n rhaid bod Alwenna wedi gallu darllen fy meddwl i. "Gath hi bedair A yn ei lefel A," sibrydodd yn fy nghlust.

Doedd 'na neb yn gwneud mwy na thair lefel A, oedd 'na? Canran fechan iawn iawn sy'n cael tair A, heb sôn am bedair! Roedd gan yr hogan yma frêns – brêns go iawn. Mi fyddai hi wedi gallu mynd i Gaergrawnt neu Rydychen yn hawdd, ac roedd hi wedi dewis dod i Aberystwyth i wneud Cymraeg ac Addysg! Mi benderfynes nad oedd brêns yn gyfystyr â synnwyr cyffredin, felly doedd 'na'm pwynt dilyn ei chyngor hi.

Ar hynny, agorodd y drws a cherddodd Leah i mewn, yn wên ac yn *eyeliner* o glust i glust.

"Helô slags, a sut dach chi heddiw?"

"LEAH?!" Roedd ei gwddw hi'n gadwyn o gleisiau piws.

"Fflipin hec, Leah," meddai Alwenna, oedd wedi rhoi'r gorau i grio bellach, "pwy 'nath hynna i ti?"

"Y boi o'n i efo 'de."

"Doedd gan y boi ddim enw," gofynnodd Ruth, "heb sôn am asgwrn?"

"Hen jôc," meddai Leah, "a Dale ydi'i enw fo. Dale Winsley, o Wrecsam."

"Dale?! Sais ydi o?" gofynnodd Alwenna.

"Naci, hanner a hanner, mae'i fam o'n Gymraes a'i dad o'n Sais. Aeth o i Ysgol Morgan Llwyd."

"Goth?" gofynnodd Ruth.

"Ddim eto," gwenodd Leah.

"Hei, 'di o'n foi am gaws yn ogystal â gwaed?" gofynnais yn sydyn.

"Y?" Edrychodd pawb arna i'n hurt.

"Wel, heblaw am un llafariad bach, 'sa fo 'di gallu bod yn Wensley-dale, yn bysa?"

Edrychodd pawb arna i am eiliad neu ddau, ond heb chwerthin. Ar adegau fel hyn ro'n i wir yn colli Non. Mi fysa hi wedi chwerthin. Ac yna aeth Leah yn ei blaen.

"'Nes i hanner ei ladd o pan welais i'r golwg ar 'y ngwddw

i bore 'ma. 'Di twthpêst ddim yn gweithio, nacdi?"

"Nacdi," cytunodd Alwenna, "na mêc-yp. Y peth gora i ti 'neud ydi gwisgo polo-nec."

"Ond dim ond mis Medi ydi hi!"

"Ac mae'n mynd i fod yn reit boeth heddiw," meddai Ruth gan amneidio at y mymryn o awyr las oedd i'w weld drwy'r ffenest.

"Dwi fy hun yn meddwl eu bod nhw'n siwtio dy Gothrwydd di," meddwn. "Vampires a ballu."

"O, ti mor hilêriys," meddai Leah.

"'Sgen ti'm sgarff ta?" gofynnais, gan anwybyddu'i choegni. Gair da ydi hwnna yndê? Ro'n i newydd ei ddysgu o gan Ruth.

"Nag oes. Golles i'r unig un oedd gen i neithiwr yn rhwla."

"Mae gen i un goch a gwyn Edward H gei di fenthyg," meddai Alwenna.

"Ond mae rheiny gymaint allan o ffasiwn rŵan," meddwn, "a dydyn nhw'm yn 'Goth' iawn, nacdyn?"

"Ffwc o ots gen i am ffasiwn a finna isio wynebu'r tiwtoriaid fore dydd Llun," meddai Leah. "Ti'n gwbod be maen nhw'n ddeud am *first impressions*. 'Sa well gen i iddyn nhw feddwl 'mod i'n henffasiwn nag yn slag."

"Plîs paid â defnyddio'r gair yna," meddai Ruth gan grychu'i thrwyn, "hen air hyll."

"Be? Henffasiwn?"

"Naci, slag!" meddai Ruth cyn gweld y wên ddrwg ar wyneb Leah.

"Oedd o werth o ta?" gofynnais.

Trodd Leah ata i a gwenu: "O, oedd... fel y dywedodd yr hen Mae West ryw dro: *'To err is human, but it feels divine...'* Ac mi chwarddodd pawb, gan fy nghynnwys i. Byddai'n rhaid i mi gofio defnyddio honna fy hun, meddyliais, nes i mi gofio 'mod i eisoes wedi *errio* efo Adrian a doedd o'm yn *divine* o gwbl. Mae'n rhaid bod Mae West wedi difaru digon yn ei dydd hefyd. Do'n i 'rioed o'r blaen wedi cyfarfod pobol yr un oed â mi oedd yn gallu dyfynnu enwogion mewn sgwrs bob dydd, a dyma ddwy o fewn munudau i'w gilydd. Ond ro'n i'n bendant yn gwerthfawrogi Mae West yn fwy na blydi Aristotle.

"Y boi blewog 'na oedd o, ia?" gofynnodd Alwenna. Ro'n i'n dechra meddwl mai sôn am Aristotle oedden ni, nes i mi gofio mai Dale Winsley oedd dan sylw.

"Wel, mae o reit *hirsute*, yndi," gwenodd Leah.

"Be 'di *hirsute*?" gofynnodd Alwenna.

"Blewog, Alwenna," meddai Ruth. "A dyna ehangu dy eirfa di'n barod, a 'dan ni'm 'di dechra ar y darlithoedd eto."

"Oes gynno fo gefn blewog hefyd?" gofynnodd Alwenna. "Gas gen i ddyn efo cefn blewog."

"Be s'an ti? Arwydd o'i *virility* o ydi o, 'de?"

"Ych! Felly *mae* gynno fo gefn blewog! Dim rhyfedd ei fod o wedi dy frathu di, a fynta'n edrych fel *werewolf*!"

"O, cau hi. Reit, oes 'na banad i mi? A lle landioch chi i gyd neithiwr ta? Gest ti dy grafanga ar Huw ap Dafydd wedyn, Alwenna?"

Ac o fewn dim, ro'n i'n gorfod estyn y bocs Kleenex iddi hi eto.

Mae'n siŵr y byddai rhai'n synnu mai dynion a meddwi oedd ein prif bynciau trafod ni yn y coleg. Ond fel'na roedd hi. Wel, fel'na oedden ni. Oedden, roedden ni i gyd yn aelodau o UMCA (Undeb Myfyrwyr Cymraeg Aberystwyth) ac yn eistedd a fotio drwy Gyfarfodydd Cyffredinol uffernol o ddiflas ar y cadeiriau oren yn y lolfa, ond dim ond am fod pawb arall yn gneud ac y byddai rhywun yn siŵr o sylwi tasen ni ddim yno ac yn gofyn cwestiynau cas wedyn. Doedd fawr o ddewis ynglŷn â pha ffordd i bleidleisio beth bynnag achos mi fyddai'r criw penboeth yn y rhes flaen yn troi rownd i wgu bob tro y byddai'n mynd i bleidlais. A do, mi fuon ni'n heidio i gyfarfodydd y Guild (yr undeb Seisnig) i amharu ar ryw bleidlais neu'i gilydd – ond jest dilyn fel defaid er mwyn cael bywyd tawel oedden ni.

Mi fuon ni hyd yn oed ar y trên i Lundain i brotestio am rywbeth neu'i gilydd – taflegrau Cruise, dwi'n meddwl. Rhwbath i 'neud efo merched Comin Greenham dwi'm yn amau. Roedd Leah isio mynd i gampio at y rheiny am blwc, ond doedd gan y gweddill ohonan ni ddim ffansi, felly aeth hitha ddim chwaith yn y diwedd. P'un bynnag, ro'n i wedi deud wrthi mai llwyth o lesbians blewog oedden nhw, a doedd hi'm yn ffansïo rhannu pabell efo'r rheiny. Wrth gwrs, mi ddalltais yn fuan wedyn bod 'na ferched o bob math yno, o wragedd rheolwyr banc, i athrawesau parchus, i genod fatha ni, ac i'r holl beth fod yn hwyl, ac yn "brofiad ysbrydol a bythgofiadwy" yn ôl y rhai oedd yno. Dwi'n difaru na fyswn i wedi mynd rŵan. Ond, nacdw, dwi ddim chwaith. Gas gen i gampio. Roedd Steddfod Abertawe'n ddigon, diolch yn fawr.

Ac oedden, roedden ni i gyd yn gwybod yn iawn bod 'na dai ha'n cael eu llosgi yng nghefn gwlad Cymru ac yn trio dyfalu pwy'n union oedd Meibion Glyndŵr – ac yn gobeithio na fydden nhw byth yn cael eu dal am eu bod nhw fel Robin Hood i ni rywsut. Roedd pawb yn 'nabod rhywun oedd yn perthyn i rywun oedd wedi cael ei restio ar Sul y Blodau, sef y noson y cafodd mwy na deg ar hugain o genedlaetholwyr adnabyddus eu restio yn y gobaith mai nhw oedd Meibion Glyndŵr. Ac roedden ni i gyd yn casáu Magi Thatcher ac yn dal i'w chasáu hi hyd yn oed pan gyhoeddodd hi y byddai Cymru'n cael sianel newydd gwbl Gymraeg, oherwydd mai i Gwynfor Evans a'i fygythiad i ymprydio roedd y diolch am hynny.

Ond ychydig iawn ohonon ni oedd wedi sylwi bod Irac newydd ymosod ar Iran, diolch i ryw foi o'r enw Saddam Hussein. Roedd hynny mewn gwlad bell i ffwrdd a doedd o'n effeithio dim ar ein bywydau bach ni, nag oedd?

Roedd 'na rai myfyrwyr yn ymddiddori mewn gwleidyddiaeth, ond doedden ni'n pedair ddim. Darllen *Cosmopolitan* fydden ni, nid y *Guardian*, a gwylio *Top of the Pops*, nid *Panorama*. Byddai Ruth yn darllen yr *Observer* bob dydd Sul, ond roedd hi'n darllen *Woman's Weekly* hefyd, ac mae hynna'n deud cyfrolau amdani, tydi.

Y penderfyniadau anodda roedden ni wedi'u gneud yn ein bywydau oedd pa bynciau lefel A i'w gwneud, a pha goleg i fynd iddo – Aber ta Bangor. Dyna'r unig ddewis ar y pryd – doedd 'na neb call yn mynd i Gaerdydd nac Abertawe, a dim ond pobl efo problemau fyddai'n mynd i Lanbed.

Erbyn meddwl, wnaethon ni'm dewis ein ffrindiau coleg chwaith – 'nath o jest digwydd, am ein bod ni i gyd yn byw yn yr un rhan o Neuadd Pantycelyn. Ac roedden ni'n pedair jest yn digwydd bod yn gogs i gyd. Doedd ganddon ni'm byd yn erbyn hwntws, ond roedd y rhan fwya o'r rheiny wedi mynd i Fangor. Isio mynd yn ddigon pell o adre oedden nhw, mae'n debyg. Roedd Ruth wedi meddwl am fynd i Fangor, ond wedi penderfynu ei fod yn rhy agos at adre – fan'no roedd ei chwaer hi, ac roedd hi isio torri'i chwys ei hun, diolch yn fawr. Ond ddim yn dod mlaen efo'i gilydd oedden nhw'n 'de – sens yn deud. Do'n i'm yn siŵr fyswn inna'n dod mlaen efo Ruth chwaith, rhy blydi pregethwrol o'r hanner. Ond gan ein bod ni'n byw yn yr un rhan o Neuadd Pantycelyn, ro'n i'n styc efo hi.

pennod 4

WEDI I MI DDARLLEN FY HOROSGÔP oedd yn deud *"You really must do that difficult task you've been putting off for ages"*, mi benderfynais i ella bod Ruth yn siarad sens wedi'r cwbl, felly mi rois i gynnig ar sgwennu llythyr i Non y diwrnod wedyn – a'r diwrnod ar ôl hwnnw. Roedden nhw i gyd yn uffernol o hir ac yn mynd rownd y byd i ddeud be ro'n i isio'i ddeud, ond ddim wir yn deud be ro'n i isio'i ddeud yn y diwedd. Felly mi wnes i eu stwnsho a'u taflu i'r bin. Ond roedd y genod yn fy mhen i o hyd, felly yn y diwedd mi sgwennais i un byrrach. Mi gynigiodd Ruth gael sbec arno fo i weld os o'n i isio *second opinion* cyn ei yrru. Nag'on. Rhywbeth rhyngof fi a Non oedd o a dyna fo. Ac mi fyddai blydi Ruth Brainbox yn siŵr o gywiro 'ngramadeg i.

Annwyl Non

Dwi'n uffernol o sori am be ddigwyddodd. Dwi'm yn gwybod os y gelli di faddau i mi byth, ond dwi wir yn gobeithio y gwnei di. Ti'n ffrind rhy dda i'w cholli, a dwi'n gweld dy golli di'n ofnadwy yn barod. Mae'r genod yn Panty yn neis, ond dydyn nhw'm yr un fath â chdi. A dweud y gwir, dydyn nhw'm patsh arnat ti.

Doedd be ddigwyddodd yn golygu dim i mi nag iddo fo. Camgymeriad MAWR yn ein cwrw oedd o, dyna'i gyd. Wnes i 'rioed ei ffansïo fo a 'nath o 'rioed fy ffansïo i, ac roedden ni'n dau'n difaru'n syth.

Dwi'n gobeithio y gwnei di ateb hun (ryw ben
o leia). Rydan ni wedi bod yn ffrindia'n rhy hir
i adael i rwbath fel'ma ein chwalu ni.

Cofion annwyl

Nia
xxx

O.N- Dwi'n cymryd dy fod ti wedi dweud wrth John.
Dwi'm yn dy feio di. Ond 'nei di dohwedd wrtho
fo bwn i'n licio'i weld o - i egluro a deud sori.
Dwi'n ei golli ynta hefyd.

Ia, dwi'n gwbod. Doedd o'm yn llythyr da iawn, ond chwarae
teg, do'n i'm wedi arfer sgwennu llythyrau, heb sôn am lythyr
fel'na. Llythyrau diolch i fodrybedd am bresantau Dolig a
phen-blwydd oedd yr unig lythyrau ro'n i wedi'u 'sgwennu
tan hynny. Rois i stamp dosbarth cynta arno fo, a thrio newid
fy llawysgrifen ar yr amlen rhag ofn iddi ei thaflu ar y tân heb
ei hagor, wedyn mi gerddais i lawr at y blwch postio wrth
fynedfa'r Llyfrgell Gen a'i phostio'n syth, cyn i mi newid fy
meddwl. Mi fues i'n sefyll yno am hir wedyn, yn sbio ar geg y
blwch postio, jest â marw isio stwffio 'mraich i mewn, neu nôl
hangar dillad neu rwbath i bysgota'r llythyr yn ôl allan. Ro'n i
isio'i ailsgwennu. Doedd o'm yn ddigon da, doedd o'm yn deud
be ro'n i isio'i ddeud. Damia. Ond fyddai'r un llythyr byth wedi
bod yn ddigon da, na fydda? Cerddais yn ôl am y neuadd.

Ro'n i'n dringo'r grisiau pan neidiodd Leah rownd y gornel
a bron â nharo'n ôl i lawr.

"Nia!"

"Leah! Be uffar 'di'r brys?! Jest i ti roi hartan i mi!"

"Ffôn! Mae 'na alwad ffôn i ti! Chwilio amdanat ti o'n i!"

"Pwy?" holais, gan ddisgwyl mai Mam oedd yno eto.

"John!"

Es i'n boeth ac yn oer yr un pryd ac mi ges i boen rhyfedd ar draws fy ysgwyddau. Allwn i wneud dim byd ond sefyll yno'n stond yn sbio'n hurt ar Leah, a llyncu'n galed.

"Nia? Ti'n iawn? Ti 'di troi'n lliw rhyfedd."

"Yndw? Ym... John? Ar y ffôn?"

"Yndi! Ers oes 'fyd. Dwi 'di bod yn carlamu rownd y lle 'ma ers meitin yn chwilio amdanat ti. Os na frysi di, fydd o 'di rhoi'r ffôn i lawr."

Rhedais i lawr y grisiau'n syth, ond wrth ddrws agored y ciosg stopiais yn stond. Be ro'n i'n mynd i'w ddeud? Be oedd o'n mynd i'w ddeud? *Shitshitshit*-damia-cachuhwch-ffwc. Camais i mewn i'r ciosg a chau'r drws ar fy ôl. Gafaelais yn y derbynnydd.

"Helô?"

"Nia? Iesu, lle o't ti? Timbyctŵ?"

Roedd clywed ei lais dwfn, melfedaidd o'n gwneud i 'mhengliniau wegian yn syth. Eisteddais.

"'Di bod yn postio ryw betha. Sori."

"Duw, dio'm bwys. Oeddan nhw'n bwysig?"

"Ym... eitha."

"O, 'na fo. Sut wyt ti ta? Dy lais di'n swnio braidd yn gryg."

"Yndi? Hel annwyd ella. Chditha?"

"Iawn. Ond wedi 'nghlwyfo braidd."

Damia. Roedd hi wedi deud wrtho fo. Yr ast. Y ffwcin ast.

"Yli... ym, do'n i'm wedi – ym... "

"Rhaid i mi ddeud, 'nes i 'rioed feddwl y bysat ti'n anghofio amdana i mor sydyn."

"'Nes i ddim!"

"Ond o'n i'n meddwl 'sa ti 'di codi'r ffôn cyn rŵan."

"Wel... do'n i'm yn gwbod be i... do'n i'm... "

"Yli, ddyla 'mod i'm wedi'i cholli hi fel'na ar y ffôn efo ti'r noson o'r blaen, ond o'n i'n meddwl y bysat ti 'di ffonio fi erbyn hyn 'run fath. Dipyn haws i chdi ffonio fi nag i fi dy ffonio di'n fan'na tydi?"

Ro'n i wedi drysu'n rhacs rŵan. Roedd o'n swnio mor normal. Oedd hi wedi deud wrtho fo? "Yndi, dipyn haws. Sori."

"A finna. Yli, o'n i'n meddwl 'swn i'n gallu dod draw nos fory, os nad oes gen ti rwbath gwell i'w 'neud yndê."

Bu bron i mi ollwng y ffôn. "Nos fory? Be? Dod yma?"

"Ia. Pam? Oes 'na rwbath o'i le efo hynny?"

Mae'n rhaid nad oedd hi wedi deud wrtho fo! "Nag oes! Ia, iawn, ty'd. Faint o'r gloch fyddi di yma?"

"Tua chwech? Awn ni am fwyd i rwla. Dwi ffansi Indians fy hun. Dwi'm 'di cael un ers oes."

Doedd hi'n bendant ddim wedi deud wrtho fo. "Iawn. Ocê. Arhosa i amdanat ti tu allan. Ddoi di byth o hyd i'n stafell i dy hun."

"Dyn dw i, cofia."

"O ia. Sori. Cwmpawd mewnol, does."

"Y?"

"*Compass* tu mewn i ti."

"Ti m'ond yna ers wsnos a ti 'di dechra siarad yn posh yn syth."

"Hogan posh ydw i 'de."

"Ond un sy'n gallu bod reit fudur hefyd, os cofia i'n iawn…" Roedd o'n gwneud y llais dwy octef yn is 'na, yr un oedd yn gwneud i mi deimlo fel bod yn hogan fudur yn syth.

"Dibynnu efo pwy ydw i, tydi," gwenais.

"Wel gei di fod yn uffernol o fudur efo fi fory. Fydd 'na'm rhaid i mi fod adre tan tua wyth y bore."

"O. Grêt."

AAAAAAA!

"Wela i di am chwech nos fory, ta."

"Iawn, hwyl."

Roedd fy nwylo'n crynu wrth roi'r ffôn yn ôl yn ei grud. Roedd John yn dod draw. Doedd Non ddim wedi deud gair wrtho fo. O dduw!

Roedd Leah a Ruth yn y stafell efo Alwenna pan gerddais i mewn. Cododd y tair eu pennau'n syth.

"Wel?"

"Mae o'n dod draw nos fory."

"Omaigod!" ebychodd Alwenna. "I gael ffrae efo ti?"

"Naci. Dio'n gwbod dim. Neb 'di deud wrtho fo."

"Ti'n siŵr?" gofynnodd Ruth.

"Wel, doedd o'm yn swnio felly."

"Asu, ti'n jami," meddai Leah.

"Wyt ti'n mynd i ddeud wrtho fo, ta?" gofynnodd Ruth.

Edrychais yn hurt arni. "Dwi'm yn gwbod. Mi ddylwn i, mae'n siŵr."

"Dylat."

"Hei, woo rŵan, *what you don't know, don't hurt*," meddai Leah.

"Ond mi fysa'n brifo mwy tasa fo'n cael gwybod yn nes ymlaen gan rywun arall," meddai Ruth yn syth. "Mae'n rhaid i ti ddeud wrtho fo."

"Sut? Sut alla i ddeud wrtho fo 'mod i 'di cael fy nal gan ei chwaer o'n boncio Adrian?"

"Yn uffernol o ofalus," meddai Alwenna. "Ond be dwi'm yn ddallt ydi pam nad ydi hi wedi deud wrtho fo yn y lle cynta."

Yn hollol. Do'n i ddim yn dallt hynny chwaith. Rhewais yn sydyn. Mi fyddai John yn siŵr o ddeud wrthi ei fod am ddod i 'ngweld i. Fyddai hi'n gallu cau'i cheg wedyn? Ro'n i isio chwydu mwya sydyn.

"Anghofia amdano fo a hi a bob dim fel'na am rŵan, yli," meddai Leah. "Ti am ddod i'r pictiwrs efo ni heno? *American*

Gigolo yn y Commodore. Richard Gere – a mae o'n gorj."

Do'n i'm yn siŵr. Roedd gen i waith i'w wneud. Ro'n i i fod i sgwennu traethawd ar *Blodeuwedd* i'r Adran Gymraeg erbyn y dydd Mawrth, ond fyddai hynny ddim yn drafferth gan 'mod i'n nabod y ddrama fel cefn fy llaw ar ôl actio rhan Blodeuwedd yn 'rysgol, ac roedd gen i draethawd lefel A ar y ddrama beth bynnag. Ond ro'n i hefyd i fod i ddarllen – a thrio dallt – *Oidipos Frenin* erbyn dydd Llun, a doeddwn i'm hyd yn oed wedi prynu copi o'r blydi ddrama eto. Fyddwn i'n sicr ddim yn gallu gwneud strôc o waith wedi i John gyrraedd. Ond asgwrn cefn slywen fu gen i erioed, felly es i draw i'r pictiwrs efo'r genod yn y diwedd.

"Dim byd tebyg i chydig o *escapism* pan ti mewn twll," meddai Leah.

Roedd hi'n iawn. Doedd hi ddim yn ffilm dda iawn, ond roedd gweld corff (wel, cefn a choesau) noeth bendigedig Richard Gere yn ddigon i fynd â fi i fyd arall am ryw awr a hanner. Ond o leia ro'n i'n dawel am y peth. Mi fu Leah yn griddfan drwy'r blydi ffilm gyfa. Roedd Ruth yn flin efo hi ac ro'n inna reit embarasd. Nid 'mod i wedi troi'n *prude* dros nos, ddim o bell ffordd, ond doedd Leah jest ddim yn gwbod pryd i stopio. A deud y gwir, roedd hi'n dechra mynd ar fy nerfa i. Roedd hi'n dal i weld Mr Wensleydale, ond yn fflyrtio'n ddiawledig efo pob dyn arall o fewn deg llath iddi – drwy'r amser. Ac yn gneud rêl sioe ohoni'i hun yn y gweithdai Drama. A finna'n meddwl bod Goths i fod i gadw'u hunain iddyn nhw'u hunain. Doedd hi'm yn ddel o gwbl; a deud y gwir, roedd ganddi lygaid andros o fychan, fel rhai mochyn, a rheiny'n edrych yn llai fyth efo'r holl *eyeliner*, a cheg efo gormod o ddannedd – oedd yn edrych yn waeth fyth pan fyddai hi'n gwisgo lipstic du – a fferau uffernol o dew. Ac roedd ei gwallt du hi'n amlwg yn dod allan o botel. Dwi'm yn gwbod be oedd dynion yn ei weld ynddi, wir. Ro'n i am wneud yn dam siŵr na fyddai hi'n cael cyfarfod â John.

pennod 5

RO'N I AR BIGAU DRAIN drwy'r Diwrnod Mawr. Fyddai o ddim yn cyrraedd tan chwech, ond wnes i'm trafferthu mynd i'r ddarlith ar Hanes y Theatr ac Aristoteles. Ro'n i yn y bath am ddau, yn boddi mewn llwyth o bybls Badedas –*Things happen after a Badedas Bath*. Mi fues i'n shafio 'nghoesa ac o dan fy ngheseilia'n hynod ofalus; mi rois i *face pack* ar fy wyneb, a threulio oes yn pinsio 'nghnawd dan y dŵr am 'mod i wedi darllen yn rhywle fod hynny'n help i dorri unrhyw fraster o dan y croen. Nid fod gen i fawr o fraster, ro'n i'n dal yn hynod slim, ond ro'n i jest isio gwneud yn siŵr. Mi wisgais y siwmper fflyffi wen ro'n i wedi'i phrynu yn Chelsea Girl, y jîns tynna oedd gen i, a phâr o bŵts cowboi gwyn – a stwffio'r jîns i mewn iddyn nhw wrth gwrs. Edrychais ar fy hun yn y drych, a gwenu. Ro'n i'n edrych yn blydi briliant! Ro'n i wedi gofalu deud wrth y genod mai am saith fyddai o'n cyrraedd, nid chwech. Do'n i jest ddim isio rhywun fel Leah yn deud rhwbath gwirion o'i flaen o.

Am bedwar, ro'n i'n barod ac yn drewi o *Rive Gauche,* mwy soffistigedig na *Tramp* a *Charlie* – ro'n i wedi taflu'r rheiny wrth bacio ar gyfer dod i'r coleg – ac wedi dechrau cnoi 'ngwinedd. Roedd Alwenna wedi penderfynu mynd i weld ei chnither yn Neuadd John Williams ar ôl ei darlith Addysg, felly roedd gen i'r stafell i gyd i mi fy hun – am y tro o leia. Doedden ni'm wedi trafod be fyddai'n digwydd wedyn, rhag ofn na fyddai o isio aros wedi'r cwbl, pan/os byddwn i'n deud wrtho fo am Adrian. Mi wnes baned o de Earl Grey (arwydd arall 'mod i'n dechra mynd yn soffistigedig – dyna fyddai criw Drama yr ail a'r drydedd flwyddyn i gyd yn ei yfed yng nghaffi'r Caban ar ôl darlithoedd Drama – paned o Earl Grey a chacen gaws, ac ro'n i wedi meddwl bod hynna mor, mor 'cŵl') a dechra sbio drwy lond bag o lyfrau ro'n i wedi'u prynu'r bore hwnnw yn Galloways. Roedden nhw wedi costio ffortiwn, ond ro'n i wedi cael grant llawn – roedd pob plentyn ffarm yn llwyddo i gael grant llawn – a siec bach neis gan Dad ar ben hynny, felly doedd pres ddim yn broblem. Roedd o'n broblem i'r rhan fwya o'r lleill, ond nid i mi. Mae bod yn unig blentyn yn gallu bod yn handi weithia.

Tynnais y llyfrau allan fesul un a'u rhoi nhw ar y silff lyfrau uwchben fy ngwely cyn troi at y dramâu fydden ni'n eu hastudio yn ystod y flwyddyn. Y mawrion i gyd gan gynnwys blydi *Oidipos Frenin* wrth gwrs.

Dechreuais ei ddarllen. Fyddwn i ddim yn galw Soffocles yn *easy reading.* Ar ôl hanner awr, ro'n i wedi rhoi ffling iddo fo ac wedi troi at *Woman's Own.* Wedi darllen hwnnw o glawr i glawr (yn cynnwys fy horosgop, wrth gwrs: *"Beware of a man in red…"* a chroesi bysedd na fyddai John yn gwisgo coch), ro'n i ar bigau drain eto. Edrychais ar y rhes o lyfrau *Mills and Boon* oedd ar silff Alwenna. Na, doedd pethau ddim mor ddrwg â hynny. Ond roedden nhw mor flêr ganddi, felly es i ati i'w gosod i gyd yn daclus, a thwtio'i gwely – doedd hi byth yn gneud ei gwely'n iawn ac roedd hynny'n dechra mynd ar fy nerfau i, heb sôn am y ffaith ei bod hi jest yn taflu'i dillad budron ar lawr – yr hwch. Rhois i gic i'r pentwr diweddara o dan ei gwely. Roedd y stafell yn edrych yn weddol daclus wedyn – ddim yn berffaith, ond do'n i'm isio busnesa gormod efo stwff Alwenna. Doedd 'na'm byd ar ôl i mi ei wneud, felly es i'n aflonydd i gyd eto. Ro'n i angen symud, angen awyr iach, felly es i lawr grisiau. Roedd hi'n pigo bwrw y tu allan ac es i mewn i'r Lolfa Fawr at y bocs tyllau colomen. Ro'n i wedi anghofio sbio oedd gen i bost. Mi fyddai Non wedi derbyn fy llythyr i erbyn hynny. Ond roedd hi'n rhy fuan i ddisgwyl ateb. Dim byd.

Es i draw at y peiriant *Space Invaders* yn y stafell *pool* a rhoi fy neg ceiniog i mewn. Ro'n i'n gwneud reit dda nes i ryw foi ddod i mewn a sbio dros fy ysgwydd i. Sôn am infêdio *personal space* rhywun!

"Ti'n meindio?" gofynnais yn bîg.

"Beth?"

"Alla i'm lladd rhein a chditha'n chwythu lawr 'y ngwar i!"

Camodd yn ei ôl yn syth. "Ddrwg 'da fi. O'n i ddim yn sylweddoli bo fi'n amharu arnot ti."

"Wel mi oeddat ti," chwyrnais, fy mysedd yn dal i fynd fel fflamia ar y botymau. "Dwi jest â chael y *top score*, felly cau dy geg am funud."

Mi gaeodd ei geg, ac mi ges i'r sgôr ucha: 60500.

"Llongyfarchiade," medda fo, "ti'n eitha siarp 'da'r gormeswyr gofodol hyn."

"Y? Pwy? O… oes 'na enw Cymraeg iddyn nhw rŵan, oes?" Ro'n i'n trio canolbwyntio ar roi fy enw i ar dop y rhestr. Ac roedd hwn yn dwat.

"Enw da, so ti'n credu?"

"Swnio braidd yn ffug a phonslyd i mi."

Y gwir amdani oedd bod pob term Cymraeg 'newydd' yn swnio'n ffug a phonslyd i mi. Rhyw dinc 'Ysgol Gymraeg' iddyn nhw. Doedden nhw byth yn 'iwsio', dim ond 'defnyddio.' Dwi, fel sawl un arall, wedi dod i arfer efo'r geiria 'ma bellach ac yn gallu defnyddio 'defnyddio' heb deimlo'n hurt. Ond pan es i'r coleg roedd o jest yn hen lol wirion oedd yn deud arna i. Ac roedd y boi 'ma'n deud arna i'n uffernol.

Do'n i'm hyd yn oed wedi trafferthu sbio arno fo, roedd ei lais o'n ddigon. Ond wrth droi ar fy sawdl i adael y stafell, mi ges i gip arno. Boi main efo gwallt du oedd angen ei dorri, neu o leia angen rhoi crib drwyddo fo. Dillad digon blêr hefyd, edrych fel tasan nhw'n dod o Oxfam. A do'n i'm yn licio'r ffordd roedd o'n sbio arna i efo rhyw hanner gwên oedd yn awgrymu ei fod o'n gweld drwydda i. Ond doedd 'na'm byd i'w weld drwyddo fo, nag oedd? Roedd o wedi amharu ar fy ngêm *Space Invaders* i, ro'n i'n flin a dyna ni. Pam dylwn i fod yn glên efo pawb? Yn enwedig boi oedd yn gwisgo mor flêr – efo *ear-ring* yn ei glust. Pwff.

Es i'n ôl i fy stafell i gnoi mwy ar fy ngwinedd. Hanner awr yn ddiweddarach, daeth Leah i mewn.

"Asu! Death by *Rive Gauche*!" meddai, a'i dwylo'n chwifio'n or-ddramatig yn yr awyr. "Mae angan *oxygen mask* yma, myn uffarn i. W, a sbia smart wyt ti. Tynnu'r stops i gyd allan, mae'n amlwg."

"Dwi wastad yn gwisgo fyny ar gyfer John." Roedd ei phresenoldeb hi'n effeithio arna i'n syth.

"O? Gwisgo i fyny ar gyfer fi fy hun fydda i."

Roedd hynny'n berffaith amlwg, ond wnes i'm deud wrthi. "Os ti'n deud," meddwn, yn lle hynny.

"Os ti'n gwisgo i blesio dy hun, ti dy hun wyt ti wedyn yndê? Ddim be ti'n feddwl mae pobol eraill isio i ti fod."

Jadan hunangyfiawn! A'r busnes 'Goth' 'ma mor amlwg o ffals ganddi, yn amlwg yn ddim byd ond ffordd o dynnu sylw ati hi ei hun. Ond wnes i'm deud hynny'n uchel chwaith.

"Pryd mae o'n cyrraedd hefyd?" gofynnodd.

Anadlu'n ddwfn. "Saith."

"Jest dros awr i fynd ta. Ti am ei introdiwsio fo i ni?"

"Nacdw."

Sythodd. "O. Wel, ia, dwi'n dallt. Sefyllfa braidd yn ddelicet, tydi? Achos, dibynnu sut eith hi heno, ella na fyddan ni'n debygol o'i weld o eto beth bynnag, na fyddan?" Iesu, roedd hon yn gofyn am slap. Ac ro'n i isio mynd allan i ddisgwyl amdano fo y tu allan. Roedd hi'n ddeng munud i chwech.

"Does wybod. Yli, sori Leah, ond dwi'm yn teimlo fel malu cachu efo ti jest rŵan, iawn?"

"O. Ydi, iawn siŵr. Nyrfys?"

Nodiais a theimlo fy ngwefusau'n caledu. Oedd hi'n mynd i adael ta be? Roedd hi'n edrych o gwmpas y stafell rŵan, fel tase hi 'rioed wedi gweld fy mhosteri o'r blaen. Ro'n i wedi prynu 'I Wallt Merch' Dafydd ap Gwilym o Siop y Pethe, am 'mod i'n gweld gwallt yr hogan yn debyg i 'ngwallt i, ac wedyn o siop y Don, un o James Dean yn edrych yn *moody* (doedd o wastad? Dyna pam roedd o mor rhywiol) ac un o Rita Hayworth mewn ffrog werdd.

"Neis," meddai. "Ti 'di bod yn gwario," ychwanegodd, wedi clocio fy llyfrau newydd.

"Wel, yma i weithio ydan ni, yndê? Dyna pam mae'r cynghorau'n rhoi grantiau i ni."

"Ia, s'pôs. Ond dwi yma i gael laff fwy na'm byd. Titha 'fyd tasat ti'n onest."

Oedais. Ai dyna pam ro'n i gymaint o eisiau dod i'r coleg? I gael hwyl?

"O'n i'n meddwl bod Goths ddim i fod cael laff."

"Iesu, fedri di'm bod yn *depressed* drwy'r adeg, siŵr. Tyd 'laen," meddai, "mi fyddan ni'n gorfod gweithio'n gyts i dalu morgijys a ballu unwaith byddan ni wedi gadael coleg, felly dyma'r cyfle gora gawn ni i fwynhau'n hunain."

"Ia, ella bo chdi'n iawn," meddwn yn frysiog a diamynedd, "ond dwi'm yn y mŵd i drafod petha fel'ma rŵan, iawn? Ti'n meindio?" gofynnais gan wyro fy aeliau i gyfeiriad y drws.

"Dallt yn iawn," meddai gyda gwên. "Ddim am saith mae o'n dod, naci? Agosach at – rŵan, ia? Joia."

Ac i ffwrdd â hi, diolch byth. Roedd 'na rwbath lot rhy

glyfar am yr hogan yna. Wedi cyfri i ddeg, gafaelais yn fy nghôt a fy mag a rhuthro drwy'r drws am y grisiau. Y cynllun oedd ei stopio fo wrth y ffordd fawr, cyn iddo droi i mewn am y neuadd. Mi fyddwn yn gallu nabod ei Ford Capri du o bell, siawns.

Rhedais i lawr y grisiau cynta – a chyfarfod John, oedd ar ei ffordd i fyny.

"O, na!" gwichiais. Edrychodd yn hurt arna i.

"A dw inna'n falch o dy weld ditha. "

Damia, damia, damia! "Naci! Ddim dyna o'n i'n feddwl. O'n i jest wedi meddwl dy ddal di cyn i ti ddod i mewn."

"Pam? 'Sgen ti gywilydd ohona i neu rwbath? A finna 'di cael bath a newid fy nhrôns a bob dim."

"Nag oes siŵr." Roedd o wedi gwneud mwy na newid ei drôns. Roedd o'n edrych yn grêt. Lliw haul tywyll, crys du newydd a jîns oedd ddim yn edrych yn rhy hen nac yn rhy newydd ac yn dangos ei goesau hirion i'r dim. A dim coch o gwbl, diolch byth.

"Ofn i dy ffrindia ffansïo fi felly, ia?"

"Paid â bod yn sofft."

Gwenodd arna i, ac mi deimlais fy mhengliniau'n gwegian oddi tana i. Argol, roedd o'n ddel – ac yn gwybod hynny.

"Wel? Ti'n mynd i 'ngwadd i i dy lofft di ta be?"

"Ym… "

"Sgen ti'm byd i guddio, gobeithio!"

"Nag oes siŵr. Iawn, ond jest piciad i mewn, reit? Dwi 'di bod yma drwy'r dydd a dwi jest â drysu isio mynd o 'ma."

Nodiodd a fy nilyn i fyny'r grisiau.

"Ogla sbyty yma braidd, does?"

Oedd, roedd y rhan yma o'r neuadd wastad yn drewi o ddisinffectant. Do'n i'm isio gwbod pam. Ond beryg bod y ffaith mai stafelloedd hogia oedd ar y llawr cynta yn chwarae'i rhan. Agorais y drws, a cherdded yn ôl i mewn i'r llofft. Safodd John ynghanol y stafell a sbio o'i gwmpas. Roedd fy ochr i fel pin mewn papur, wrth gwrs, ac er 'mod i wedi bod yn twtio roedd ochr Alwenna'n dal i edrych yn flêr; doedd 'na'm byd yn matsio, ei dillad bob sut ar gefn ei chadair, yn lle'n hongian yn y wardrob fel fy rhai i, a'i desg yn gorlifo efo papurau a llyfrau. Ac roedd ei phosteri'n gam. Ro'n i wedi bod yn ysu i'w sythu nhw o'r cychwyn cynta.

"Ti'n rhannu?"

Nodiais. "Alwenna, hogan o Ben Llŷn. Hogan iawn, jest chydig yn flêr."

"Ti sy'n afresymol o daclus 'de."

"Afresymol? Fedri di'm bod yn afresymol o daclus, siŵr. Un ai ti'n daclus neu ti ddim."

"Hogan dy fam… "

Gwenais. "Ti'n cwyno?"

"Ddim o gwbwl. Ond dwn i'm… mae dy wallt di braidd yn rhy daclus heno."

"Y?"

Camodd tuag ata i, a rhoi un llaw am fy nghanol a thynnu'r llaw arall drwy fy ngwallt. "Fydda i'n licio dy wallt di'n fwy gwyllt, fel tasat ti newydd ddeffro neu newydd gael secs… fel hyn." Ac mi ddechreuodd wneud llanast go iawn o 'ngwallt i. Ro'n i wedi treulio oriau'n ei wneud o'n daclus ar ei gyfer o, damia fo, ac ro'n i isio gwylltio, ond roedd o mor agos, ac ogla mor dda arno fo a rhywsut, y cwbl wnes i oedd rhoi hymdingar o snog iddo fo. Cyn pen dim, roedden ni ar y gwely. Ro'n i isio cloi'r drws neu ddiffodd y golau o leia, rhag ofn i rywun ddod i mewn a ninnau ar ei chanol hi, ond do'n i ddim isio rhwygo fy hun o'i afael o chwaith, felly wnes i ddim. Ac fel digwyddodd pethau, wnaethon ni'm para'n hir iawn beth bynnag. Wel, 'nath John ddim.

"Sori," meddai, "ond dwi 'di bod yn edrych ymlaen gymaint at hynna. Wna i i fyny amdano fo heno, dwi'n addo."

"Be, ti'n disgwyl cael *encore*, wyt ti?"

"Dwi'n gobeithio cael *standing ovation*, mêt."

Gawson ni'r lle Indians i gyd i ni'n hunain. Anaml fyddai neb yn mynd yno mor gynnar – lle i fynd wedi i'r tafarndai gau oedd o, lle i hogia *macho*, meddw brofi eu gwrhydri efo *vindaloo* arbennig o boeth a llond llwy fwrdd o'r *lime pickle*, lle byddai 'na wastad o leia un yn cysgu a'i ben yn ei *bhajis*. Roedd bod yn yr Indians, fel cwpwl, yn brofiad gwbl newydd i mi, yn enwedig â'r partner yn berffaith sobor. Dim ond rhyw unwaith neu ddwy roedd John wedi cael bwyd Indiaidd yn ei fyw ond ro'n i wedi bod yno o leia deirgwaith yn barod, felly ro'n i fwy neu lai yn arbenigwraig yn ei dyb o. Mi fynnodd ofyn i mi be oedd bob dim ar y fwydlen achos doedd ganddo fo'm syniad mwnci.

"*Poppadoms* a *tandoori chicken* fydda i'n gymryd bob tro. Dwi'n gwbod 'mod i'n saff efo hwnnw."

"Boring! Ty'd, driwn ni rwbath gwahanol tro 'ma. Be os gymra i'r peth *dopiaza* 'ma, mae hwnnw'n swnio'n reit neis, a dewisia di rwbath fel y biri-be 'di o dwa – *biryani* neu *khorma*, neu rwbath, a gawn ni flasu'r ddau wedyn."

"No wê. *Tandoori* dwi isio."

"Asu, Nia, mae'n rhaid i ti experimentio weithia sti. Mae sticio at yr un peth o hyd yn uffernol o boring."

Howld on Defi John, meddyliais, ydi hwn yn trio awgrymu 'mod i'n boring? "Yli washi, dwi'n berson reit hapus i experimentio… " (ro'n i isio deud 'arbrofi', ond 'nes i stopio fy hun mewn pryd, fyddai hynny ddim ond yn ei wylltio fwy nag oedd rhaid) "mewn lot o wahanol ffyrdd, ond ddim efo 'mwyd, iawn? Dwi'n licio *tandoori chicken*, yn berffaith hapus efo *tandoori chicken*, felly *tandoori chicken* dwi'n mynd i'w gael!"

Gwenodd arna i, ac ysgwyd ei ben. "O'n i wedi anghofio dy fod ti'n hogan mor blydi penderfynol. Be gymri di i yfed ta? Hanner lager?"

"Peint fatha chdi, gyfaill."

"Ia, mwn."

Mi gyrhaeddodd y *poppadoms* yn uffernol o sydyn gan mai dim ond y ni oedd yno, ac mi ddechreuais i sglaffio'n syth. Doedden ni'm wedi sôn gair am Non eto, ond roedd ei henw hi'n siŵr o godi ryw ben ac ro'n i'n cachu fy hun.

"'Dan ni 'rioed wedi cael pryd o fwyd efo'n gilydd, naddo?" meddai John yn sydyn. "Dim ond chips ddiwedd nos. 'Rioed wedi ista lawr fel'ma i bryd go iawn."

"Naddo erbyn meddwl. Neis, tydi?"

"Yndi, ond dwi 'rioed wedi sylwi arnat ti'n byta o'r blaen." Sythais.

"Pam? Oes 'na rwbath yn bod efo'r ffordd dwi'n byta?"

"Nag oes, ond ti'n amlwg yn mwynhau dy fwyd. Methu dallt lle ti'n 'i roi o ydw i. Ti fatha styllan."

"*Metabolism* uchel. Byth yn llonydd, nacdw."

"Non druan. Mae hi'n twchu dim ond wrth sbio ar fwyd."

O, dyma ni. Es i'n chwys oer drostaf, a doedd gen i ddim clem be i'w ddeud nesa. Holi sut oedd hi fyddai'r peth naturiol i'w wneud, ond do'n i'm isio sôn amdani, nago'n. Felly mi lwythais fwy o nionod a'r stwff gwyn 'na ar fy narn *poppadom* a'i stwffio i 'ngheg fel 'mod i methu deud dim.

Edrychodd John yn od arna i. "Ydyn nhw'n dy lwgu di yma neu rwbath? Mae 'na gwrs arall ar y ffordd sti."

Gan 'mod i'n dal i gnoi, nodiais i ddeud 'mod i'n berffaith ymwybodol o hynny, diolch yn fawr.

Chlywes i mo enw Non wedyn – nes roedden ni hanner ffordd drwy'r prif gwrs ac ar y trydydd peint.

"Ti am ddod adre un o'r penwythnosa 'ma ta? Dwi'n siŵr 'sa Non yn licio dy weld ti."

Bron i mi dagu ar fy mwyd. Sut ar y ddaear ro'n i'n mynd i ymateb rŵan ta?

"Be? Ti'n trio deud mai dim ond hi fysa'n licio 'ngweld i?" meddwn yn y diwedd – gyda gwên ro'n i'n gobeithio oedd yn ymddangos yn chwareus. Pan ti mewn twll – fflyrtia.

"Wel, 'swn i'n chwilio amdanat ti ar ôl stop tap mae'n siŵr," atebodd ynta, efo gwên.

"*Charming.*"

Saib.

"Wel, wyt ti?" gofynnodd ar ôl cymryd dracht arall o'i beint.

"Ydw i be?" mwya diniwed.

"Am ddod adra ryw benwythnos? Siŵr bod gen ti ddillad i dy fam eu golchi bellach."

"Trio awgrymu 'mod i'm yn *domestic goddess*?"

"Nacdw, ond digwydd cofio mai dyna mae stiwdants yn 'i 'neud."

Wrth gwrs, roedd ei gyn-gariad o, Manon Ty'n Twll, wedi bod ym Mangor, ac wedi bod yn canlyn efo fo drwy gydol ei chyfnod fel myfyrwraig Hanes – nes iddo fo fynd efo fi, wrth gwrs. Hi oedd yn hanes wedyn. Ac roedd o'n iawn, roedd gen i lond sach blastig ddu o jîns a jympars i fynd adre at Mam.

Er bod 'na *launderette* yn y neuadd, ro'n i'n rhy ddiog i ddefnyddio'r lle. Ond ro'n i'n golchi fy nillad isa'n y sinc yn ddeddfol. Maen nhw'n para'n well os ti'n eu golchi efo llaw, a doedd fy nillad isa i ddim yn betha rhad, pyg fel rhai Alwenna. Mi fyddai hi'n defnyddio'r *launderette,* ac yn cynnig rhoi 'nillad i i mewn efo'i rhai hi, ond do'n i'm yn licio'r syniad yna, diolch yn fawr. Fy nillad i'n gymysg â'i phetha hi? Na. Nid bod Alwenna'n ffiaidd o fudur, ac roedd 'na rai lot gwaeth na hi. Roedd si bod rhyw nytar o hogan o'r ail flwyddyn, ddim yn golchi ei nicars budron yn y sinc, ond yn eu troi nhw tu chwith allan. Ro'n i wedi clywed bod dynion yn gneud hynna, ond merched?! Efallai 'mod i'n ddiog ond do'n i'n sicr ddim yn slwten.

"Dwi'n siŵr o ddod adre ryw ben," atebais yn y diwedd, "ond dwi ddim ar hast a bod yn onest."

"Mwynhau dy hun ormod?" Roedd o'n sbio i fyw fy llygaid i.

"Yndw," atebais, gan sbio'n ôl i fyw ei lygaid yntau. Roedd y cwrw'n dechra rhoi hyder i mi, ac ro'n i'n gwbod yn iawn be oedd yn cael ei awgrymu.

"Wela i," meddai. "Lle mae hyn yn dy adael di a fi, ta?"

Wel myn diawl… fi oedd y bos yn y berthynas yma wedi'r cwbl. Dechreuais wenu.

"Wel, dwi reit hapus efo petha fel maen nhw, os wyt ti'n hapus i bicio lawr yma i 'ngweld i bob hyn a hyn."

"Bob hyn a hyn?"

"Ia, fel mae o'n dy siwtio di. Dwi'n gwbod dy fod ti'n ddyn prysur, a 'swn i'm yn disgwyl i ti ddod lawr yn ystod cyfnod defaid ac ŵyn… "

"Chwarae teg i ti am feddwl amdana i."

Doedd o ddim yn edrych arna i rŵan, ond yn astudio gweddillion ei *dopiaza*, yn gwneud cylchoedd ynddo efo'i fforcen. Dechreuais deimlo'n euog.

"Paid â'i gymryd o fel'na. Dwi'n meddwl amdanat ti'n amal. Mae gen i feddwl y byd ohonot ti, ti'n gwbod hynny." Estynnais am ei law.

"Falch o glywed hynny," meddai gan dynnu'i law i ffwrdd i gydio yn ei beint, "ond dwi'm yn siŵr os ydi be sgen ti mewn golwg yn ddigon i mi."

"Be ti'n feddwl?" Roedd fy nghadair yn anghyfforddus mwya sydyn.

"Dydi gweld rhywun bob hyn a hyn ddim yn berthynas, nacdi?"

"Wrth gwrs ei fod o!" Ro'n i'n dechrau colli amynedd rŵan. "John, dwi yn y coleg. Alla i'm mynd yn ôl a mlaen fel io-io jest am bo chdi isio dy damed. Mae gen i waith i'w 'neud yma, a dwi isio gradd dda er mwyn cael gyrfa dda wedyn, ti'n gwbod hynny!"

Edrychodd arna i efo'r llygaid anhygoel o las 'na, llygaid oedd yn gallu bod yn las cynnes, ond yn gallu troi'n las rhewllyd ar ddim. Doedden nhw ddim yn gynnes rŵan.

"Deud mai mwynhau dy hun ormod i ddod adre wnest ti gynna."

Damia. Shit. Ffwc. Cachu hwch. Canolbwyntiais ar beidio â gadael i mi fy hun gochi, a chymryd sloch arall o mheint i drio ennill amser i feddwl am ymateb call.

"Oes 'na rwbath ti isio'i ddeud wrtha i, Nia?" gofynnodd wedyn. "Mae hi'n reit amlwg bod 'na rwbath wedi digwydd." Rhewais. "Ti 'di ffendio rhywun arall yn do?"

"Naddo!"

"Wel mae 'na rwbath od yn mynd mlaen 'ma. Oedd Manon yn dod adre i 'ngweld i bron bob penwythnos am bron i bedair blynedd a finna'n mynd i'w gweld hi bob nos Fercher ac yn aros efo hi ambell benwythnos hefyd."

Reit, ro'n i wedi gwylltio rŵan.

"O ia, o't ti'n gorfod dod â'i henw hi fyny, doeddat? Miss Perffaith! Ti'n difaru bo ti'm 'di sticio efo hi rŵan, wyt? Non a dy fam wedi bod yn dy ben di, do? 'Nath y ddwy yna 'rioed fadda i mi am dy ddwyn di oddi arni!" Roedd fy llais i'n dechrau troi'n wichlyd, ond do'n i ddim yn gallu rheoli fy hun bellach. Roedd jest clywed enw'r ast Manon 'na wedi 'ngwylltio i. "Mi fysa hi 'di gneud y ferch a'r chwaer-yng-nghyfraith berffaith, 'yn bysa? Miss Pechu Neb, byth yn mynd dros ben llestri, byth, byth yn gwneud ffyc-ôl o ddim allan o'i le! Yn wahanol i mi 'de!"

'Nath o'm ateb, dim ond sbio arna i am hir, a'i lygaid yn troi'n oerach, oerach.

"Mae petha'n dechra gneud sens i mi rŵan," meddai yn y diwedd. "Mae 'na rwbath wedi digwydd rhyngot ti a Non, does? O'n i'n meddwl ei bod hi wedi bod yn rhyfedd efo fi'n ddiweddar. A phan sonies i wrthi pnawn 'ma 'mod i'n dod i dy weld ti, ddeudodd hi fawr o'm byd, ond aeth hi'n goch fatha bitrwt. A ddeudodd Mam 'run gair o'i phen."

Daeth y gweinydd bach tenau draw i hel y platiau a gofyn oedden ni isio pwdin. Nag oedden. Diod arall? Nag oedden. Gofynnodd John am y bil a chymryd sip araf o'i beint.

"Wel? Ti'n mynd i ddeud wrtha i be ddigwyddodd?"

A dyna pryd doth 'na griw mawr o hogia swnllyd i mewn. Hogia WAC. Ac Adrian yn eu canol nhw. Mewn crys rygbi mawr coch Cymru.

pennod 6

DWI'N COFIO RHYWUN yn deud ryw dro: *'Humour is emotional chaos remembered in tranquility'*. Ac roedd y boi yn llygad ei le. Pan dwi'n cofio hyn i gyd rŵan, dwi isio piso chwerthin. Wel, roedd y sefyllfa'n hurt, 'doedd? Ro'n i mewn twll go iawn ac roedd y twll hwnnw'n edrych fel petai o am fynd yn llawer dyfnach yn o handi. Mi welodd Adrian ni'n syth – wel, mi welodd o fy wyneb i a 'nabod cefn John – ac am eiliad roedd o'n edrych fel tase fo am droi ar ei sawdl a mynd yn ôl allan. Y cachwr! Ofn John oedd o, garantîd. Ond penderfynu aros wnaeth o yn y diwedd, ac eistedd â'i gefn tuag aton ni. Gan fod John â'i gefn at y drws a'u bwrdd nhw wrth y ffenest beth bynnag, doedd o'm wedi gweld Adrian eto. Efallai 'mod i wedi llwyddo i beidio â chochi ynghynt, ond ro'n i'n gwybod 'mod i'n fflamgoch rŵan. *'Beam me up Scotty,'* meddwn dan fy ngwynt. Be gythraul oedd Adrian yn da fan'ma? Ro'n i'n meddwl ei fod o wedi mynd i'r Alban ar ei flwyddyn allan, damia fo!

"Be ddeudist ti?" gofynnodd John.

"Dim. Yli, gawn ni dalu'r bil a mynd o 'ma? Gawn ni siarad mewn heddwch yn rhwla arall."

"Pam? Ti'n nabod y bois 'na?"

"Ella. Dwi'm yn siŵr. Dio'm bwys. Ty'd."

Ond mi drodd John rownd i sbio arnyn nhw.

"Dwi'n nabod un neu ddau o rheina. Ffarmwrs. A dwi'n cofio gweld hwnna'n y crys glas yn cneifio yn y Royal Welsh. Hogia WAC ydyn nhw yndê?"

"Mae'n siŵr. Ti'n dod?"

"Ac mae nacw'n edrych yn uffernol o debyg i Adrian."

"Ydi o? Yli – mae'r *waiter* 'na'n dod rŵan." Gafaelais yn llawes y gweinydd, *"Excuse me? The bill?"* Mi gafodd dipyn o sioc 'mod i wedi cydio ynddo fo fel'na, ond mi weithiodd – mi drodd yn ôl at y cownter yn syth.

"Ti ar ddiawl o hast i fynd o'ma," meddai John, gan edrych arna i, yna troi'n araf i sbio ar y llond bwrdd o hogia WAC ac yna troi i fy wynebu i eto. "Pa un oedd o?"

Ro'n i'n teimlo braidd yn sâl rŵan, yn amau'n gry 'mod i'n mynd i flasu'r *tandoori chicken* eto'n sydyn iawn. Ro'n i wedi dechrau chwysu, a fydda i byth yn chwysu.

"Paid â bod yn sofft. Fyswn i'm yn twtsiad yn 'run o rheina efo coes brwsh," meddwn gan ymbalfalu am fy mhwrs. "Reit, wyt ti'n talu neu ydan ni'n mynd *halves*?"

"Dala i," meddai'n swta, a stwffiais fy mhwrs yn ôl i mewn i 'mag. Ro'n i isio cynnau ffag, ond roedd yn gas gan John fy ngweld i'n smocio. Ro'n i isio cnoi 'ngwinedd, ond mi fyddai o'n darllen gormod i mewn i hynny, felly stwffiais fy nwylo o dan fy nghoesau, allan o'r ffordd, a gweddïo y byddai'r gweinydd yn cyrraedd efo'r bil cyn i John ddeud gair arall. Ceisiais adrodd mantra yn fy mhen, 'Ti'n actores... ti'n actores... ti'n actores.' Mi fyddwn i angen cynnal perfformiad fy mywyd i ddod allan o hyn. Erbyn meddwl, mi ddylwn i fod yn gwenu ac yn edrych yn gwbl ddi-hid, yn lle chwysu fel hwch a methu sbio ym myw llygaid John, felly anadlais yn ddwfn a gwenu arno.

"Diolch am y swper, neis iawn," meddwn mewn llais oedd i fod swnio'n berffaith naturiol. "Ella gei di bwdin gen i os ti'n lwcus!"

Ddywedodd o ddim byd, dim ond estyn am ei waled wrth weld y gweinydd yn dod draw efo'r bil. 'Nath o'm gadael tip.

Ddywedodd o 'run gair wrth i ni godi a gwisgo'n cotiau chwaith. Mi afaelodd yn nolen y drws a chamu i'r ochr i adael i mi fynd gynta, ond wrth i mi gamu drwyddo, mi glywais: "Asu, Adrian! Be ti'n da 'ma?"

Saib, yna: "John!" fel tasa fo ddim wedi sylwi arno fo tan rŵan. "O, y swper ola cyn i ni gyd adael am ein blwyddyn allan, sti."

"Y swper ola? Diaw, prun 'di Jiwdas ta?!"

Chwerthin yn llawer rhy uchel wnaeth Adrian – chwerthiniad amlwg o nerfus, os ti'n gofyn i mi. Chwerthin wnaeth John hefyd, ond doedd 'na'm byd nerfus am hwnnw. Mi fuon nhw'n malu cachu am 'chydig wedyn, am y math o betha mae dynion yn malu cachu amdanyn nhw, ond wnes i'm aros i wrando. Ro'n i ar y pafin ers meitin, yn esgus gweld rhywbeth uffernol o ddifyr yn y siop drws nesa.

Pan ddoth John allan yn y diwedd, mi ddechreuon ni gerdded yn otomatig yn ôl am Bantycelyn. Ond do'n i'm isio cael y *show down,* oedd yn siŵr o ddigwydd, yn fan'no.

"Be am fynd at y traeth am dro?" gofynnais.

"Iawn," hynod swta, a dyma'r ddau ohonon ni'n troi am y Pier.

Saib hir, hir, a dim ond sŵn ein traed ar y pafin.

"Oedd hynna'n od iawn," meddai wrth i ni gyrraedd y Pier. "Mi 'nath Adrian fy nghyflwyno i'w fêts rŵan, ond 'nath o'm sôn gair mai fi oedd brawd ei gariad o."

"O? Wel, ella'u bod nhw'm yn ei 'nabod hi."

"Ydyn siŵr, tydi hi wedi bod yno efo fo ar benwythnosa? Ydyn nhw wedi ffraeo neu rwbath?"

Dyma ni. Roedd y foment wedi cyrraedd. Gafaelais yn ei law a'i dynnu at fainc.

"Stedda efo fi fa'ma. Mi ddeuda i'r cwbl wrthat ti."

Eisteddodd wrth fy ochr a sbio allan i'r môr. Roedd yr

haul wedi machlud, yr awyr yn galeidosgop o binc, llwyd ac oren ac roedd yr awel yn dal yn gynnes. Hedfanodd gwylan yn isel heibio i ni. Hen bethau hyll. Gas gen i wylanod. Ro'n i wedi newid fy meddwl amdanyn nhw am gyfnod ar ôl darllen *Jonathan Livingston Seagull*, beibl hipis y saithdegau, ac mi lyncais y claptrap i gyd: '*Build your own heaven... you have the freedom to be yourself, your true self... and nothing can stand in your way. It is the Law of the Great Gull...*' Llwyth o gachu, ond myfyrwraig ydw i'n de, a dyna'r math o beth mae myfyrwyr yn ei lyncu. Wedi camu allan i'r byd mawr creulon, mi ddysgais bod Cyfraith yr Wylan Fawr yn lol botes maip. Mae gwylanod wastad yn cachu ar fy mhen i, beth bynnag – a nacdi, dydi hynny ddim yn arwydd o lwc dda, dim ond arwydd o fil *dry cleaning*.

Dwi'm yn cofio sut wnes i ddeud yr hanes wrth John air am air, ond mi wnes i ddeud bod Adrian a Non wedi ffraeo, a 'mod i wedi bod yn hogan wirion iawn ac yn difaru f'enaid. Dwi yn cofio na ddywedodd o air drwy'r cyfan, dim ond dal i sbio allan i'r môr a gadael i mi baldareuo. A do, mi wnes i ddeud, yn ddagreuol, mai wedi meddwi ro'n i, a rhoi'r bai i gyd ar y ddiod; a do, mi wnes i gyfadde 'mod i wedi cael secs efo Adrian a bod Non wedi cerdded i mewn a'n dal ni.

"... a dwi'm wedi clywed gair ganddi ers hynny."

Wnes i'm clywed llawer gan John chwaith. Wedi i mi orffen fy llith, mi gaeodd ei lygaid am yn hir, a deud dim. Yna mi edrychodd allan i'r môr am oes, a deud llai fyth. Chwarae teg, ro'n i'n disgwyl iddo fo ddeud rhywbeth – unrhyw beth. Ond 'nath o ddim, a finna ar bigau drain wrth ei ochr o, yn gwbod y dylwn i jest dal fy nhafod ac aros nes byddai o'n barod i ddeud be bynnag roedd o am ei ddeud, ond fues i 'rioed yn hogan amyneddgar, naddo?

"John! Plîs deuda rwbath!"

"John? Tyd 'laen, dwi'n sori, ocê?"

"John! Ffor god's sêc, deuda rwbath nei di!"

Yn y diwedd, mi 'nath o ryw sŵn oedd yn hanner ochenaid a hanner ebychiad 'cau-dy ffycin-gegaidd', ac wedi saib hir, mi drodd ata i'n araf a deud,

"Dwi'n meddwl bod 'na ddigon wedi cael ei ddeud fel mae hi, ti'm yn meddwl?" Ac yna mi gododd ar ei draed, rhoi'i ddwylo yn ei bocedi, a dechrau cerdded i ffwrdd.

"John? Ble ti'n mynd? John!"

Brysiais ar ei ôl. Roedd o'n fy anwybyddu i'n llwyr, ac yn cerdded yn syth yn ei flaen, yn hamddenol ond efo'r camau breision ffarmwr coesau hirion 'na oedd yn golygu 'mod i'n gorfod trotian i gadw i fyny efo fo, a dydi hi ddim yn hawdd trotian mewn bŵts cowboi gwynion efo sodlau uchel tenau a tasls. A doedd y pafin ddim yn wastad o bell ffordd, felly ro'n i'n troi 'nhroed yn dragwyddol. Ro'n i'n crio mewn poen ac yn crio'n waeth fyth wrth geisio'i ddilyn.

Wedi cyrraedd Neuadd y Brenin, mi drodd yn sydyn i lawr Terrace Road, ac fel roedden ni'n camu'n fud a throtian yn gwynfanllyd heibio'r Ceffyl Gwyn, mi ddoth 'na griw o hogia Pantycelyn allan, yn cynnwys y snichyn oedd wedi styrbio fy ngêm *Space Invaders* i. O na... mi rois y gorau i nadu a dechrau rhedeg ynghynt gan obeithio nad oedden nhw wedi 'ngweld i. Wedi cyrraedd North Parade, mi drodd John i'r chwith. Roedd o'n mynd yn ôl am Bantycelyn, neu'n ôl am ei gar o leia. Prin ei fod o am aros y noson efo fi bellach. Ac roedd sylweddoli hynny'n teimlo fel cyllell yn fy stumog. Do'n i ddim isio'i golli o – ddim fel hyn!

"John, plîs, aros funud, elli di'm jest mynd heb i ni drafod hyn!"

Mi ddywedodd rhywbeth dan ei wynt, ond gan 'mod i y tu ôl iddo fo, ddeallais i 'run gair.

"Be? Fedra i mo dy glywed di."

Trodd ar ei sawdl yn sydyn a bloeddio yn fy wyneb: "Does na'm byd i'w drafod!" Yna trodd a cherdded efo camau hyd yn oed yn fwy bras. Yna, mwya sydyn, mi stopiodd eto, troi yn ei ôl a dechrau cerdded tuag ata i. Diolch byth, roedd o wedi newid ei feddwl a gweld sens. Ond doedd o'm yn sbio arna i – ac mi basiodd heibio i mi a dal i fynd i fyny'r allt.

"Lle ti'n mynd rŵan?!"

"I'r Indians i ddyrnu'r ffycin Adrian 'na'n slwtsh!"

Roedd 'na ddarn bychan, bach ohona i'n gynnwrf i gyd am fod 'na ddau foi'n mynd i gael ffeit drosta i – eto. Roedd John wedi dyrnu Arwel, hen gariad i mi, yn yr ysgol unwaith, ac er bod hynny'n ofnadwy, mi ges i wefr o'r peth hefyd, taswn i'n onest. Ond do'n i ddim isio i neb frifo tro 'ma. Wel, ar wahân i Adrian o bosib. Mi fyddwn i'n reit falch o weld hwnnw'n cael llygad ddu neu rwbath. Ond roedd yr olwg ar wyneb John pan basiodd o fi yn edrych fel 'tai o'n mynd i roi dipyn mwy na llygad ddu iddo fo. Brysiais i fyny'r allt ar ei ôl.

"John! Callia 'nei di! Di o'm werth o! Fyddi di 'di ladd o, a ti'm isio mynd i jêl! Ddim drosta i!"

"Pwy ddeudodd mai drostat ti fyddai o? Mae'r cwdyn bach dan din i fod yn canlyn efo'n chwaer fach i!"

Mae'n siŵr 'mod i'n haeddu honna, ond do'n i ddim yn teimlo felly ar y pryd. A deud y gwir, ro'n i'n siomedig tu hwnt ac wedi 'nghlwyfo. Felly nid y ffaith 'mod i wedi'i tw-teimio fo oedd yn ei boeni o, ond y ffaith fod Adrian wedi tŵ-teimio Non! Sefais yn stond a'i wylio'n brasgamu i fyny Great Darkgate Street a'i ddwylo'n ddyrnau wrth ei ochrau. Ffwcio fo. Roedd y bastad yn hanes rŵan, a thwll ei din o. Codais fy nhrwyn yn yr awyr, troi ar fy sawdl a'i chychwyn hi am Bantycelyn. Erbyn pasio'r Cŵps, ro'n i'n difaru. Mi fyddwn i wedi licio gweld Adrian yn cael stîd. Ei fai o oedd hyn i gyd. Fel ro'n i'n pasio mynedfa'r Llyfrgell Genedlaethol, gallwn glywed sŵn seiren yn y pellter. A dyna pryd dechreuais i grio o ddifri. Be oedd hynna ddywedodd Aristotle am gamgymeriadau bychain yn troi'n rhai mawr? Taswn i'm wedi yfed y *rum and blacks* 'na efo Adrian, taswn i jest wedi rhoi gwên iddo fo, dymuno'n dda iddo fo yn yr Alban, a mynd yn ôl at fy ffrindia… Ond wnes i ddim naddo, a rŵan mae'n siŵr fod Adrian ar ei ffordd i'r sbyty efo *collapsed lung* a John ar ei ffordd i garchar Amwythig am GBH – neu *manslaughter* – a fyddai Non byth, byth yn siarad efo fi eto.

pennod 7

CHES I DDIM GWYBOD am wythnosau be oedd wedi digwydd yn yr Indians. Allwn i ddim ffonio John yn hawdd iawn, er 'mod i jest â drysu isio gwneud. Nid yn unig ro'n i ar dân isio gwybod os 'nath o hanner lladd Adrian, ond ro'n i hanner isio rhoi llond pen iddo am fod mor blentynnaidd a pheidio â siarad efo fi fel'na, a hanner isio trio ymddiheuro eto. Ond ro'n i'n ei nabod o'n ddigon da i wybod nad oedd 'na'm pwynt. Unwaith roedd rhywun yn pechu John, dyna hi, roeddet ti wedi pechu am byth. A beryg 'mod i wedi'i bechu o jest y mymryn bach lleia.

Ro'n i eisoes wedi tynnu lluniau ohono fo oddi ar y wal a'u cadw'n ofalus mewn amlen. Doedd gen i'm calon i'w taflu i'r bin sbwriel – ddim eto. Ro'n i hefyd wedi tynnu lluniau Non, gan 'mod i'n dal heb dderbyn ateb i'r llythyr. A doedd gen i'm syniad sut i gysylltu efo Adrian yn yr Alban – os oedd o wedi cyrraedd fan'no o gwbl.

Mi wnes i drio holi gweinydd yr Indians be oedd wedi digwydd, ond doedd ganddo fo'm syniad am ba ffeit ro'n i'n sôn. *"We have fighting here very regularly, you see."* Mi fues i'n darllen y *Cambrian News* yn ofalus hefyd, yn disgwyl gweld adroddiad am ffeit a GBH a dau'n cael eu restio – ond weles i ddim byd. Ond rhyw dair neu bedair wythnos yn ddiweddarach, ro'n i yn y Llew Du efo'r genod ac mi ddoth 'na griw o hogia WAC i mewn, yn cynnwys un o'r rhai oedd yn yr Indians efo Adrian. Mi arhosais nes bod ganddo beint yn ei law, cyn cerdded tuag ato.

"Smai."

Edrychodd yn hurt arna i am hanner eiliad, yna gwenu fel giât.

"Dow. Smai wa! Ti fues i'n snogio efo hi neithiwr, ia?"

Nid dyma'i beint cynta'r noson honno, roedd hynny'n amlwg.

"Naci sori. Fi oedd yn yr Indians pan oedd Adrian efo chdi."

"Pwy?"

"Adrian Pugh? Yn ei ail flwyddyn yn WAC?"

"O, Adrian!" Ro'n i'n dechrau difaru siarad efo'r drong yma'n barod. "Duw ia, uffar o gês 'di Adrian," meddai wedyn. "Ti'n un o'i goncwests o, wyt ti?"

Brathais fy nhafod a phlannu fy ewinedd yng nghledrau fy nwylo.

"Nacdw." Wel, do'n i ddim yn 'goncwest', nag'on? Do'n i'm isio'i weld o eto, nag'on? "Pam? Ydi o'n cael concwests yn aml?" gofynnais drwy fy nannedd.

"Mwy na fi 'de, y diawl lwcus. Ac mae 'na uffar o leibrêrian dinboeth wedi gwirioni'i phen efo fo. Dwn i'm sut mae o'n 'neud o. Mae pob un blydi leibrêrian arall yn gwrthod siarad efo fi, hyd yn oed y rhai hyll."

Roedd y ffaith bod campws Llanbadarn wedi ei rannu rhwng ffermwyr mawr horni a llyfrgellwyr bach llywaeth, oedd bron i gyd yn ferched, wedi fy synnu, rhaid i mi ddeud. Gofyn am drwbwl ta be? Ond mae'n amlwg nad oedd pob llyfrgellydd yn llywaeth nac yn ddiniwed. Fwy nag oedd Adrian. Ro'n i'n teimlo'n llai euog wedyn, rhywsut.

"Gwranda, ti'n cofio'r noson 'na yn yr Indians?" gofynnais.

"Pa un? Dwi'n landio yno reit aml – mwya'r piti. Cachu draenog bob bore wedyn."

"O, neis. Y noson pan oedd Adrian yna. Ddoth 'na foi i

mewn wedyn a rhoi stîd iddo fo?"

"Y? O, aros di funud, y noson honno? Do, mi ddoth 'na foi i mewn a gofyn iddo fo ddod allan am funud. Mi ath, ac aeth hi'n chydig o sgyffl, felly aethon ni gyd allan i roi stop arnyn nhw. Ac mi roth Als Bach uffar o gweir i'r boi am feiddio dechra ar un o'n hogia ni. Un fel'na ydi Als Bach, wrth ei fodd yn ffustio rhywun am yr esgus lleia. Mae o 'di cael ban o'r Gilar Arms dwn i'm faint o weithia."

Ro'n i'n dechrau teimlo'n sâl. "Ym... oedd... oedd y boi 'ma wedi brifo, ta?"

"Oedd o'n gwaedu fel mochyn 'de. 'Swn i'm yn synnu tasa fo 'di colli dant neu ddau. Aethon ni gyd yn ôl i mewn at ein *vindaloos* wedyn, a chwerthin am ei ben o'n trio hercian am adra fel yr Hunchback o Rotterdam."

"Notre Dame." Er 'mod i'n teimlo'n swp sâl, allwn i ddim peidio â'i gywiro.

"Y? Ia, hwnnw."

"Sut siâp oedd ar Adrian?"

"Fawr gwaeth. Ond oedd o'n flin efo Als Bach, dwi'n cofio. Anniolchgar 'de? A'r boi newydd ei achub o, chwarae teg."

John druan. Ro'n i'n teimlo braidd yn euog, wrth reswm, ac yn gobeithio'n arw nad oedd o wedi colli'i ddannedd, ddim ag yntau'n ddyn mor ddel. Ond mi ges i gip arno fo pan es i adre dros y Dolig – cip o bell dwi'm yn deud, jest yn pasio yn y Landrover, ac roedd ei ddannedd o'n edrych yn iawn i mi, nid ei fod o wedi gwenu arna i na dim felly. Ond mi ges i wybod wedyn mai plât oedd ganddo fo. Dannedd gosod, waeth i ti ddeud, ac ynta mor ifanc. Ond dyna fo, doedd dim rhaid iddo fo fynd i drio setlo pethau efo'i ddyrnau, nag oedd? Rydan ni i gyd yn dysgu'n gwersi yn y diwedd.

'Gorau ysgol yn yr hollfyd,

i ddysgu dyn yw ysgol adfyd…'.

Dyna fyddai Dad wastad yn ei ddeud.

Aeth gweddill y tymor heibio fel y gwynt. Meddwi bob penwythnos a phob nos Fercher, bachu'n eitha aml… ond neb arbennig, neb oedd yn gwneud i mi isio mynd yn ôl am fwy. Do'n i ddim ar frys i ganlyn eto, a phun bynnag, ro'n i'n rhy brysur. Roedd fy amserlen yn llawn. Yn rhy llawn i fynd adre, hyd yn oed. Wel, dyna ro'n i'n ei ddeud wrth Mam o leia. Y gwirionedd oedd 'mod i ddim isio cael fy holi'n dwll am Non a John. 'Nes i ddeud wrthi dros y ffôn 'mod i wedi gorffen efo John, ac roedd hi'n swnio'n reit hapus am y peth.

"Felly dyna pam mae'i fam o wedi bod yn fy osgoi i yn dre! Ro'n i wedi ama… ac roedd Non reit ryfedd efo fi yn y chemist 'na 'fyd. Ew, mae hi wedi pesgi'n tydi? A pham na neith hi rwbath efo'i gwallt, dwa? Golwg y diawl arni."

Non druan. Mae'n siŵr ei bod hi wedi bod yn stwffio'i hun ers y noson honno. *Comfort eating*, debyg. A 'mai i oedd hynny. Ro'n i isio holi mwy amdani, ond byddai hynny'n anodd heb gyfadde ein bod ni wedi ffraeo – a pham. Ond ches i'm cyfle i dorri ar lifeiriant geiriol Mam beth bynnag:

"Fydd dy dad ddim yn hapus mae'n debyg," meddai; "tydi hwnnw mewn byd isio i ti briodi ffarmwr? Ond ti'n haeddu gwell na hynny, a ti'n sicr yn haeddu gwell na John y Wern. Mae'r ffordd yn glir i ti ddod i nabod dynion eraill rŵan, yntydi? Ac mae'n siŵr bod 'na ddynion o safon yn y coleg 'na. Glywis i bod nai Mrs Prydderch y Mans yn gneud y Gyfraith yna, ac yn cael hwyl arni hefyd, yn garantîd o 'neud ei farc yn y byd cyfreithiol. Ti 'di dod i nabod hwnnw? Bedwyr ydi'i enw fo, os cofia i'n iawn. Alla i holi mwy amdano fo os leici di."

Ond ro'n i'n gwybod yn iawn pwy oedd o'n barod, a doedd gan y creadur ddim mwy o *sex appeal* na chadach llestri. Ac ysgwyddau fel potel HP sôs.

"Na, dim diolch Mam, dwi'n gwbod pwy ydi o, a dydi o mo 'nheip i, sori."

"Wel watsia di fod yn rhy ffysi rŵan, Nia; mae isio rhoi cyfle i'r hogia 'ma 'sti. 'Wyrach y byset ti'n dod i'w licio fo taset ti'n dod i'w nabod o'n well."

"Na, Mam, mae gen i betha pwysicach i feddwl amdanyn nhw na dynion rŵan beth bynnag. Mae gen i draethodau i'w sgwennu a seminarau i'w paratoi, heb sôn am sgriptiau i'w dysgu. Dwi'n brysur."

"Rhy brysur i ddod adre?"

"Yndw, sori."

"Ddim hyd yn oed am ginio dydd Sul?"

"Dwi ar ddeiet."

"Nia! Ti'm angen mynd ar ddeiet! Ei di'n anxocretic!"

"*Anorexic*, Mam, a wna i ddim. Allwch chi'm bod yn actores efo sbêr teiar. Dwi'n gorfod mynd rŵan, Mam – anferth o giw am y ffôn 'ma. Ffonia i chi wsnos nesa'. Hwyl!"

A do'n i ddim yn deud celwydd – roedd 'na o leia pedwar yn disgwyl i ddefnyddio'r ffôn – roedd hi'n nos Sul. Ac mi ro'n i wir yn brysur.

Do'n i ddim yn or-hoff o rai agweddau o'r cwrs Cymraeg – Cymraeg Canol a Buchedd Dewi a'r blydi cynganeddion yn enwedig, heb sôn am y gwersi gramadeg; ond ro'n i'n mwynhau'r darlithoedd Drama, a'r sesiynau ymarferol yn fwy na dim. Roedd o'n gyfle i gael actio, doedd? Ac yn gyfle i gael symud, yn hytrach na theimlo 'nhin – a fy meddwl – yn troi'n goncrit mewn rhyw ddarlithfa dywyll; ac roedd o'n hwyl, ac yn gyfle i gyfleu fy hun mewn ffordd wahanol, yn hytrach nag efo blydi beiro. Roedd Drama'n fy nysgu i fod yn fwy ymwybodol o 'nghorff, o'r ffordd ro'n i'n cerdded a dal fy hun, ac ro'n i'n dod i nabod fy nghyd-fyfyrwyr yn well. Gorfod bod â digon o ffydd ynddyn nhw i fy arwain o gwmpas stafell llawn llanast a minna efo mwgwd am fy llygaid, neu wrth ddisgyn wysg fy nghefn i'r llawr, gyda ffydd y bydden nhw'n fy nal cyn i mi frifo.

Roedd y myfyrwyr Drama, ar y cyfan, yn llawer mwy gwreiddiol a diddorol na myfyrwyr eraill. Wel, yn fy marn i o leia. Doedd ganddyn nhw'm ofn gwisgo'n wahanol – boas plu ac ati, a gwisgo sgarffiau yn y ffyrdd mwya od – a doedd ganddyn nhw'm ofn gwisgo lliwiau oedd yn clasho. Roedd Mam wastad wedi fy nysgu i: *'Blue and green must never be seen'*. "A paid byth â gwisgo coch, achos does 'na ddim byd yn mynd efo coch, dim ond du, ac os wyt ti'n cymysgu coch efo du, mi fyddi di'n edrych fel putain." Wel, doedd mam Leah yn amlwg ddim wedi deud yr un pethau wrthi hi. Roedd fy nillad i wastad wedi matshio'n ddel, ond 'nes i sylweddoli'n o handi mai syniadau henffasiwn oedd rheiny, a bod dillad yn gallu cyfleu y chdi go iawn, *'the inner you'*. Felly 'nes i ddechra copïo genod yr ail a'r drydedd flwyddyn a phrynu petha o'r 60au mewn siopau ail-law a'u gneud nhw i fyny efo *fringes* a *sequins* a ballu. Roedd Ruth ac Alwenna'n meddwl 'mod i'n hurt, ond doedden nhw'm yn dallt nag oedden, doedden nhw'm yn gneud Drama.

Roedd Davina Rhys, pennaeth yr adran, wedi gwirioni efo fi. Roedd hi wastad yn un dda am sbotio potensial, a chan ei bod hi wedi meithrin rhai o actorion gorau'r genedl ro'n i'n hapus iawn fy myd yn cael yr holl sylw ganddi.

Doedd pawb oedd yn astudio Drama ddim mor ymroddgar â fi, wrth gwrs, a doedd ganddi fawr o fynedd efo'r rheiny. Fel Leah, er enghraifft. Dyna i chi'r adeg pan ofynnodd Davina i ni gyd ffarwelio efo plwg.

"Plwg? O, ffycs sêc, dwi'm yn coelio hyn," meddai Leah dan ei gwynt. Ond 'nes i ei hanwybyddu hi, ro'n i isio canolbwyntio. Plwg bach syml mewn socet yn y wal oedd o, ond roedden ni i gyd i fod i drin y plwg fel tase fo'n rhywbeth byw, a ffarwelio efo fo fel tasen ni'n torri'n calonnau am na fydden ni byth yn gweld y plwg wedyn.

"O, mae hon yn cymryd y pis rŵan… " meddai Leah.

"Nacdi tad!" hisiais arni. "Mae bwriad y peth yn gwbl amlwg i unrhyw un sy'n dallt Drama!"

"O?"

"Yli, mae hi isio gweld os wyt ti'n ddigon o actor i allu anghofio am dy *inhibitions*. Rŵan cau dy geg a deuda '*adieu*' wrth dy blwg."

Ac mi daflais i fy hun i mewn i'r peth o ddifri – ro'n i'n beichio crio'n ffarwelio efo mhlwg, dagrau go iawn yn diferu i lawr fy ngruddiau, a 'ngwefus isa'n crynu jest digon. Ond roedd Leah wedi dechra giglan a chwarae'n wirion efo ryw ddau arall yr un mor hurt â hi, a gwaredu eu bod nhw'n gorfod 'deud ta ta wrth ffwcin plwg'. Plentynnaidd iawn. Gawson nhw i gyd ddiawl o row gan Davina nes oeddan nhw'n bownsio.

Oedd, roedd ganddi ei ffefrynnau, ac yn gwneud hynny'n berffaith amlwg, ond o leia roedd pawb yn gwybod lle roeddan nhw'n sefyll. Ac ro'n i reit ar dop yr ysgol. Y lle gora i fod – os nad oes gen ti ofn disgyn. Roedd Dad wedi adrodd pennill gan Dic Jones i mi ryw dro:

Os cyrhaeddi ben yr ysgol
Ar dy drafael,
Disgyn wedyn ffon neu ddwy,
Mae gwell gafael.

Ond pwy yn ei iawn bwyll fyddai'n gwirfoddoli i ddringo i lawr yr ysgol pan mae o ar y top? Aros yno hynny fedri di wyt ti, yndê, a rhoi cic a phenelin i unrhyw un arall sy'n trio dy basio di neu dy dynnu di i lawr. A do'n i 'rioed wedi disgyn, wel, ar wahân i ddisgyn oddi ar y bar uchel yn yr ysgol gynradd, ond fy nysgu nad o'n i'n mynd i fod yn *gymnast* 'nath hynny. Non oedd y *gymnast*, er nad oedd hi ddim byd tebyg i Olga

Korbut – rhy fawr, rhy dal, ond balans da ac yn ofnadwy o gry. Ond doedd bywyd ddim wedi rhoi Non ar ben yr ysgol hyd yma, nag oedd? Ffendio nad oedd ganddi frêns, bechod; magu pwysa'n hawdd; methu ei harholiadau lefel A yn rhacs, a'r unig foi roedd hi wedi ei garu erioed wedi torri'i chalon. A'i ffrind gora'n cachu arni.

Er bod Non a finna wedi'n geni dan yr un arwydd *zodiac* (Scorpio) doedd ein bywydau ni ddim byd tebyg, achos ar wahân i golli fy ffrind gora roedd bywyd wedi bod yn garedig iawn efo fi: cael fy magu'n unig blentyn – ia, ocê, a chael fy sbwylio; llwyddo i gael bob dim ro'n i ei isio; llwyddo i gael pob dyn ro'n i ei isio; ro'n i'n dena, ro'n i wedi gneud yn dda yn yr ysgol, a rŵan roedd Pennaeth yr Adran Ddrama'n meddwl mai fi oedd yr actores orau welodd hi 'rioed. Wel, 'nath hi'm deud hynna'n union, ond roedd hi'n meddwl 'mod i'n grêt, does 'na'm dwywaith. Roedd o'n gwbl amlwg, a byddai Leah yn aml yn cwyno 'mod i'n '*teacher's pet*'. Ond dim ond jelys oedd hi, am nad o'dd Davina'n cymryd dim gronyn o sylw ohoni hi. Iawn, ocê, roedd Leah yn gallu actio'n eitha digri weithia, ac oedd, roedd ganddi'r hyn rydan ni'n ei alw yn y busnes yn *comic timing*, ond doedd hynny ddim yn ddigon i Davina, nac i fi. Mae unrhyw ffŵl yn gallu actio'r ffŵl os mai ffŵl ydi o i ddechra, ond nid pawb sy'n gallu actio go iawn, ac roedd Davina'n amlwg wedi gweld 'mod i'n actores o 'nghorun i'n sawdl. Mi ges i ran Juliet ganddi yn *Romeo and Juliet*.

"Blydi hel!" ebychodd Leah pan glywodd hi. "Ti? Ond ti m'ond yn y flwyddyn gynta! A tydi criw'r flwyddyn gynta byth, byth yn cael prif ranna fel arfer!"

"Nac'dyn?" gofynnais yn ddiniwed, er 'mod i'n berffaith ymwybodol o'r ffaith. "Mae'n rhaid bod 'na reswm felly."

"Wel, hogan ifanc ydi Juliet dê?" meddai Leah, "a ti'n edrych tua deuddeg heb fêc-yp."

Blydi *cheek*. Ro'n i'n gallu deud ei bod hi'n jelys, yn enwedig am mai dim ond joban cefn llwyfan gafodd hi. Ond nid hi oedd yr unig un; doedd merched yr ail na'r drydedd ddim yn hapus am y peth o gwbl. Wnaethon nhw'm deud dim, ddim i 'ngwyneb i o leia, ond ro'n i'n gallu ei deimlo fo. Ond do'n i ddim yn mynd i wrthod y rhan, nag'on? Dim bwys faint o *dirty looks* fyddwn i'n eu cael gan y genod hŷn. A fyddai'r un ohonyn nhw chwaith wedi gwrthod pe baen nhw wedi cael y cynnig.

Hogyn o'r drydedd flwyddyn gafodd ran Romeo: Cai ap Pedr, mab i rywun pwysig yn y BBC yng Nghaerdydd, ac actor da. Roedd hi'n berffaith amlwg yn y clyweliad mai fo fyddai'n cael y rhan. Ac oedd, roedd o'n gorjys. Ac oedd, roedd o'n canlyn yn selog – efo Nathalie Quillec, Llydawes oedd ddwy flynedd yn hŷn na fo, ac yn gweithio fel rhyw fath o *assistante* yn yr adran Ffrangeg.

"Hi sy'n cynnal sesiynau siarad er mwyn gwella'n sgwrs Ffrangeg ni," meddai Leah, wrth i ni i gyd gerdded draw i siop fferins y Bon Bon un pnawn dydd Sul, "ac mae hi'n grêt, yn dysgu Ffrangeg, iaith y stryd a iaith bob dydd i ni, ddim jest y stwff academaidd."

"Be? Ydi hi'n goman, felly?" gofynnais yn obeithiol.

"Nac'di siŵr, dydi genod Ffrainc byth yn goman."

"Be ydi'r holl buteiniaid ym Mharis ta?" gofynnodd Ruth.

"Sôn am ferched cyffredin ydw i yndê!" meddai Leah, "ac mae ganddyn nhw ryw steil, ryw '*je ne sais quoi*' sy ddim ganddon ni."

"Be? Jest am eu bod nhw wastad yn gwisgo du ac yn smocio Gitanes?" gwenodd Ruth.

"Ers pryd wyt ti'n gwbod gymaint am ferched Ffrainc a phuteiniaid Paris?" gofynnodd Leah yn sych.

"Fues i yno efo'r ysgol yn y chweched. Mae gen inna lefel

A Ffrangeg, sti," meddai Ruth.

"Gradd A," meddai Alwenna. Brathodd Leah ei thafod. Dim ond B gafodd hi.

"Wel eniwe, mae Nathalie'n cŵl, dyna'r cwbl o'n i isio'i ddeud," meddai.

"Ydi hi'n ddel?" gofynnais

"Yndi."

"Yn ddelach na fi?"

Edrychodd y genod ar ei gilydd.

"Wel, mae'n anodd deud," meddai Leah, "mae hi'n dal a soffistigedig efo gwallt du, a ti'n... wel... ti... yn fach ac yn olau."

"A ddim yn soffistigedig?"

"Iesu, hogan ffarm ddeunaw oed wyt ti! Mae gen ti lot i'w ddysgu cyn byddi di'n soffistigedig!" Roedd Leah yn amlwg yn dechra colli 'mynedd efo fi, braidd.

"A ti'm yn Ffrances chwaith... " ychwanegodd Ruth, efo rhyw dinc o eironi mae'n siŵr.

"Y peth ydi," meddai Alwenna, wrth i ni gamu i mewn i'r Bon Bon, "ti'm yn mynd i drio dod rhwng Cai a Nathalie, wyt ti?"

"Gawn ni weld," atebais yn swta, "ond dwi'n bendant yn ei ffansïo fo a dwi'n eitha siŵr ei fod ynta'n fy ffansïo inna hefyd. A dydyn nhw'm wedi priodi naddo?" Www... Lindt Chocolate Eggs i mi dwi'n meddwl... Yna, "Ydi hi'n dena?" gofynnais.

"Ydi. Wel, ddim yn dena, *slim*."

"Yn deneuach na fi?"

"Nacdi."

Gwenais.

"Tydi o'm yn ormod o *cliché*?" gofynnodd Ruth, wrth gydio mewn bar o siocled plaen, boring. "Romeo'n copio ffwrdd efo

Juliet? Mi fyddai'n fwy gwreiddiol taset ti'n mynd ar ôl y boi sy'n chwarae rhan Paris neu Friar Lawrence, neu rywun."

"Y Brawd Lorens ydi o'n Gymraeg, a na, dwi'm yn eu ffansïo nhw o gwbl, diolch yn fawr," meddwn yn sych.

"Na, fyswn inna ddim chwaith," cytunodd Leah, gan roi un o'i sherbert lemons yn ei cheg. "Mae gan y boi sy'n chwarae rhan y Brawd Lorens ddannedd mor uffernol, 'sa fo'n gallu byta afal drwy dennis racet."

"O, cas… " chwarddodd Alwenna, gan rannu ei phecyn o Black Jacks a Fruit Salads.

"'Nest ti'm bachu'r boi oedd yn chwarae rhan Gronw Pebr pan 'nest ti actio rhan Blodeuwedd yn yr ysgol?" gofynnodd Ruth. "Dwi'n siŵr 'mod i'n dy gofio di'n sôn."

"Do. Arwel Jones. Coc oen."

"Ella bod hynny'n arwydd y dylet ti gadw dy *leading men* hyd braich," meddai Ruth.

"Dwi'n digwydd coelio mewn ffawd, ac ella mai ffawd ydi o 'mod i'n cael fy nghastio fel Juliet i'w Romeo fo," meddwn, "ond gawn ni weld be ddigwyddith, 'yn cawn? Dan ni'm yn dechra ymarfer tan tymor nesa beth bynnag. Reit," meddwn, a 'ngheg i'n llawn o siocled, "be dach chi i gyd yn 'wisgo i'r cinio Dolig?"

pennod 8

ROEDDEN NI WEDI CAEL EIN SIÂR o bartion yn barod, a Pharti Panty oedd yr un gwiriona, am fod pawb wedi bod yn yfed lawr dre drwy'r dydd cyn llusgo'u hunain yn ôl i fyny Allt Penglais i ganol cannoedd o gyrff meddw oedd yn snogian a chwydu ar hyd y lle. Roedd o'n gwneud i mi feddwl am y Rhufeiniaid. Ac oedd, roedd o'n ddiawl o hwyl.

Ond y Cinio Dolig oedd ein cinio go iawn, gwisgo'n grand, cynta ni. Pan dwi'n deud 'gwisgo'n grand', doedden ni ddim mor grand â hynny, dim ond yn smartiach nag arfer, y bechgyn mewn siwtiau, neu grys a thei o leia, a'r merched mewn ffrogiau neu *trouser suits*, neu jest mwy o golur nag arfer. Doedden ni ddim yn gwisgo *ballgowns* a *tuxedos*, achos doedden ni ddim yn cael *ball* fel y Saeson, ddim hyd yn oed ar ddiwedd tymor yr haf. Dwi'm yn siŵr iawn pam, am nad oedd o'n draddodiad ymysg y Cymry am wn i. Safiad gwleidyddol, efallai. Dwn i'm.

Doedd Cai ap Pedr ddim yn byw ym Mhantycelyn; roedd o, fel sawl un arall o'r ail a'r drydedd flwyddyn, wedi cael fflat rhywle yn dre. Ac roedd o'n rhannu efo'r Nathalie dywyll, soffistigedig 'ma.

"Mae o'n byw efo hi," meddai Leah, "fel gŵr a gwraig. Felly dydi o'm yn debygol o risgio colli'r fflat er dy fwyn di, nacdi?"

"Dibynnu, tydi?" meddwn inna. Roedd ganddi bwynt, ond ro'n i'n benderfynol o dynnu'i sylw, ac mi wnes i ymdrech arbennig i edrych yn ddel y noson honno, rhag ofn y bydden ni'n ei weld o yn y dre wedyn, neu yn y disgo efo Omega yn y

Pier ddiwedd y noson. Ro'n i wedi prynu ffrog ddu o Dorothy Perkins, a phâr o sgidia uchel i fatsio, ac mi rois fy ngwallt i fyny'n ofalus, efo digon o ringlets yn hongian i lawr fel ei fod o'm yn rhy ffurfiol; wedyn mi stwffiais ddau ddarn bychan o uchelwydd i mewn i bâr o glust-dlysau i annog swsus Dolig, a darn bach arall ar waelod fy nghadwyn, jest i wneud yn siŵr. Roedd Ruth yn meddwl bod hynny'n gofyn am drwbwl, hongian uchelwydd jest uwchben fy nghlîfej, ond duwcs, hwyl oedd o 'de? Ro'n i'n edrych yn blydi *stunning*, beth bynnag, ac yn uffernol o slim, heb fol o gwbl. Roedd Alwenna mewn ffrog flodeuog oedd yn gwneud iddi edrych fel sach, a Ruth jest yn boring mewn sgert frown a blows hufen a *pearls* ei mam oedd yn gneud iddi edrych fatha ysgrifenyddes. Rhyw gatsuit o beth piws, melfed oedd gan Leah amdani, oedd yn edrych fel pyjamas yn fy marn i, ac yn dangos ei bol cwrw.

"God, sbia bol!" chwarddodd, yn amlwg yn poeni dim am y peth.

Ond do'n i'm yn chwerthin. 'Swn i 'di marw tasa gen i fol fel'na.

"Sut ti'n cadw mor slim, Nia?" gofynnodd Leah wedyn. "Ti'n yfed a byta fel y gweddill ohonan ni ond ti'n dal fatha styllan."

"*Metabolism* uchel," meddwn yn smyg. "A dwi'n jogio, tydw."

"Hy. Weles i 'rioed monot ti," wfftiodd Leah.

"Wel fysat ti ddim a titha'n dal yn chwyrnu fatha hwch yn dy wely."

Roedd Alwenna ar fin deud rhwbath, ond 'nes i ddal ei llygad ac mi gaeodd ei cheg. Iawn, do'n i'm wedi bod yn rhedeg ers sbel, digwydd bod, ond mi fyddwn i'n mynd weithia, a do'n i'm yn mynd i rannu 'nghyfrinach efo nhw nag'on? Os oedden nhw'n rhy dwp i weld bod modd chwydu pob dim ti'n ei fwyta cyn iddo fo dreiddio i weddill dy gorff di a throi'n floneg, eu bai nhw oedd hynny.

Roedd yr holl gyrris a chips a chwrw wedi cael effaith ar y rhan fwya o fyfyrwyr newydd. Wel, ar y merched o leia. Roedden ni gyd wedi sylwi bod Alwenna wedi mynd yn grwn (heb ddeud hynny'n ei gwyneb hi, wrth reswm), ond gan ei bod hi'n eitha crwn yn dod i'r coleg, ac yn tueddu i wisgo dillad mawr llac, doedd o'm yn rhy amlwg nac yn rhy hyll. Doedd 'na'm siâp ar Ruth beth bynnag – roedd hi jest yn hir a dim tits, ac roedd Leah yn bendant wedi dechra magu bol. Ond dydi bloneg ddim yn fy siwtio i. Ro'n i wastad yn gwisgo dillad tyn, dillad oedd yn dangos fy siâp i – ro'n i wastad yn rhoi crysau T i mewn yn fy jîns, a do'n i byth bythoedd yn mynd i fod yn hapus yn gadael i fy nghrysau T hongian ar y tu allan. Dim ond merched tew sy'n gneud hynny.

Mi fuon ni'n yfed Blue Nun a Strongbow cyn mynd i lawr am y cinio, felly roedden ni'n reit tipsi cyn dechra. Ond roedd rhai o'r hogia wedi bod yn clecio Benylin, yn y gred bod hynny'n gwneud iddyn nhw feddwi ynghynt – ac o'r herwydd yn gwario llai. Roedd 'na ambell idiot hyd yn oed wedi bod yn yfed poteli o Kaolin a Morphine... gas gen i feddwl sut stad oedd ar eu bowels nhw wedyn... ond fel'na roedd yr hogia i gyd – hollol sili, ac yn cael modd i fyw drwy roi 'pants jobs' i'w gilydd. Roedd hynny'n golygu bod criw yn ymosod ar un o'u cyfeillion, yn cydio yn lastig ei drôns, ac yn tynnu a thynnu, nes bod traed y creadur ddim yn cyffwrdd yn y llawr, a'i holl bwysau ar ei drôns. Yna byddai'n cael ei fownsio i fyny ac i lawr nes bod ei drôns yn rhwygo a'r creadur yn gweiddi a griddfan ar y llawr a'i 'ffrindiau' yn rhedeg rownd y lle yn chwifio gweddillion y trôns uwch eu pennau. Toc wedyn, mi fyddai'r boi heb drôns wedi ymuno efo'r criw ac yn rhoi un arall o'r giwed drwy'r un artaith. Tase ganddyn nhw owns o synnwyr cyffredin, mi fydden nhw wedi gofalu mynd allan yn *commando* cyn cyffwrdd unrhyw wydryn peint. Ond be wn i – efallai eu bod nhw'n cael rhyw *frisson* rhywiol allan o'r weithred o grogi eu ceilliau gerfydd lastig eu trôns. Ro'n i'n eitha siŵr na fyddai Cai ap Pedr yn gwneud rhywbeth mor anaeddfed.

Dwi'm yn cofio llawer am y bwyd, heblaw bod y *chef* wedi cario'r plwm pwdin drwadd yn fflamau i gyd. Mi fuon ni'n morio canu drwy'r cwbl, yr hen ffefrynnau fel 'Lleucu Llwyd', 'Moliannwn', 'Mynd nôl i Flaenau Ffestiniog', 'Stemar Mari Bifan' ac ati, ac wedyn roedd y 'seremoni' wobrwyo. Gwobr 'Tad y Neuadd' i'r boi oedd wedi bachu amlaf, a rhyw foi o'r ail gafodd hwnnw – slaff o foi mawr o ochrau Sir Benfro neu Aberteifi neu rywle. Boi digon diolwg hefyd; fyswn i'm wedi'i dwtsiad o efo coes brwsh. Es i'n reit nerfus pan gyhoeddon nhw enw 'Mam y Neuadd' ond roedd 'na hogan o Langefni wedi bod yn brysurach na fi, diolch byth. Roedd ei hwyneb hi fel tarw wrth gerdded i nôl ei gwobr. Doedd bod yn 'Fam y Neuadd' ddim yn wobr i'w deisyfu. Ond roedd 'Tad y Neuadd' wedi gwenu fel giât, a chael bonllefau o gymeradwyaeth. Wedyn roedd gwobrau i bâr y neuadd (cariadon oedd yn sownd yn ei gilydd fel *superglue* dragwyddol) a Miss World y Neuadd ac ati. Ches i ddim gwobr o gwbl, ac ro'n i'n reit siomedig. Do'n i'n amlwg ddim wedi gwneud cymaint â hynny o argraff wedi'r cwbl. Ro'n i'n siomedig bod 'na'm gair wedi bod amdana i yn yr *Utgorn* chwaith (rhyw racsyn papur llawn sgandals fyddai'n ymddangos bob hyn a hyn). Ella eu bod nhw'n deud petha cas am bobl, ond dim ond y rhai gor-sensitif fyddai'n gneud ffys. Roedd pawb arall yn chyffd o weld eu henwau mewn print; roedd rhyw deimlad o *"I've arrived!"* ynglŷn ag o. Ond do'n i'n amlwg ddim wedi cyrraedd eto.

Wrth i'r noson fynd rhagddi, mi ddisgynnodd rhai o fechgyn yr ail flwyddyn oddi ar eu meinciau'n chwil gaib, mi redodd hanner dwsin o'r genod chwil i'r toilet i grio/chwydu, wedyn mi 'nath rhywun pwysig fel Dafydd Iwan neu Hywel

Teifi drio rhoi araith, ac wedyn aeth pawb am y Cŵps.

Fy rownd i oedd hi fan'no, a phwy oedd wrth fy ochr i ond y snichyn *Space Invaders*.

"Shwmai."

"Iawn."

"Shwd mae dy top sgôr di erbyn hyn?"

"Uchel. Pedwar peint o seidar plîs."

Ond roedd y ddynes ddiarth y tu ôl i'r bar yn fy anwybyddu'n llwyr. Roedd yr ast yn gwrthod yn lân â dal fy llygaid ac yn syrfio pobl oedd wedi cyrraedd ymhell ar fy ôl i. Does 'na'm byd yn fy ngwylltio i'n waeth.

"Syrfia fi'r gotsan," meddwn dan fy ngwynt.

"Cŵl hed nawr," meddai Snichyn. "Falle y bydde hi'n fwy tebygol o dy syrfo di petait ti'n gwenu."

Gwenu? Pam dylwn i wenu? Doedd yr ast ddim yn sbio arna i!

"Be? Dwi'n gorfod actio fatha Cheshire cat i gael fy syrfio dyddia 'ma?"

"Na, ond sai'n credu bod edrych fel'na arni ddi'n mynd i helpu."

"Edrych sut? Be dwi'n 'neud?"

"Ti'n edrych ar bobl fel taen nhw'n israddol weithie. Fel lwmpyn mawr o faw ci."

"Be? Paid â malu cachu."

"A so'r rhegi'n fawr o help."

Blydi *cheek*. Pwy oedd o'n feddwl oedd o? Ac yna mi gafodd y diawl ei blydi syrfio. Ro'n i'n gegrwth, ac yn berwi. Fel roedd o'n talu am ei dri pheint o bitter, mi wenodd ar y ddynes, diolch iddi, ac ychwanegu,

"A phedwar peint o seidir iddi hi os gweli di'n dda, Brenda." Mi nodiodd hi'n swta arna i, ac mi rois i ryw fath o wên yn ôl iddi.

"Joia dy hunan," medda fo, a gwthio'i ffordd efo'i dri pheint drwy'r cyrff y tu ôl i ni. Iesu, roedd o'n meddwl ei fod o mor cŵl, doedd?

Doedd 'na'm golwg o blydi Cai ap Pedr.

"Dydyn nhw'm yn dod allan yn aml," eglurodd Leah, "safio'u pres i deithio rownd y byd y flwyddyn nesa, ar ôl iddo fo raddio."

Roedd o'n mynd i deithio rownd y byd? Waw! Roedd y boi yn gwella bob munud. Efallai y byddai'r coleg yn gadael i mi gymryd blwyddyn allan tase raid.

"'Sgen ti'm gobaith, Nia," meddai Leah wedyn, "mae'r ddau 'na mewn cariad go iawn. Ffendia rywun arall."

Ddylai hi ddim fod wedi deud hynna. Tase hi wedi cau'i cheg, efallai y byddwn i wedi colli diddordeb. Ond sialens ydi sialens, yndê?

Roedd Alwenna'n dallt yn iawn, gan fod ganddi hithau ei sialens ei hun: Huw ap Dafydd. Roedd o'n dal i ganlyn adre, ond roedd hi wedi darllen "*Go for what you really want – tonight's the night*" yn ei horosgôp y bore hwnnw ac wedi cynhyrfu'n rhacs er bod Ruth yn deud wrthi bod horosgôps yn llwyth o gachu. Roedd Huw'n chwil gachu gaib yn yr Uncorn, ac mi fachodd Alwenna ar ei chyfle'n syth. Mi stwffiodd ei hun i eistedd rhyngddo fo a'i ffrindiau, a bingo, roedd o wedi gwenu fel giât, rhoi ei fraich amdani a dechrau cusanu'i gwar. Cododd ei bawd arna i cyn cydio yn wyneb Huw a dechrau ei snogio fo go iawn.

"Stafell i gyd i mi fy hun heno ta," meddwn. "*One down, three to go*. Pwy ti'n ffansïo cael dy facha ynddo fo ta, Ruth?"

"Meindia dy fusnes," gwenodd. "A neb sy'n fam'ma beth bynnag."

O? Do'n i'm wedi gweld Ruth efo'r un dyn eto, ddim hyd

yn oed ym Mharti Panty, ond ro'n i'n rhy chwil i sylwi ar ddim yn fan'no beth bynnag. Gwadu iddi fod efo neb wnaeth hi yn y post mortem dros goffi cry y bore wedyn beth bynnag. Ond mi ges i wybod yn o fuan be oedd hanes Ms Perffaith. Mi ddo i at hynny yn y man, ond dwi isio gorffen hanes y noson dan sylw'n gynta.

Roedd Leah yn dal i weld Dale Winsley o Wrecsam yn weddol reolaidd, er mawr syndod i bawb, gan ei chynnwys hi. Roedd hi'n bendant wedi meddwl ehangu mwy ar ei gorwelion, ond roedd hi wastad yn landio efo fo. Mi fyddai'n gwadu du'n las nad oedd hi mewn cariad efo fo, ond y noson yma, pan gyrhaeddon ni'r Pier, roedd o'n fflyrtio'n arw efo hogan ddel iawn o Gaernarfon, a doedd Leah ddim yn hapus. Allai hi ddim tynnu ei llygaid oddi arnyn nhw.

"Anghofia am y peth," meddai Ruth. "Paid â gadael iddo fo dy boeni di."

"Ond mae o!" meddai Leah. "Sbia arni'n blydi gneud llygaid llo bach arno fo – sbia arni!" Roedd y llygaid llo bach yn reit amlwg, rhaid cyfadde. Roedd hon yn bendant wedi bod yn astudio effaith Marilyn Monroe ar ddynion. Roedd hitha wedi llwyddo i feistroli'r dechneg o edrych yn ddiniwed ac fel 'hogan fach ar goll', yn gostwng ei hip fel ei bod hi'n is na fo ac yn gorfod sbio i fyny ato fo, er mwyn gwneud iddo fo deimlo'n fwy gwrywaidd. Ac oedd, roedd hi hefyd yn siarad yn aa-rr-aaf iawn, fel petai hi'n cael trafferth meddwl yn gyflym, ac yn giglan bob tro roedd o'n deud rhwbath. Roedd o ar y bachyn, doedd 'na'm dwywaith, ac roedd hi'n ei dynnu i mewn yn gelfydd iawn. Ro'n i reit *impressed*, ond doedd Leah ddim.

"Dwi'n mynd i roi ffwcin swadan iddi!"

"Leah! Paid â bod yn wirion! Ti'm isio gneud sioe, nag oes?" meddai Ruth.

"Ffwc o ots gin i am sioe! A nhw sy'n gneud ffwcin sioe,

sbîa arnyn nhw! Fydd 'i thafod hi lawr ei gorn gwddw o'n y munud!"

"Wel, mae 'i law o am 'i gwasg hi rŵan, yli… " meddwn heb feddwl.

"Lle?!"

Ond ges i gic fach gan Ruth. "O – na, gweld petha o'n i, sori," meddwn yn syth; "dim ond siarad maen nhw 'sti."

"Ers hannar awr!"

"Wel mae gynno fo hawl siarad efo hi, does?" meddai Ruth. "Dio'm yn golygu dim, nacdi?"

"A phun bynnag," meddwn i, "pam ti'n poeni? Ti sy'n deud nad ydach chi'n canlyn. Ti sy'n deud dy fod ti'n bendant, no wê José, mewn cariad efo fo… "

"Ia, ond… "

"Be? Ti 'di newid dy feddwl?"

"Do. Dwi isio fo… " cyfaddefodd mewn llais bach pathetig.

"Sa well i ti adael iddo fo wybod hynny, felly," meddai Ruth.

"Ti'n iawn." Cleciodd Leah weddill ei pheint a gwthio'i ffordd tuag atyn nhw.

"Ddim rŵan!" galwodd Ruth, ond roedd hi'n rhy hwyr.

Roedd Leah wedi gwthio Marilyn o'r ffordd a phlannu anferth o gusan lipstic du ar wefusau Dale. Edrychodd hwnnw'n syn arni wedi iddi ddod i fyny am wynt – ond lledodd gwên ar hyd ei wyneb. Doedd Marilyn ddim yn hapus o gwbl wrth gwrs, a dydi genod Caernarfon ddim yn bethau llywaeth o bell ffordd, felly mi afaelodd ym mraich Leah i ddynodi ei bod am gael gair efo hi. Camgymeriad. Mi drodd Leah ar ei sawdl a rhoi gwthiad arall iddi nes bod y greadures yn hedfan wysg ei chefn. Dydi genod Rhuthun ddim yn llywaeth chwaith, yn enwedig un sy'n Goth. Aeth pethau braidd yn flêr wedyn.

Ond pan adawodd Dale y dafarn, Leah oedd ar ei fraich o. Ac o hynny mlaen, roedden nhw'n bendant yn canlyn, a wnaeth Marilyn ddim meiddio gwneud llygaid llo bach arno fo eto am sbel go hir.

Roedd hyn yn fy ngadael i a Ruth yn ddi-ddyn. Mi fuon ni'n dawnsio, ond dydi dawnsio efo Ruth ddim y peth mwya cynhyrfus yn y byd, yn enwedig pan ti reit chwil a hitha fel tase'r cwrw ddim wedi cael unrhyw fath o effaith arni, hyd yn oed os oedd hi'n gwenu fymryn mwy nag arfer, felly pan aeth hi i'r tŷ bach, es i i ddawnsio efo'r criw Drama. Roedden nhw'n dawnsio mewn ffordd llawer iawn mwy diddorol, ac ambell un yn od iawn a bod yn onest. Roedd 'na griw o hogia WAC yn piso chwerthin am eu pennau nhw, ond doedd gen i ddiawl o bwys am hynny. Os oedd Cai ap Pedr o gwmpas, atyn nhw y byddai o'n siŵr o ddod. A bingo – ro'n i yn llygad fy lle. Mi drodd i fyny toc, a blydi Nathalie yn glynu fel gelan wrth ei ochr. Argol, roedd o'n gallu dawnsio. Roedd hitha 'fyd, petait ti'n digwydd licio'r ffordd y byddai cath yn dawnsio – tase cathod yn dawnsio yndê. Mi godais fy llaw a gwenu arno, ond y cwbl ges i oedd gwên fach a nòd. Rhy swil i roi gormod o sylw i mi o flaen Nathalie mae'n siŵr, meddyliais. Ond pan aeth hi i'r tŷ bach neu'r bar neu rywle, mi symudais i'n slinci i gyd i fod reit wrth ei ymyl o. A dawnsio o ddifri.

Mi ddoth Ruth ata i ar un pwynt a cheisio cael gair yn fy nghlust, ond do'n i ddim yn gallu'i chlywed hi, a do'n i'm isio gwrando beth bynnag. Ro'n i'n rhy brysur yn ceisio hudo Cai efo fy nawnsio arallfydol o rywiol, gan syllu'n Mata Hari-aidd i'w lygaid drwy'r cyfan. Mi wnes i sylweddoli'n nes ymlaen, pan oedd hi'n rhy hwyr, 'mod i wedi gneud chydig bach o ffŵl ohonof fi'n hun, ond do'n i ddim callach ar y pryd nag'on? Ro'n i'n ymwybodol bod y criw Drama i gyd yn sbio arna i, ond ro'n i'n meddwl mai f'edmygu i oedden nhw. Mi ddoth Nathalie yn ei hôl yn llawer rhy fuan, a do, mi wnes i sylwi ar yr edrychiad roddodd hi i mi. Fel taswn i'n falwen neu bry neu rwbath, y snoten. Mi ddiflannodd y ddau ohonyn nhw wedyn, felly ar ôl dawnsio ar fy mhen fy hun am chydig (mae'n rhaid bod pawb arall wedi cael syched mwya sydyn), es i chwilio am Ruth.

"Nia, dyro'r gora iddi," meddai honno. "Does 'na'm pwynt."

Ond do'n i ddim yn mynd i ildio mor hawdd â hynna. Ac ro'n i wedi cael *chaser* bach o fodca a leim. Ro'n i wedi sbotio Cai ap Perffaith wrth y bar. Wrth i Nathalie droi ei chefn i siarad efo rywun arall, mi afaelais i yn ei fraich o a sibrwd yn ei glust. Dwi'm yn cofio'r union eiriau ddywedais i rŵan, ond dwi'n meddwl efallai 'mod i wedi gofyn oedd o isio practisio bod yn Romeo efo fi, a bosib 'mod i wedi cynnig y byddai'n syniad da i ni destio'r *chemistry* efo chydig o dennis tonsils. Gwrthod yn gwrtais wnaeth o beth bynnag, ond ro'n i'n benderfynol mai fi oedd yn iawn, felly mi gydiais yn ei goler a rhoi hymdingar o snog iddo fo – a rhoi fy llaw chwith yn rhywle arall. Ia, dwi'n gwbod, dwi'n cochi dim ond wrth feddwl am y peth rŵan. Beryg fod Cai wedi cochi hefyd, ond aeth Nathalie'n biws. Wel, mwy o ddu a bod yn onest. 'Nath hi'm rhoi slap i mi, ddim yn gorfforol beth bynnag, ond mi ges i lond pen o abiws nes 'mod i'n crynu. I feddwl mai Saesneg oedd ei hail iaith hi, roedd ganddi'r eirfa ryfedda, ac roedd yr emosiwn y tu ôl iddyn nhw'n frawychus.

Fel arfer, mi fyddwn i wedi rhoi llond pen yn ôl iddi, deud ei bod hi'n rhy hen i focha efo dyn ifanc fel Cai, y dylai hi fynd yn ôl adre i sglaffio cig ceffyl a choesa llyffaint a malwod ac ati ac ati, ond roedd 'na rywbeth yn deud wrtha i na ddylwn i hyd yn oed trio hynna efo hon. A phun bynnag, roedd llygaid a *body language* Cai yn ei gwneud hi reit amlwg nad oedd o isio bod o fewn canllath i mi. Ro'n i wrthi'n trio meddwl am ffordd o ddod allan o hyn yn urddasol pan ddoth Ruth o rywle, cydio yno' i a fy llusgo oddi yno. Aeth hi â fi'n syth i'r lle chwech a gneud i mi yfed peint o ddŵr. Doedd hynny ddim yn hawdd a finna'n beichio crio. Cymysgedd o fod yn chwil, o siom ac o gywilydd, mae'n debyg. Beth bynnag, mi rois fy mysedd i lawr fy nghorn gwddw a chwydu. A dyna ni, o fewn eiliadau, ro'n i wedi cael gwared ar yr holl ginio Dolig llawn caloris, a'r cwrw oedd yn gneud i mi wneud petha gwirion. Roedd o mor hawdd, ac ro'n i'n teimlo gymaint gwell yn syth.

"Dwi'm yn gwbod sut ti'n gallu gneud i dy hun chwydu mor hawdd," meddai Ruth, "mae jest meddwl am y peth yn troi arna i."

"Ti'n dod i arfer," meddwn.

Mi chwythais fy nhrwyn, sychu fy llygaid panda, a chydio mewn peint roedd rhywun wedi'i adael wrth y sinc. Do'n i ddim yn torri mor hawdd â hynna. Efallai nad oedd Cai'n barod am gwmni hogan mor nwydus â fi, ond roedd digon o ddynion eraill ar gael.

Roedd Ruth yn trio 'mherswadio ei bod hi'n bryd mynd adre, ond dim uffar o beryg. Do'n i'm isio treulio noson y cinio Dolig ar fy mhen fy hun – yn fy mrên bach cocwyllt deunaw oed i, byddai hynny'n arwydd o fethiant llwyr. Felly pan welais i Rhydian, boi reit gegog ond digon ffraeth a ffit (ail reng yn nhîm y Geltaidd) o'r Rhondda, yn cael trafferth cario pedwar peint o'r bar – mi adewais i Ruth ac es i draw i'w helpu. Mi rannodd ei chips a grefi efo fi wedyn, ac aethon ni adre efo'n gilydd – i'w stafell o.

Ar y cyfan, roedd stafelloedd y genod yn ddigon del a thaclus, ond ychydig iawn o'r bechgyn oedd yn *houseproud*, ac roedd Rhydian yn slob o'r radd flaena. Prin gallwn i weld y llawr, roedd gymaint o faw a dillad budron ar hyd y lle – yn cynnwys cit rygbi; roedd y sinc annifyr o felyn yn llawn o wydrau peint gyda ffroth wedi caledu ar hyd yr ochrau; y drych yn blastar o sbrencs pâst dannedd; y bin sbwriel oddi tano o'r golwg dan domen o lanast, wedi laru ar ddisgwyl cael ei wagu ers tymor cyfan; roedd y gwely'n gacen o lyfrau, cylchgronau a dilladach (budron), chwaraewr recordiau a *speakers* anferthol yn tywyllu'r ffenest – ac arni farciau amheus iawn; a bocseidiau o recordiau a thapiau'n dringo i fyny'r waliau – oedd yn noeth ar wahân i'r poster o ferch mewn ffrog dennis yn chwarae efo'i phen-ôl. Do'n i ddim wedi gweld llofft unrhyw hogyn heb y blydi llun hwnnw ar y wal.

Doedd Rhydian ddim yn un am *foreplay*. Y cwbl wnaeth o, cyn cydio ynof fi, oedd rhoi 'Merched dan bymtheg' y Trwynau Coch i chwarae, a hynny'n rhy uchel at fy nant – neu 'nghlust i. A dydi'r gân yna ddim yn *Bolero,* nacdi? Do'n i'm yn siŵr oedd y geiriau'n addas ar gyfer yr achlysur chwaith. Ond roedd o'n llawn brwdfrydedd, mi ro i hynny iddo fo. Ac yn swnllyd. Pan oedd o wedi gollwng ei lwyth, mi ollyngodd ei hun arna i efo ochenaid fawr drom, hanner cusanu/llyfu fy nghlust – a syrthio i gysgu. Mi wnes i orweddian yno am sbel, yn mwynhau teimlo corff dyn mawr ar fy mhen i.

Ond wedyn dyma fi'n sylweddoli bod y Trwynau'n dal i ganu am blydi merched dan oed – roedd y diawl wedi gosod y peiriant fel bod y record yn chwarae drosodd a throsodd a throsodd. Ceisiais ei symud oddi arna i, ond roedd o'n pwyso tunnell ac allwn i ddim symud modfedd. Gwaeddais yn ei glust – dim ymateb. Ceisiais waldio'i fraich, yna ei asennau efo 'nyrnau – dim byd. Roedd y bwbach wedi cael KO! Roedd hyn yn uffern pur – ro'n i jest â marw isio cysgu, ond allwn i ddim, a finnau'n gorfod gwrando ar y Trwynau'n glafoerio drwy'r nos dros ferched dan bymtheg a finna'n styc dan foi pymtheg stôn.

Ro'n i isio crio. Doedd y boi 'ma'n golygu affliw o ddim i mi, a ches i ddim pleser ganddo fo chwaith. Jest mynd drwy'r mosiwns am 'mod i ddim isio mynd i 'ngwely ar fy mhen fy hun. Dechreuais feddwl am John. Doedd o 'rioed wedi gwneud hyn i mi, dim bwys pa mor feddw oedd o. Wel, dyma ro'n i'n ei haeddu bellach, mwn. Ac wedyn mi feddyliais am Non... ro'n i isio'i gweld hi eto mwya ofnadwy. Ro'n i'n ei cholli hi. A taswn i'm wedi bod mor wirion, fyddwn i'm yn y sefyllfa hurt, erchyll yma rŵan. Ro'n i isio mynd adre, ro'n i isio gweld Mam a Dad, isio gweld fy nghartre, arogli 'nghartre, isio pwyso 'mhen-ôl yn ôl yn erbyn yr Aga efo paned boeth yn fy llaw, isio gweld yr olygfa drwy ffenest fy llofft, isio claddu 'mhen yn fy ngobennydd fy hun yn y gwely oedd wedi bod yn wely i mi erioed, isio gweld hen wynebau cyfarwydd, isio anadlu fy nghynefin... a theimlo'n sbeshal eto. Ac wedyn mi ddechreuais i grio.

Am 3.19 y bore, mi symudodd Rhydian fymryn, ac mi lwyddais i lusgo fy hun allan o dan ei gorff mawr, hyll a chwyslyd o. Tynnais fy ffrog dros fy mhen, cydio yng ngweddill fy nillad a rhedeg am fy llofft i fy hun. Doedd Alwenna ddim yno. Er 'mod i wedi blino, do'n i'm wedi blino gormod i gael cawod – yn enwedig wedi i mi fod â chorff chwyslyd y diawl 'na'n sownd yno i cyhyd – felly ar ôl chwydu'r chips a'r grefi i lawr y tŷ bach, rhoddais sgwriad iawn i mi fy hun cyn claddu fy hun yn fy ngwely, tynnu'r cwilt dros fy mhen ac wylo ac wylo cyn cysgu.

pennod 9

DDYWEDAIS I 'RUN GAIR am y peth wrth y lleill, wrth reswm. Yn wahanol i'r hyn mae cymaint o ddynion yn ei gredu, tydi merched ddim yn deud bob dim wrth ei gilydd. Drwy beidio â sôn am rywbeth, 'dan ni'n fwy tebygol o'i anghofio. Ond dydi hynny ddim yn gweithio bob tro. A do'n i ddim yn mynd i gael anghofio'r embaras efo Cai ap Pedr – roedd y blydi hanes yn yr *Utgorn* o fewn deuddydd. O wel. O leia ro'n i 'wedi cyrraedd'.

Ond nid y fi oedd yr unig un â chyfrinachau. Ar y noson cyn i ni fynd adre am y Nadolig, mi ges i wybod be oedd cyfrinach Ruth – neu un ohonyn nhw, o leia. Ruth oedd yr un gall, wastad; yr un fyddai'n edrych ar ôl pawb arall pan oedden nhw'n chwil, yn mynd efo nhw i'r tŷ bach a dal eu gwallt yn ôl pan fydden nhw'n chwydu, yr un fyddai'n nôl gwydraid o ddŵr a'u gorfodi i'w yfed cyn mynd i gysgu. Yr un efo'r aspirins yn y bore. Rhyfedd: hi oedd yr un glyfra ohonon ni, a'r un fwya mamol. Do'n i 'rioed wedi meddwl bod y ddau beth yn cyd-fynd. Ond wrth gwrs, dydi bod yn academaidd ddim yn golygu na fedri di fod yn fam dda. Cyn belled â dy fod ti'n hapus i adael i dy blant ddilyn eu trywydd eu hunain mewn bywyd heb ddisgwyl gormod ohonyn nhw – fatha mam Non. Ond nid pawb sy'n gallu gneud hynny – yn bendant ddim fy mam i. Am wn i, os wyt ti wedi cael coleg dy hun, ti'n disgwyl i dy blant gael coleg hefyd. Ac os nad ydyn nhw'n llwyddo neu yn waeth fyth, ddim isio llwyddo, mae'n siŵr dy fod ti'n trio bod yn fam fodern ac eangfrydig a deud wrth y byd mai jest isio i dy blant fod yn hapus wyt ti. Ond, mewn gwirionedd, ti'n blydi *pissed off* efo nhw am byth. A dydi plant ddim yn dwp.

Ta waeth: Ruth. 'Nes i weld yn y diwedd nad oedd hitha'n angel chwaith, a bod llawer iawn mwy iddi na'r Ruth gall, dim-blewyn-byth-o'i-le. Ro'n i wedi bod am jog i Glarach (ro'n i wedi ailddechra jogio ar ôl sylwi 'mod i'm cweit mor ffit ag y byddwn i) ac ro'n i newydd gyrraedd top allt Penglais ar y ffordd yn ôl pan welais i Ruth yn dod allan o BMW sgleiniog, du oedd wedi parcio wrth ymyl lle dal bysys.

"Smai!" galwais wrth basio, a digwydd gweld mai dyn reit hen, o leia 35, 40 o bosib, oedd wrth y llyw. Dyn mewn siwt. Edrychodd y ddau'n hurt arna i. Ro'n i jest â drysu isio stopio i siarad, ond wnes i ddim. Roedd rhywbeth ynglŷn â'r sefyllfa'n deud wrtha i na fyddai hynny'n syniad da. Wedi'r cwbl, pam na fyddai'r boi'n ei gollwng y tu allan i Panty? Ac roedd y braw ar wyneb Ruth yn deud cyfrolau. Rhedais i lawr yr allt, stopio wrth fynedfa'r coleg, a throi i edrych yn ôl. Cyn hir, gallwn weld bod Ruth yn cerdded i lawr yn araf. Dechreuais ymestyn fy nghyhyrau, fel taswn i wedi cael cramp neu rywbeth. Mi gafodd dipyn o fraw pan sythais a'i chyfarch eto.

"Nia! Ym... ti'n iawn?"

"Yndw, ti?"

"Ydw siŵr."

"Mi gerdda i lawr efo ti, yli. Mae rhedeg i lawr yr allt ma'n hanner lladd fy mhengliniau i."

Felly dyma ni'n dwy'n dechrau cerdded ochr yn ochr, fi yn fy nhrainers pinc a gwyn, hithau mewn sodlau a sgert reit smart. Ddeudodd hi'm byd am sbel.

"Dio'm be ti'n feddwl, sti," meddai o'r diwedd

"'Di be ddim be dwi'n feddwl?"

"Be welest ti rŵan."

"Y cwbl weles i oedd dy weld ti'n dod allan o BMW neis iawn." Edrychodd arna i'n ofalus. "Ocê, a mi weles i ddyn mewn siwt hefyd," ychwanegais. "Felly be ti'n feddwl ro'n i'n feddwl?"

"Deuda di wrtha i."

"Iesu gwyn! Dim byd, ocê! 'Di be ti'n dewis ei 'neud yn dy amser sbâr yn ddim o 'musnes i, nacdi!"

"Nacdi," meddai'n bwyllog, "ond ti'n siŵr o ddeud wrth y lleill, 'dwyt?"

"Ddim os ti'm isio i mi ddeud. Dwi'n un reit dda am gadw cyfrinachau, sti."

"Iawn, ga i ofyn i ti felly beidio â sôn gair wrth y lleill?"

"Gei di ofyn… "

"Nia, plîs… "

"Iawn siŵr, ddeuda i'm byd. Dim problem." Saib hir. Yna, allwn i ddim peidio ag ychwanegu: "Ga i ofyn i ti pwy oedd o ta?"

Stopiodd Ruth yn stond. "Sa well gen i beidio."

"Digon teg, ond dwi'n mynd i feddwl bob math o betha rŵan, tydw? Ond os wyt ti'n hapus efo hynny, iawn."

Ochneidiodd y greadures yn flin. Ro'n i'n teimlo drosti, er mai bod yn onest ro'n i yndê? Mae ychydig o wybodaeth yn gallu bod yn beryg, yn enwedig ym mhen rhywun efo dychymyg fatha fi. Wedi brathu'i gwefus, rhowlio'i llygaid cyn eu sgriwio'n slits bach tenau, ac ochneidio eto, trodd i fy wynebu.

"Iawn, mi ddeuda i, ond dim ond os ti'n addo o ddifri i beidio â deud wrth y lleill."

"Be? Do't ti'm yn 'y nghoelio i tro cynta?" Trodd i edrych arna i, felly: "Addo cris croes tân poeth," meddwn wedyn.

Ac mi enwodd ddyn busnes reit bwysig ac adnabyddus. Ro'n i wedi darllen amdano yn y *Cambrian News* fwy nag unwaith, a dwi'm yn amau nad enw ei gwmni o oedd ar gefn crysau tîm rygbi'r dre.

"Ond mae o'n hen, Ruth!"

"Dio m'ond yn 36."

"*Ancient*! Digon hen i fod yn dad i ti!"

"Flwyddyn yn iau na Dad a deud y gwir."

"O mai god! A 'di hynny ddim yn dy boeni di?"

"Gwranda Nia, dwi 'di bod efo hogia'r un oed â fi, a 'dyn nhw'n gwbod dim. Yn y bôn, dydi dynion ddim gwerth boddran efo nhw nes maen nhw'n eu tridegau. Dyna pryd maen nhw'n dechra dy drin di fel dynes."

"Ond ti'm *yn* ddynes! Hogan ddeunaw oed wyt ti!"

"O, tyd 'laen Nia, ti'n gwbod cystal â fi 'mod i'n hŷn na'n oed. Mae genod yn aeddfedu'n gynt na dynion, ac mae 'na rai genod yn aeddfedu'n gynt na'i gilydd."

"Be? Ti'n trio deud dy fod ti'n fwy aeddfed na fi a'r lleill?"

Ro'n i'n dechra gwylltio braidd. Ro'n inna'n aeddfed hefyd, diolch yn fawr!

"Wel mi ydw i, tydw i?" meddai'n hynod resymol. "Dwi isio mwy na jest boi sy'n gorfod yfed pymtheg peint cyn cael y gyts i roi snog wlyb i mi ar ôl stop tap, sy m'ond yn gallu cynnig rhannu hanner ei chips efo *curry sauce*, bonc sy'n para chwarter munud, a rhoi lyfbeit i mi i gofio amdano fo. Dwi isio sgwrs gall, blodau, yr hyder sy gan ddyn sy'n gwbod be mae o'n 'neud a be i'w ddeud; dyn sy'n mynd â fi allan am swper, sy'n yfed gwin, ddim jest lager; dyn sy'n gwbod sut i roi sylw i hogan yn lle cymryd y sylw i gyd iddo fo'i hun; dyn sy 'di byw, sydd â rhwbath i'w ddysgu i mi. 'Sgin hogia ifanc uffar o'm byd i'w ddysgu i mi."

"Sôn am secs wyt ti rŵan, ia? Achos dw inna'n …"

"Naci! Mae mwy i fywyd na secs, Nia!"

"Dwi'n gwbod hynny, siŵr dduw, ond mae'n rhaid bod boi hŷn wedi cael mwy o bractis yn y gwely, tydi?"

"Wel ydi, iawn, ocê, mae hynny'n bendant yn elfen ohono fo. Mae o'n gwbod yn iawn be mae o'n 'neud, ac mae o'n cymryd ei amser ac yn gneud i mi deimlo'n sbeshal."

"Be? Lot, lot gwell na hogia'n oed ni?"

"Ychwanega ddeg 'lot' arall. Mae o fel y gwahaniaeth rhwng parti recorders a cherddorfa; fel y gwahaniaeth rhwng Mini Milk a Black Forest Gateau; y gwahaniaeth rhwng hanner seidar a blac a photel o siampên; fel cwch rhwyfo yng Nglanllyn a *yacht* ar y French Riviera; fel…"

"Ia, ocê, dwi'n dallt be sgen ti. Argol, dim rhyfedd dy fod ti'n gwenu fatha giât yn ddiweddar."

Gwenodd arna i, a dyma ni'n dwy'n dechrau cerdded eto. Gofynnais sut roedd hi wedi ei gyfarfod o.

"Yn yr Indians."

"Na! O'n i yno?"

"Nag oeddat. Oeddat ti wedi diflannu efo ryw foi. Eniwe, roedd o a chwpwl o'i ffrindia ar y bwrdd nesa aton ni. Doedd gen i'm digon o bres i dalu am y Biryani, ac mi fynnodd o dalu drosta i. Wedyn 'nes i ddigwydd ei weld o wedyn ar y stryd amser cinio chydig ddyddia'n ddiweddarach, ac mi gynigiodd dalu am ginio arall i mi."

"Ia, a…?"

"A dyna'r cwbwl dwi'n ddeud. Mi ddatblygodd petha o fan'no, iawn?"

"Wel, wel. Pwy fysa 'di meddwl. Da 'ŵan Ruth!"

Chwarddodd y ddwy ohonom a throi am y Neuadd. Ond wrth agor y drws, mi drois ati'n sydyn:

"Ruth? Dio'm wedi priodi, nacdi?" 'Nath hi'm ateb. "O, Ruth! Mae o, tydi!"

"Cau dy geg," hisiodd. "Ti isio i bawb glywad?"

"Ond Iesu, Ruth," sibrydais, "ti'n gall?!"

"Yli," meddai gan fy nhynnu i'r gornel, "'nest ti addo peidio â deud wrth y lleill, a dwi'n difaru deud cymaint wrthat ti'n barod. Ydw, dwi'n gwbod be dwi'n 'neud, a nacdw, dwi'm yn disgwyl affliw o ddim ganddo fo. Dwi jest yn ei fwynhau o tra parith o, iawn?"

"Ond…"

"Plîs Nia, dim gair, iawn? Dwi'n mynd i gal bath ac wedyn dwi'n mynd i orffen pacio. Wela i di fory." Ac i ffwrdd â hi i fyny'r grisiau.

Es inna i gal bath wedyn, a phendroni dros yr holl beth wrth sgwrio fy hun efo'r *loofah*. Cofio mai blydi Ruth oedd yr un oedd fwya beirniadol ohona i ar ôl y noson 'na efo Adrian! Yn swnian isio i mi adael llonydd i Cai ap Pedr am ei fod o'n byw efo Ffrances. A rŵan dyma hi'n mocha efo boi wedi priodi?! Ffycin hel. Roedd isio gras.

Pan es i'n ôl i fy llofft a gweld fod Alwenna a Leah yn sglaffio tôst a jam ar fy ngwely i, es i'n nyts.

"Be ddiawl 'dach chi'n feddwl 'dach chi'n 'neud?"

"Byta tôst. Be sy?" gofynnodd Leah.

"Fy ngwely i 'di hwnna!"

"So?"

"Dwi'm isio ffycin briwsion a jam dros fy ngwely i!"

"Ond ar y blât mae'r briwsion, sbia," meddai Alwenna gan ei estyn i mi.

"A'r hanner arall ar fy nghwilt i! Sbia!" gwaeddais gan sgubo'r briwsion ar y llawr. "Os dach chi'n mynnu byta'r adeg yma o'r nos, cerwch i'w 'neud o ar eich gwelyau eich hunain! Fydd rhaid i mi sgubo'r llawr rŵan!"

"Pam?" gofynnodd Leah yn hurt.

"Am fod 'na friwsion dros y lle! Os bydda i'n sefyll arnyn nhw mi fyddan nhw'n dod i mewn i'r gwely efo fi! Ac yn hel bed-bygs a llygod a pob math o betha dwi mo'u hisio yn fy ngwely i!"

"Blydi hel Nia, mae gen ti broblem… " meddai Leah gan

godi'n anfoddog.

"Gynnoch chi'ch dwy mae'r broblem! Ella'ch bod chi'n licio ymdrybaeddu yn eich baw eich hunain, ond dwi ddim, iawn!"

Asu, ro'n i'n flin. Ro'n i wedi cael llond bol ar blydi Alwenna a'i baw a'i blerwch ac yn edrych ymlaen at fynd adre i gael fy llofft fy hun i gyd i mi fy hun, was bach.

pennod 10

MI DDOTH MAM A DAD i fy nôl i, ac mi fynnodd Mam ddystio a sgwrio bob cornel o'r stafell cyn i ni fynd. Er i mi egluro mai ochr Alwenna oedd yn flêr a budr, nid f'un i, mi fynnodd lanhau'r ochr honno hefyd, achos doedd hi'm isio i bobl feddwl 'mod i'n hen hoeden flêr. Roedd ganddi bwynt. Roedd Alwenna wedi gadael y lle fel blydi twlc, a 'naethon ni hyd yn oed ddod o hyd i hosan a nicar llychlyd o dan y gwely. Rois i nhw'n syth yn y bin – ar ôl defnyddio bag plastig i gydio ynddyn nhw. Damia hi. Wrth i ni sgubo a dystio, roedd Dad yn gorfod crafu'r mymryn bach lleia o *blu tak* oedd yn dal ar y waliau lle'r arferai ein posteri fod. Dyna sy'n boen am fyw mewn neuadd coleg – gorfod gwagu pob affliw o bob dim bob diwedd tymor, am eu bod nhw'n cael cyrsiau yno'n ystod y gwyliau ac mi fydd dieithriaid yn cysgu yn ein stafell ni.

Roedd hi mor braf cerdded drwy ddrws Tynclawdd eto i wres yr Aga ac arogl y cacennau y byddai Mam yn eu pobi bob yn eilddydd. Roedd hi wedi gwneud torth sinsir – fy ffefryn i – cyn dod i fy nôl i, ac roedd hi ar y bwrdd yn aros amdanon ni.

"Ac mae'r letric blancet wedi bod yn êrio dy wely di ers neithiwr," meddai Mam wrth roi'r tecell i ferwi. "Dan ni'm isio i ti gael annwyd dros y gwylia, nag oes?"

"Duw Duw, mae golwg digon iach arni os ti'n gofyn i mi," meddai Dad wrth gario rhai o fy mocsys a 'magiau i mewn. "Bywyd coleg yn dy siwtio di mae'n rhaid, Nia. Ti 'di llenwi dipyn o'r diwedd."

"Be dach chi'n feddwl?"

"Jest… ti'n edrych yn dda – tydi?"

Edrych yn dda? Ro'n i'n gwybod yn iawn be roedd hynny'n ei feddwl, ac nid 'edrych yn dda' roedd o'n ei feddwl o bell ffordd.

"Dach chi'n trio deud 'mod i 'di twchu?"

"Wel fyddi di byth yn dew, na fyddi, ond mae 'na fwy o gnawd arnat ti rŵan does?"

"Be? Dwi'n dew?"

"Wel nag wyt siŵr iawn, ti'n lyfli," meddai Mam, gan sodro cwpanau a soseri ar y bwrdd, "dy dad sy'n cowlio'i eiriau fel arfer. Bryn – cer â'r petha 'na fyny staer, 'nei di?"

Ufuddhaodd Dad yn syth. Roedd o'n gwbod ei fod o wedi rhoi'i sgidia hoelion reit yn ei chanol hi. A taswn i'm wedi sylwi bod fy jîns fymryn yn fwy tyn nag arfer, fyddwn i ddim wedi ymateb fel y gwnes i. Er gwaetha fy chwydu, ro'n i wedi pesgi. Damia! Mae'n rhaid 'mod i'm wedi chwydu'n ddigon sydyn ar ôl bwyta.

"Dwi'n mynd ar ddeiet," meddwn yn syth.

"Ddim dros Dolig, dwyt ti ddim," meddai Mam, "a ti'n mynd i gael darn o'r dorth 'ma hefyd, *young lady*, a finna wedi'i gwneud hi'n sbeshal i ti."

Doedd gen i'm dewis, nag oedd? Do'n i'm isio ffraeo efo Mam yn syth bin, ac ro'n i jest â marw isio darn o'r gacen. Mi ges i dri darn yn y diwedd – a swper mawr wedyn, a llwyth o fisgedi efo paned cyn mynd i'r gwely, nes bod gen i boen bol a botwm fy jîns yn brathu i mewn i mi.

Felly jest cyn mynd i 'ngwely, mi stwffiais ddau fys i lawr fy nghorn gwddw a chwydu mor dawel â phosib, dro ar ôl tro, nes doedd 'na'm byd ar ôl. Mi es i 'ngwely'n teimlo'n hunangyfiawn – a thenau.

Fore trannoeth, mi ofynnodd Mam a o'n i am fynd i'r dre efo hi. Wel, oeddwn, siŵr. Ro'n i wedi gweld colli'r lle, ac ro'n i'n edrych ymlaen at weld hen wynebau cyfarwydd – ac osgoi un neu ddau, ella. Ond mi es i newid a gwisgo llwyth o golur yn gynta.

Erbyn y drydedd siop ro'n i wedi cael llond bol ar roi'r un atebion i'r un cwestiynau:

"A sut mae petha'n mynd yn y coleg 'na?"

"Bywyd stiwdant yn dy siwtio di yndi, Nia?"

"Ew, ti'n edrych yn dda… "

Ac wedyn roedd Mam isio mynd i'r fferyllfa. Mi wnes i drio deud 'mod i am fynd i'r siop bapur yn lle hynny, i nôl copi o *Cosmopolitan*.

"Ond mi fydd Non yna. Ti'm isio'i gweld hi?"

Ym… reit ta. Ro'n i'n gorfod penderfynu un ffordd neu'r llall rŵan, toeddwn? Deud wrth Mam ein bod ni'm yn dod mlaen cystal y dyddiau yma a gorfod wynebu llwyth o gwestiynau anodd yn sgil y cyfaddefiad hwnnw, neu jest ei dilyn yn ufudd i'r siop a gweld be fyddai'n digwydd. Y dewis cynta fyddai'r calla – mi allwn i honni ei bod hi wedi llyncu mul wedi i mi orffen efo John. Ond mae 'na ryw ddiawl bach ynof fi sydd wastad yn gwneud i mi ddewis y cam sy'n mynd â fi i drybini. Ac ro'n i isio'i gweld hi eto – yn dal i ryw hanner gobeithio y byddai hi wedi maddau i mi bellach. Felly mi wnes i ddilyn Mam i mewn i'r siop chemist.

Doedd 'na'm golwg ohoni i ddechrau. Roedd Mr Jones, y perchennog, yn sgwrsio efo rhyw hen ddynes am rinweddau Kaolin a Morphine, a Miss Pugh, sydd wedi bod yn gweithio iddo ar hyd ei hoes, yn llenwi'r silffoedd shampŵ, ond doedd dim golwg o Non. Mi drodd Miss Pugh aton ni y funud clywodd hi'r drws yn cau y tu ôl i ni.

"Helô Mrs Davies, alla i'ch helpu chi?" gofynnodd yn ei llais sych arferol, yna ychwanegu: "O – helô Nia," – hyd yn oed yn fwy sych. A helô i chditha hefyd y sguthan, meddyliais. Doedd yr hen lygoden erioed wedi cymryd ata i, ond ro'n i'n gwybod yn syth bod Non wedi agor ei hen geg wrthi. Aeth Mam ati i restru'r holl bethau roedd hi eu hangen: potel o Cough Elixir (Dad wedi cael rhyw hen beswch annifyr), stoc newydd o aspirins, pâst dannedd, Immac (ro'n i wedi sylwi bod mwstash Mam wedi tyfu braidd yn amlwg eto), Tampax a Dr Whites, potel o Head and Shoulders i Dad a Grecian 2000 i rywun, sebon Imperial Leather ayyb ayyb. Doedd dim posibl i helpu'n hunain i bethau mewn fferyllfa gan fod bron popeth wedi cael eu cau mewn cypyrddau neu eu cuddio mewn drôr.

Mi grwydrais i i'r ochr mêc-yp ym mhen draw'r siop. Stwff Max Factor, Miners a Rimmel. Doedd rheiny ddim yn cael eu cuddio am ryw reswm. Roedd 'na lwyth o testers lipstic yno, felly mi ddechreuais i chwarae efo'r rheiny. A dyna pryd doth Non i mewn drwy'r drws reit o mlaen i, a photel o laeth a phaced o Garibaldis yn ei llaw. Bron yn amser paned, mae'n rhaid. Edrychodd y ddwy ohonon ni ar ein gilydd am eiliad. Roedd fy stumog i wedi neidio i 'nghorn gwddw i, ac mi ollyngais un o'r lipstics ar y llawr. Edrychais ar hwnnw, yna'n ôl arni hi. Roedd hi o leia stôn yn drymach nag arfer, ac wedi clymu'i gwallt yn ôl mewn cynffon, a honno'n un flêr, ac roedd ganddi bloryn mawr coch ar ei gên. Wrth iddi sbio arna i, lledodd gwawr goch dros weddill ei hwyneb. Difarais yn syth 'mod i wedi gwisgo i fyny gymaint. Mae'n rhaid bod y gwahaniaeth rhyngon ni'n boenus o amlwg. Llwyddais yn y diwedd i yngan: "Haia."

Tawelwch. Yna mi 'nath ryw sŵn oedd yn groes rhwng 'Hy' a phesychiad, camu i'r ochr fel ei bod hi ddim yn gorfod fy nghyffwrdd wrth basio, a diflannu drwy'r fynedfa i'r cefn. Ac er i ni aros o leia deng munud arall yn y siop, gan fod Miss Pugh yn dal i fynnu gneud ei syms ar ddarn o bapur yn hytrach na defnyddio'r til, ddoth Non ddim allan. Ro'n inna isio rhedeg oddi yno.

Mi dalodd Mam y bil ac allan â ni.

"Welest ti Non?" gofynnodd.

"Cip. Oedd hi'n brysur."

"O. Wel, weli di hi nos Sadwrn mae'n siŵr, 'yn gnei?"

"Mae'n siŵr."

Damia. Nos Sadwrn. Problem. Ro'n i'n bendant isio mynd allan, mi fyddwn i wedi mynd yn hurt yn styc efo Mam a Dad tan hynny. Ond Non oedd yr un y byddwn i wastad yn mynd allan efo hi ar nos Sadwrn. Hyd yn oed pan oedden ni'n dwy'n canlyn, fydden ni ddim yn gweld yr hogia tan ar ôl stop tap. Non oedd yr unig ffrind oedd gen i yn dre, a hebddi hi, doedd gen i ddim cwmni i fynd allan efo nhw. Allwn i byth fynd allan ar fy mhen fy hun, doedd merched jest ddim yn gneud hynna. Dychmygais gerdded i mewn i'r Cross ar fy mhen fy hun bach, a phawb yn troi i sbio arna i. Ych, na, mi fyddwn i'n edrych yn gymaint o *loser*. *Billy No Friends*. *Shit*! Be o'n i'n mynd i'w 'neud? Mi allwn i drio gweld Non cyn hynny, trefnu cyfarfod i siarad yn gall a dod yn ffrindiau eto. Ond doedd pethau ddim yn edrych yn rhy addawol, a doedd gen i ddim ond tridiau tan nos Sadwrn.

Ond dwi'm yn un am ildio'n hawdd, felly'r noson honno, mi sgwennais i lythyr arall ati:

Annwyl Non

Mae'n gas gen i dy golli di fel ffrind. ~~Os gweli di'n~~ Plîs gawn ni gyfarfod a.s.a.p i ni gael siarad yn gall ac i mi drio dy ~~agyhoeddi~~ gneud i ti ddallt pa mor ~~edit~~ sori ydw i am bob dim. Be am y goedwig – fatha erstalwm? Mi fydda i yno am wyth heno. Tyd plîs.

Nia X

Mi sgwennais i o allan yn daclus wedyn. Pam croesi'r petha 'na allan? Am i mi sylweddoli 'mod i'n siarad yn fwy Cymreig a chywir efo fy ffrindiau coleg; do'n i ddim yn siarad fel'na efo Non.

Mi ges fenthyg y car i fynd i'r dre y bore wedyn, gydag esgus bod 'na ryw lyfrau ro'n i angen eu gweld yn y llyfrgell, a 'mod i isio gwneud chydig o fy siopa Dolig yn lleol yn hytrach nag yng Nghaer. Ond pa blydi siopa Dolig? Doedd gen i neb ond Mam a Dad a Dodo Lisi i brynu iddyn nhw bellach. Roedd y genod wedi penderfynu peidio â phrynu dim i'n gilydd am eu bod nhw'n brôc. Ro'n i wedi protestio – roedd gen i ddigon o bres, doedd – ond roedden nhw'n daer a dyna ni. Gormod o deulu a ffrindiau i brynu iddyn nhw fel roedd hi, meddan nhw. Weithia, mi fydda i'n damio 'mod i'n unig blentyn. Tybed fyddai Ruth yn cael anrheg gan ei Ffansi Man? Byddai, mwn, a rhywbeth drud hefyd. Ond ro'n i'n eitha siŵr na fyddai Leah'n cael dim gan Dale, a phrin y byddai Huw yn cofio am Alwenna, heb sôn am gael presant iddi. Roedd hynny'n gneud i mi deimlo'n well. Mi fyddai'n gas gen i tasa fy ffrindiau i gyd yn cael anrhegion gan gariadon a finna ddim.

Do'n i'm isio postio llythyr Non – mi fyddai'n cymryd o leia diwrnod i'w chyrraedd, oedd yn hurt a hitha'n byw mor agos – felly, rhywsut, mi fyddai'n rhaid i mi ofalu ei bod yn ei dderbyn y diwrnod hwnnw. Ond allwn i'm cerdded i mewn i'r siop a'i sodro yn ei llaw, na fedrwn? Do'n i'm isio'i roi i blydi Miss Pugh chwaith. Yn y diwedd, mi benderfynais gael paned yn y caffi dros y ffordd – talu amdani syth, ac eistedd wrth y ffenest. Siawns na welwn i gyfle ryw ben. Mi fuo 'na dipyn o fynd a dod, ond dim golwg o Non. Edrychais ar gledr fy llaw. Roedd craith y gyllell yno'n profi'n bod ni'n mynd i fod yn ffrindiau drwy ddŵr a thân. Doedd hi ddim yn amlwg o bell ffordd, ond roedd hi yno.

O'r diwedd, tua amser paned, mi welais Non yn gadael y

siop. Mynd i nôl llaeth a bisgedi, mae'n siŵr. Mi neidiais ar fy nhraed, a rhedeg ar draws y ffordd. Roedd gan Miss Pugh gwsmer, diolch byth, felly mi gnociais wrth fynedfa'r stafell fach lle byddai Mr Jones yn gwneud ei brescriptions.

"Ie?"

Ac efo gwên ddel, mi ofynnais iddo roi'r llythyr i Non. Mi wenodd yn ôl gan fy sicrhau y byddai'n gwneud hynny, ond ychwanegodd y byddai Non yn ei hôl ymhen dau funud ac y gallwn roi'r llythyr iddi fy hun. Ymddiheurais 'mod i'n gorfod mynd – ar frys. Mi wnes ddiolch yn barchus iddo fo, a'i heglu hi oddi yno.

Ganol pnawn, a finna wedi bod yn ymosod ar y dorth sinsir eto, a sŵn Mam yn hwfro'r parlwr yn mynd ar fy nerfau i, es i chwilio am Dad. Roedd o'n brysur yn carthu'n y beudy ac roedd yr ogla o'r drws jest â throi arna i.

"Duw, ty'd mewn," meddai Dad, yn amlwg yn falch o 'ngweld i.

Ond do'n i'm llwchyn o isio camu i mewn i'r budreddi 'na, er bod gen i welintyns am fy nhraed. Na, meddyliais, doedd bod yn wraig ffarm ddim yn apelio ata i o gwbl. Nid fod Mam yn helpu llawer ar Dad chwaith; aros yn y gegin fyddai hi, a chadw gwely a brecwast yn yr haf. Yr unig *livestock* y byddai hi'n ymwneud â nhw oedd yr ieir, ac mae'r rheiny'n bethau digon budr. Dim ond unwaith y gwnes i ei helpu i garthu'r cwt ieir, a chyhoeddi'n syth wedyn mai dyna fyddai'r tro olaf. Roedd yn gas gen i hel wyau hefyd, yn enwedig os oedd yr ieir yn eistedd ar y wyau ar y pryd, ac er bod Mam yn taeru na fyddai'r ieir yn poeni taswn i'n rhoi fy llaw oddi tanyn nhw a dwyn yr wyau, roedd gen i ormod o ofn. Mi fyddai Mam yn gwneud yn gwbl ddi-drafferth, ond pan fyddwn i'n ymestyn fy llaw, mi fyddai'r iâr yn gwneud rhyw sŵn rhyfedd, bygythiol, a byddwn inna'n rhedeg oddi yno'n sgrechian. O'n, ro'n i'n hen fabi. Ond doedd Mam byth yn gwylltio efo fi, dim ond yn rhoi i mewn i mi bob gafael.

Mae 'na ddau fath o wraig ffarm, dach chi'n gweld: y Gwragedd Ffarm Go Iawn, fel Non a'i mam sydd wrth eu bodd yn helpu bob cyfle y cân nhw; yn byw a bod mewn welintyns sy'n gachu i gyd; yn gwybod sut i yrru tractors; yn gallu rifyrsio trelars rownd corneli ac yn gwybod be ydi hesbin – ac yn berffaith hapus efo'r ffaith bod y tŷ'n flêr a dim ond yn dystio unwaith y mis, os o gwbl; ac wedyn mae ganddoch chi'r Hollywood Wives, sy'n berchen ar welintyns, ydyn, ond rhai Hunters drud sy wastad yn sgleinio am mai anaml byddan nhw'n cael eu defnyddio; sy'n cadw'r tŷ fel pin mewn papur; sy'n treulio mwy o amser yn y mart yn prynu *antiques* nag ar y buarth; sy'n gwingo bob tro mae'r gŵr yn rhoi oen newyddanedig, oer ar ychydig dudalennau o'r *Daily Post* yng ngwaelod y Rayburn – naci sori, yr Aga; sy'n mynnu bod eu gwŷr yn gwisgo slipars cyn dod i mewn i'r tŷ ac yn gweiddi mwrdwr os bydd 'na wellt neu wair yn dod i mewn i'r gegin; sy'n gwrthod gyrru *Landrover* heb sôn am dractor, ac sy'm yn gwybod y gwahaniaeth rhwng swynog a sgwarnog.

A dyna fyddai John druan wedi'i gael efo fi, debyg. Do'n i 'rioed wedi helpu llawer ar Dad, heblaw am fwydo ŵyn llywaeth bob gwanwyn. Nag'on, do'n i'm yn ffrindia mawr efo'r ieir, ond do'n i ddim yn or-hoff o'r cŵn chwaith, nac o unrhyw anifail arall tase hi'n dod i hynny. Roedd ŵyn bach yn wahanol, roedd rheiny'n fach a chiwt ac annwyl – nes iddyn nhw biso a chachu dros y lle. Ond cŵn gwaith oedd ein cŵn ni, byth yn dod i'r tŷ, ac yn cymryd dim sylw o neb ond Dad, felly do'n i ddim yn gallu eu trin nhw fel anifeiliaid anwes. Roedd ganddon ni gathod, ond pethau digon gwyllt oedd rheiny hefyd, a fyddai Mam byth yn gadael iddyn nhw ddod i mewn i'r tŷ. Doedd gen i ddim 'mynedd efo defaid – hen bethau twp, drewllyd, ac roedd gen i ofn gwartheg.

Maen nhw'n sbio mewn ffordd od, tydyn, a do'n i ddim yn eu trystio nhw o gwbl. Yn enwedig wedi i gymydog i ni gael ei ladd gan darw rhyw ddeng mlynedd ynghynt.

Roedd y gwartheg wedi eu rhwymo'n sownd yn y beudy ond do'n i ddim am fynd yn rhy agos atyn nhw er hynny – gan fod eu baw nhw'n disgyn o gryn bellter, ac mae o'n gallu sbrencian dros 'y nillad i gyd, damia nhw.

"Dwi'n hapus fan hyn, diolch Dad."

"O, 'na fo ta." Saib. "Oeddat ti isio rhwbath 'mach i?"

"Dwi'n bôrd yn y tŷ."

"Dow, pam? Fydda i wrth 'y modd yn tŷ, mae'n gynnes ac yn glyd yna tydi?" meddai gan bwyso ar y rhaw am eiliad. "Sut mae'r hen bennill 'na'n mynd dwa?

'Diolch yn fawr am dŷ a thân

A gwely glân i gysgu,

Yn lle bod ar y mynydd draw

Yn y gwynt a'r glaw yn sythu."

Mi chwarddodd eto a dal ati i rawio'r tail i mewn i'r ferfa.

"Ia, da iawn rŵan Dad. Ond dwi'n rhy ifanc i syrthio i gysgu o flaen tân drwy'r dydd. Dwi'n bôrd."

"Isio rhoi hand i mi wyt ti?" chwarddodd.

"'M'bo. Dibynnu. Be sy 'na i 'neud?"

"Wel, elli di fynd â'r ferfa 'ma at y domen os lici di… " Edrychais ar y llond berfa o dail gwartheg yn stemio a diferu yng nghysgodion y beudy.

"O, ych… dach chi'm o ddifri?"

"Neu mi fedri di sgwrio gweddill y tail i lawr y draen efo'r brwsh bras 'cw tra dwi'n mynd â'r ferfa."

"Braidd yn agos at benolau'r rhain wedyn, tydw?" meddwn gan amneidio at y gwartheg y tu ôl iddo.

"Ti a dy syniada… " chwarddodd Dad. "Deuda i wrthat ti be, dwi isio trwsio wal gerrig ar y ffridd – ti awydd dod efo fi?"

"Pryd fydd hynny?"

"Mewn ryw ugian munud, ar ôl i mi orffen fa'ma."

"Cerdded?" Doedd gen i fawr o awydd cerdded yr holl ffordd i fyny fan'no.

"Neu'r tractor bach. Transport bocs ar y cefn."

"Iawn, ocê."

Aeth Fflei, yr ast oedd fel cysgod i Dad, a finna i mewn i'r bocs haearn (mi rois i fag Fisons dan fy mhen ôl, sbario i mi faeddu fy jîns) ac i ffwrdd â ni i fyny i dop ein mynydd ni. Wel, tydi o'm yn fynydd chwaith, mwy o fryncyn, ond 'hel mynydd' fydd Dad, felly mynydd roedden ni'n ei alw o. Mae'n gywilydd gen i ddeud na fûm i yno o'r blaen tan hynny. Gan ei bod hi mor braf a'r awyr mor las, roedd cael fy ysgwyd yr holl ffordd i fyny'r hen lwybr o gerrig mân a mawr yn eitha hwyl. Ro'n i'n dechra teimlo fel hogan ffarm go iawn o'r diwedd. Ro'n i hyd yn oed yn mwynhau gorfod neidio allan bedair neu bum gwaith i agor a chau giatiau. Ro'n i'n mwynhau teimlo'r gwynt oer ar fy mochau. Bron nad o'n i'n mwynhau cwmni Fflei, er nad oedd yn cymryd dim affliw o sylw ohona i.

Pan gyrhaeddon ni'r wal oedd wedi chwalu, roedden ni reit ar dop y ffridd, yn gallu gweld y môr, gweld Pont Bermo'n sgleinio yn y pellter, a Chader Idris yn las tua'r chwith. Ond doedd gen i'm clem pa un o'r pedwar copa oedd y Gader chwaith.

"P'run ydi Cader Idris, Dad?" gofynnais.

"Be? Ti'n byw 'ma ers deunaw mlynedd a ti'm yn gwbod?!"

"'Rioed wedi meddwl am y peth tan rŵan. Maen nhw jest yna, tydyn? A dach chi'm yn eu gweld nhw'n amal iawn beth bynnag, tydi hi'n law neu niwl yma o hyd?"

"Wel ar f'enaid i!

"Be? Dach chi'm yn gwbod prun di'r Gader chwaith?"

"Be haru ti!" gwenodd, gan wybod mai tynnu ei goes o ro'n i. "Reit ta, gwranda rŵan. Y copa cynta 'cw ydi Geugraig neu Craig Cau; mae 'na lyn yn fan'na, Llyn Cau, sy'n un o'r llefydd godidoca weli di byth; wedyn, Mynydd Moel sy agosa at hwnnw, ac wedyn mae Pen y Gader – hwnna ydi'r Gader, iawn? Y trydydd un. Os gysgi di fan'na dros nos, mi fyddi di'n deffro'n fardd, yn ynfytyn, neu'n farw."

"Ond fysech chi'm yn deffro o gwbl wedyn."

"Nafset," gwenodd.

"Wchi be," ychwanegais, gan syllu ar y mynyddoedd, y bryniau a'r coed o'm cwmpas, "dyma'r tro cynta i mi sylweddoli pa mor dlws ydi hi yma."

Ysgydwodd Dad ei ben. "Wedi bod yn astudio gormod ar dy fogel wyt ti'n hytrach na dyrchafu dy lygaid tua'r mynyddoedd... lot o bobl ifanc yr un fath mae'n siŵr. Wastad yn meddwl ei bod hi'n well yn rhwla arall. Ond ti 'di gweld y goleuni rŵan... gwell hwyr na hwyrach, felly mae 'na obaith i ti."

"Gobaith i mi be?"

"Sylweddoli mai fa'ma, yn dy gynefin, mae dy le di. 'Canmol dy fro a thrig ynddi' meddan nhw, yndê?"

Ro'n i'n gwybod yn iawn bod Dad, yn wahanol i Mam, yn poeni be fyddai hanes y ffarm taswn i ddim yn priodi ffarmwr. Roedd ei deulu o wedi bod yn trin tir Tynclawdd ers bron i ddau can mlynedd ac mae'n siŵr na fuon nhw, fwy na fo, erioed oddi yno am fwy na deuddydd. Dyna pam roedd o wedi gwirioni'n bot pan ddechreues i ganlyn efo John y Wern. Ochneidiais yn ddwfn.

"Ond Dad, dwi isio bod yn actores, a cha i'm llawer o waith fel actores yn byw fa'ma, na cha?"

Estynnodd i'w boced a thynnu'i dun baco allan, a chanolbwyntio ar rowlio sigaret iddo'i hun – er mwyn osgoi gorfod sbio yn fy llygaid i, mwn.

"Mi allet ti 'neud be bynnag lici di, lle bynnag lici di, a dod yn ôl pan ti'n barod."

"Gallwn," cytunais yn ofalus, "ond be os bydda i'n syrthio mewn cariad efo dyn sydd isio aros yn ei gynefin o?"

"Mae 'na ateb syml i hynna, does?"

"Oes?"

"Syrthia mewn cariad efo dyn o'r un cynefin â thi."

"Dwi wedi trio hynna unwaith a 'nath o'm gweithio, naddo?"

"Oes gobaith i chi ailgynnau'r tân?" gofynnodd, wedi llyfu'r papur Rizla'n ofalus.

"Dwi'm yn meddwl. Y lludw wedi cael ei chwythu i Siberia, beryg."

"O. Wel… mae 'na ddigon o hogia eraill rownd y lle 'ma, does?"

"Neb dwi'n ei ffansïo, Dad. Sori."

Taniodd ei sigaret a throi ata i o'r diwedd. Er ei bod hi'n ganol gaea, roedd ei groen yn frown fel cneuen o hyd. Doedd o'n amlwg ddim wedi siafio ers diwrnod neu ddau, a sylwais gyda sioc y byddai ei farf yn wyn – tasa Mam yn gadael iddo fo dyfu barf.

"Rhwbath arwynebol iawn ydi 'ffansïo', sti. Mae'n rhaid i ti ddod i nabod pobol yn iawn cyn penderfynu os wyt ti'n eu licio nhw neu beidio."

"Dad… dwi'n nabod hogia ffor'ma'n iawn, yn rhy dda os rwbath."

"Hogia efo gwinedd glân yn apelio mwy atat ti, ydyn nhw?" gofynnodd. "Dyna i ti rwbath mae dy fam yn edliw i mi erioed. Ond 'sna'm posib i ffarmwr fod â gwinedd fel dynes, siŵr dduw."

"Ylwch, Dad, dydi priodi ddim ar yr agenda am flynyddoedd, iawn? Isio gneud gyrfa i mi fy hun ydw i. Dyna sy bwysica i mi rŵan. Mi wna i 'ngora i ddod o hyd i rywun sy'n eich plesio chi a Mam, ond fedra i'm addo dim, na fedra? Mae'r galon yn gneud i chi 'neud petha hurt weithia, tydi?"

"O, ydi." Saib hir tra tynnai ar ei sigaret anhygoel o denau. Argol, mi fyswn inna'n gallu gneud efo ffag rŵan, ond doedd Dad ddim yn gwbod 'mod i'n smocio a do'n i ddim am adael iddo fo wybod hynny chwaith. Efallai 'mod i'n ddeunaw, ond ro'n i'n dal yn blentyn iddo fo. "Ond cofia nad ydi hynny'n para chwaith," ychwanegodd.

"Sori? Be sy'm yn para?" Ro'n i'n dechra colli amynedd efo'r sgwrs erbyn hyn.

"Nwyd. Y busnes 'ffansïo' 'ma. Gall dy ddenu i ddyfroedd dyfnion... dwi'm yn foi am ddramâu fel y gwyddost ti'n iawn – dramâu bach lleol, un act, ydw, ond ddim y dramâu mawrion mewn theatr. Ond mi es i weld *Brad* Saunders Lewis ryw dro. Ia, fi – sy'm rhaid i ti sbio arna i fel'na madam! Yn Neuadd Idris. Cyn i ti gael dy eni. A dwi'n cofio fawr ddim amdani, blaw bod gan y ddynes oedd ynddi uffar o bâr o goesa..."

"Dad! Rhag cwilydd!" chwarddais.

"Ia, ond dwi'n cofio un peth arall – geiriau drawodd fi fel gordd: 'Mae chwyldro yr un fath â phriodas; un weithred sydyn ac wedyn oes o sylweddoli'."

Do'n i'm yn siŵr sut i ymateb i hynna. A doedd o'm yn sbio arna i – roedd o'n tynnu ar ei sigaret eto, a'i lygaid yn syllu ymhell tua'r gorwel.

"Dach chi'n trio deud rhwbath wrtha i, Dad? Sori, ond dwi'n rhy thic i ddallt... un munud dach chi'n deud wrtha i y dylwn i setlo'n ôl adra a phriodi ffarmwr, a'r munud nesa dach chi'n swnio fel tasach chi'n deud na ddylwn i briodi o gwbl."

"Na, jest isio i ti feddwl yn ofalus cyn gneud dim ydw i. Dod i nabod rhywun yn iawn gynta."

"O." Ro'n i'n dechra meddwl pob math o bethau rŵan.

Oedd o'n trio deud ei fod o'n difaru priodi Mam? Ro'n i'n eitha siŵr bod Mam yn difaru ei briodi o – ond do'n i, na hithau mae'n debyg, 'rioed wedi ystyried teimladau Dad o'r blaen. Ro'n i ar fin holi mwy arno fo, pan daflodd ei sigaret yn sydyn, a throi at y wal gerrig.

"Iawn, dyna ddigon o hynna. Gad i ni weld y wal 'ma..."

Roedd y cyfle wedi mynd wedyn, rhywsut.

Do'n i'n dda i ddim am godi wal – roedd cymaint o'r cerrig yn rhy drwm, a ro'n i jest yn methu gweld y jigsô. Mi 'nath Dad ei orau i 'nysgu fi, ond lle roedd o'n gallu gweld yn union pa siâp carreg oedd ei hangen, do'n i ddim. Ond mi rois i gynnig ar osod ambell garreg yma ac acw yn ôl ei gyfarwyddiadau manwl o. Roedd hi'n berffaith amlwg y byddai o wedi gorffen y joban yn llawer cynt taswn i'm yno; roedd o wedi rhoi'r unig bâr o fenig trwchus i mi, ac ynta'n bwrw iddi efo'i ddwylo rhawiau noeth. Roedd o wedi hen arfer, doedd, a chroen ei ddwylo fo mor galed, beryg y byddai angen *Stanley knife* i wneud iddyn nhw waedu, ond dwi'n eitha siŵr ei fod o'n mwynhau fy nghwmni i. Doedd o'm wedi arfer cael cwmni, nag oedd; ar wahân i adegau hel gwair a chneifio, crwydro'r caeau ar ei ben ei hun fyddai o. Dim rhyfedd bod cymaint o ffermwyr mor dawedog. Dydyn nhw'm wedi arfer sgwrsio, naddo? Ond doedd Dad ddim cyn waethed ag ambell un – fel tad Non er enghraifft. Mr Monosyllabic ei hun. Allwn i ddim dychmygu Non yn cael sgwrs fel ro'n i newydd ei gael efo Dad. Er, allwn i ddim cofio pryd oedd y tro dwetha i ni'n dau siarad gymaint efo'n gilydd, chwaith. Anaml y byddwn i'n ei gwmni o heb fod Mam yno hefyd, a hi fyddai gwastad yn gwneud y siarad – erbyn meddwl, anaml byddai Dad druan yn cael cyfle i orffen brawddeg ganddi.

Edrychais ar Fflei, oedd â'i llygaid wedi'u hoelio ar bob symudiad wnâi Dad, a sylweddoli bod y blydi ci yn ei nabod o'n well nag o'n i.

pennod 11

EDRYCHODD MAM YN HURT arna i pan ddeudais i 'mod i am fynd am dro ar ôl swper.

"Ond Nia, mae hi'n dywyll bitsh allan!"

"Wel nacdi a deud y gwir, mae 'na leuad lawn," meddai 'Nhad o'i gadair wrth y tân.

"Dal yn dywyll, tydi!" brathodd Mam. "Paid ti ag annog yr hogan! Mynd am dro ganol nos, wir! Byddi di wedi torri dy goes neu rwbath gwaeth, Nia."

"Ganol nos? 'Di hi'm yn wyth eto, Mam! A sbïwch, dwi'n mynd i wisgo cap a menig – ac mae gen i fest… "

"Nia – na!"

"Mam… " meddwn gan edrych i fyw ei llygaid yn heriol, "fydda i ddim yn hir."

Ella ei bod hi'n gallu bwlio Dad, ond doedd hi ddim yn gallu fy mwlio i. Gwisgais fy nghap am fy mhen, nôl fy menig, ac allan â fi. Ro'n i'n dal i fedru ei chlywed hi'n cega ar Dad – nes i mi gau drws y bwtri ar fy ôl.

Cerddais ar hyd y ffordd gefn am filltir. Roedd gen i fflachlamp ond ro'n i'n gweld yn well hebddi. Ro'n i'n mynd ar dipyn o sbid am ei bod hi mor oer, ond yn mwynhau stopio i sbio i fyny ar y sêr bob hyn a hyn. Dim ond y sosban ro'n i'n ei nabod. Neu'r aradr. Ond mae o lot tebycach i sosban tydi? Ond dyna ni, doedd na'm ffasiwn betha â sosbenni pan ddechreuodd pobl enwi'r sêr, debyg. Ond roedden nhw wedi bathu aradr hefyd. Profi mai dynion enwodd y sêr felly. Byddai pob dynes wedi meddwl am sosban yn syth.

Dringais dros y giât i'r cae lle roedd coedwig Non a finna.

Yna camais dros y ffos lle roedd Non wedi golchi'r gwaed oddi ar fy llaw a 'ngarddwn wedi iddi 'nhrywanu i'n rhy galed wrth i ni wneud smonach o'r seremoni *'blood sisters'*. Roedd fy nghoesau wedi tyfu cryn dipyn ers hynny; roedden ni'n gorfod neidio o ddifri drosti bryd hynny, ond dim ond cam oedd ei angen i'w chroesi bellach.

Roedd hi dipyn tywyllach yn y goedwig, ond doedd gen i'm ofn o gwbl. Do'n i'n nabod y lle fel cefn fy llaw? Nabod pob bonyn, gwybod yn union pa ffordd i fynd, a heb yr ofn sy'n gwneud i mi ddrwgdybio pob smic a chysgod mewn tref. Doedd neb i'w ofni mewn coedwig ym Meirion. Dim ond Non. Ac ofni na fyddai hi yno ro'n i. Ond ro'n i'n gynnar – dim ond pum munud i wyth oedd hi, ac roedd Non wastad yn hwyr.

Er ei fod o wedi pydru cryn dipyn bellach, eisteddais ar y bonyn coeden lle roedden ni wedi addunedu bod yn ffrindiau am byth. Roedd fy nghôt i'n ddigon trwchus i mi beidio â rhewi bochau fy mhen-ôl. Fyddai Mam ddim yn cytuno, wrth gwrs – roedd hi'n daer bod eistedd ar bethau oer yn rhoi haemorrhoids i chi. Roedden nhw'n swnio'n boenus, yn fwy poenus na'r enw Cymraeg oedd gan Dad iddyn nhw: Clwy'r Marchogion. Roedd hynny'n swnio reit urddasol, nes i mi ddallt pam ei fod o'n enw mor addas.

Ta waeth. Tynnais becyn o Embassy Regal allan o 'mhoced. Bu'n rhaid i mi dynnu fy maneg i danio un. Roedd fy anadl i'n stemio fel roedd hi, a rŵan roedd cymylau o fwg yn troelli o mlaen i. Gan nad o'n i'n smocio o flaen Mam a Dad, do'n i ddim wedi gallu cael llawer o ffags ers dod adre. Ew, roedd hi'n dda. Er, mi fyddai'n well fyth efo peint mewn tafarn gynnes, ond os na fyddai Non yn dod, byddai cael cyfle smocio mewn tafarn gynnes yn y dre nos Sadwrn yn mynd i fod yn broblem.

Edrychais ar fy wats. Wyth ar y dot. Clustfeiniais. Ond y cwbl y gallwn i ei glywed oedd sŵn ceir ar yr A470 yn y pellter. A sŵn y nant yn canu, efallai, ond efallai mai dychmygu ro'n i. Ro'n i'n dechrau gweld cysgodion yn symud hefyd, ond yn deud wrtha i fi fy hun mai dychmygu ro'n i.

Bu bron i mi â neidio allan o 'nghroen pan sgrechiodd tylluan yn uffernol o agos ata i. Blydi tylluanod, licis i 'rioed monyn nhw.

"Ffyc off, Blodeuwedd."

Dwi bron yn siŵr ei bod hi wedi deud rhywbeth tebyg yn ôl.

"Cau hi," meddwn yn uchel, "dy fai di oedd o, yn mynd off efo Gronw Pebr fel'na. Slag!" A dim ond wedyn 'nes i sylweddoli be ro'n i wedi'i ddeud. Taswn i'm wedi mynd off efo blydi Adrian, fyswn i'm yn fferru mewn coedwig yn y tywyllwch ganol gaea yn disgwyl am Lleu Llaw Gyffes fenywaidd.

Ges i sgrech hyll iawn gan Blod, ac yna mi hedfanodd i rywle arall i gwyno am ei byd.

Mi edrychais ar fy wats am 8.05, 8.10 ac 8.15. A ges i ffag arall. A chodi ar fy nhraed am nad oedd fy nghôt i'n rhoi digon o stwffin dan fy mhen ôl i wedi'r cwbl. Penderfynais roi tan hanner awr wedi iddi hi. Edrychais ar y goeden dderwen fawr o mlaen i a chofio mai honno fyddai Non wrth ei bodd yn ei dringo. Byddai'n gallu halio a nadreddu'i ffordd i fyny'n gwbl ddidrafferth, a finna'n ormod o fabi i fentro. Mi fyddwn i wastad yn deud mai'r rheswm dros beidio â dringo oedd am fod dringo yn *boring,* ond cachu brics ro'n i. Ofn disgyn a brifo. Ofn rhwygo 'nillad a chael row gan Mam.

Syllais ar y goeden a'i hystyried yn ofalus. Roedd y gangen isa 'na'n dipyn haws ei chyrraedd rŵan nag oedd hi pan o'n i'n wyth oed. Tybed? Camais ymlaen ac astudio'r gangen, ac yna'r bonyn ei hun. Oedd 'na rywle diogel i osod fy nhroed? Oedd, roedd lwmp o ryw fath yno. Estynnais fy mreichiau i fyny a chydio'n sownd yn y gangen. Yna, gosodais fy nhroed chwith yn erbyn y lwmp, a chodi'r llall oddi ar y llawr. Roedd fy mhwysau bron i gyd ar fy mreichiau rŵan, a'r cwbl roedd angen ei wneud oedd cerdded fy nhraed chydig mwy i fyny'r rhisgl ac yna codi'r goes dde dros y gangen. Ond allwn i ddim. Do'n i'm yn teimlo'n saff, ac roedd fy nwylo'n dechrau llithro. Beryg nad ydi trio dringo coeden efo menig gwlân am y dwylo'n syniad da. Gollyngais fy nhraed yn ôl i'r llawr, a throi i fynd i eistedd ar y bonyn eto – a chael hartan. Roedd Non yn sefyll yno.

"Rhai petha byth yn newid," meddai'n dawel.

"Be? Fi'n methu dringo ti'n feddwl?"

"Oeddat ti wastad yn crap."

"Diolch. Ers faint ti 'di bod yn sefyll yn fanna'n chwerthin ar 'y mhen i?"

Saib. "Do'n i'm yn chwerthin."

"O."

Do'n i'm yn gwbod be i'w ddeud wedyn. Edrychodd y ddwy ohonon ni ar ein gilydd yn fud. Roedd hi wedi gwisgo'n gynnes – cap a sgarff a menig a chôt fawr dew – gan f'atgoffa i o'r *Michelin man*, braidd. Gallwn weld ei hanadl yn stemio allan ohoni'n dawel a phwyllog. Dwi'm yn siŵr sut roedd cymylau fy anadl i'n edrych, ond roedd fy nghalon i'n pwmpio fel y diawl.

"Wel?" gofynnodd Non yn y diwedd.

Damia, rŵan ei bod hi yma, doedd gen i'm clem be i'w ddeud. Ro'n i wedi ymarfer fy ngeiriau drosodd a throsodd a rŵan roedd y cwbl wedi diflannu. Y sioc ei bod hi wedi dod o gwbl, debyg.

"Do'n i'm yn meddwl y bysat ti'n dod," meddwn.

"Wel mi ddois," meddai'n swta. "Felly be ti isio?"

"Gest ti'r llythyr yrres i?"

"Do siŵr, neu fyswn i'm yma."

"Naci, yr un cynta. Yr un hir."

"O. Hwnnw. Do."

"'Nes i drio egluro yn hwnnw."

"Wel… 'nest ti'm joban rhy dda ohoni mae'n rhaid, achos i'r tân aeth o."

"Ond 'nest ti 'i ddarllen o?"

"Do. Dyna pam aeth o i'r tân."

Ro'n i'n gwybod nad oedd hyn yn mynd i fod yn hawdd, ond do'n i'm wedi disgwyl hyn chwaith. Roedd Non wedi newid. Roedd hi'n oer a chaled, ac ro'n i'n gallu gweld digon o'i hwyneb hi i weld bod ei cheg yn llinell fain, dynn. Roedd ei gwefusau yn llawn fel arfer. A doedd y sglein yn ei llygaid ddim yno mwyach.

"Ti 'di newid, Non."

"Dyna sy'n dueddol o ddigwydd pan mae dy fêt gora'n ffwcio dy gariad di."

Dwi'n meddwl y byddwn i wedi gallu ymdopi'n well tase hi wedi gweiddi arna i, ond roedd ei llais oer, gwastad hi'n codi ofn arna i.

"Non, gwranda…"

"Na, gwranda di am unwaith, Nia. Ti isio i bob dim fod fel roedd o, 'dwyt? Wel dydi hynna'm yn mynd i ddigwydd, yli. Roeddat ti'n ffrind i mi, ac mi oedd gen i ffydd ynot ti. O'n i'n gwbod dy fod ti'm yn angel, siŵr dduw – tydw i'n gwbod sut un wyt ti'n well na neb – ond 'nes i 'rioed feddwl y bysat ti'n cachu arna inna hefyd. Ond mi 'nest." Roedd ei llais hi'n dechra newid, a chryndod yn treiddio drwy'r geiria. "A taswn i'm wedi cerdded mewn pan 'nes i, fysat ti byth 'di deud wrtha i chwaith, na f'sat? Mi fysat ti'di gadal i mi briodi'r boi oeddat ti'n ei ffwcio tu ôl i nghefn i. 'Swn i'di gofyn i ti fod yn forwyn briodas i mi, ac mi fysach chi wedi bod ar gefna'ch gilydd yn y toilet yn y risepshion. Yn bysach?!"

Ro'n i'n gallu gweld bod ei llygaid yn sgleinio rŵan, a'r

sglein hwnnw'n diferu i lawr ochr ei thrwyn hi.

"Ti 'di bod yn hel lot gormod o feddylia am hyn – fyswn i byth…"

"Hel gormod o feddylia? Dwi'm 'di gallu meddwl am ddim byd arall ers misoedd! Dwi'n deffro yn y nos yn dal i dy weld di yn y gwely efo fo! Dwi'n dal i allu'ch ogleuo chi, damia chi! A jest pan dwi'n meddwl 'mod i'n dechra dod drosto fo, ti'n cerdded mewn i'r ffycin siop, yn edrych fel tasa na'm byd wedi digwydd! Ac yn sbio arna fi i fyny ac i lawr fel taswn i'n lwmp o faw a bod gen ti biti drosta i! Paid ti â meiddio! Dwi'n gallu edrych ar ôl fy hun a dwi'm angen dy dosturi di!"

Roedd ei dagrau'n llifo go iawn rŵan ac ro'n i isio camu tuag ati a rhoi 'mreichiau amdani, ond doedd fiw i mi.

"Dwi'n sori… be arall fedra i ddeud?"

"Ffyc-ôl. Wrth gwrs bo ti'n sori. Ti 'di colli'r unig ffrind oedd gen ti yn y lle 'ma. Be sy? Isio cwmni i fynd allan nos Sadwrn oeddat ti? Dwi'n iawn, tydw! Dy nabod di'n rhy dda, yli. Rhwbath i'w ddefnyddio ydi ffrind i ti, yndê, rhywun i dy gynnal di – fel pâr o fagla. Fel rhwbath i dy helpu di gyrraedd lle ti isio mynd, a rhoi ffling iddyn nhw wedyn. Ddrwg gen i dy siomi di, Nia, ond dwi 'di callio. Mae gen i ffrindiau eraill, ffrindiau sy'n gwbod be 'di ystyr y gair 'ffrind'."

Roedd o fel dwrn yn fy stumog i. Roedd hi'n fy nghasáu i. Roedd Non yn fy nghasáu i gymaint, bron na allwn i ei gyffwrdd o efo 'nwylo, ei flasu o ar fy nhafod. Gwenwyn pur. Gwenwyn 'nath i finna ddechra blydi crio – fel babi.

"Ond… ond wedi meddwi o'n i… do'n i'm yn gwbod be o'n i'n…"

"Ti wastad wedi gwbod be ot ti'n 'neud! Dim bwys pa mor chwil oeddat ti! Pob lwc i chdi yn dy yrfa actio – ti'm angen cael dy ddysgu, mae'r ddawn gen ti 'rioed!"

"Non, plîs… !" Mi gymerais gam tuag ati.

"Paid! Paid â dod gam yn nes achos dwi jest â drysu isio dy hitio di, a dwi'm isio iselhau fy hun i dwtshiad ynot ti!"

Cymerais gam arall. "Hitia fi ta – os bydd o'n gneud i ti deimlo'n well… "

"Na 'naf! Ffyc off!"

Dau gam arall ac ro'n i'n sefyll reit o'i blaen hi. "Tyd 'laen, dwi'n ei haeddu o!"

"Callia! Cer o 'ma!" Trodd i ffwrdd a chamu'n ôl, ond cydiais yn ei llawes a'i throi i fy wynebu i.

"Dyro ffwc o slap i mi! Tyd 'laen! Ges i secs efo Adrian! Mae'i ddwylo o wedi bod dros bob modfedd ohona i! Mae'i dafod o wedi…"

Ac mi roddodd y ffasiwn slap i mi, bron iawn i mi hedfan. Ond wnes i ddim. Dim ond mewn ffilms mae hynna'n digwydd. Ro'n i'n dal ar fy nhraed – jest; roedd fy mhengliniau i'n gwegian ac ro'n i isio chwydu. Doedd o ddim wedi brifo'n syth bin. Dwi'n meddwl bod y sioc wedi gweithio fel rhyw fath o anaesthetic – ond 'nath o'm para'n hir. Disgynnais ar fy mhengliniau, a 'nwylo dros fy wyneb. Ro'n i'n fud. Roedd o'n brifo gymaint, allwn i'm yngan gair heb sôn am weiddi. Do'n i 'rioed wedi profi poen fel'na o'r blaen. A do'n i ddim wedi'i gweld hi'n dod er mod i wedi gofyn amdani. Nid slap oedd hi, mae'n rhaid – ond dwrn. Blydi dwrn – a 'di genod ddim i fod defnyddio'u dyrnau!

"Ti'n iawn?"

Roedd hi'n dal yna, felly. Wnes i ddim agor fy llygaid na'i hateb. Roedd 'na flas rhyfedd yn fy ngheg. Teimlais fy nannedd efo 'nhafod. Roedden nhw'n dal yno. Ond roedd fy ngwefusau'n teimlo'n od. Tynnais fy nwylo oddi ar fy wyneb, a heb agor fy llygaid, tynnu'r faneg oddi ar fy llaw dde, a theimlo fy ngwefus yn ofalus. Rhywbeth gwlyb. Rhywbeth cynnes. Ffyc. Ro'n i'n gwaedu!

"O *shit…* " meddai Non. Edrychais i fyny arni. Roedd hi'n debycach i'r hen Non rŵan. Roedd 'na fywyd yn ei llygaid eto, nid jest dwy farblen dywyll. Roedd hi'n difaru.

"Fflap udifsh i, dim ffgin dwrn… "

"Sori."

"Dwi'n cymryd ei fod o'n brifo?"

"Yngi."

"Gwd. Oedd o fod 'neud."

Roedd ei llais hi'n oer eto, a sbeitlyd os rhywbeth.

"Dyna oeddat ti isio, 'de? Slap iawn. Dwi'm yn gwbod os wyt ti'n teimlo'n well rŵan, ond mi ydw i. Iawn ta, gan dy fod ti'n dal yn fyw, dwi'n mynd. O, gyda llaw, dwi'n siŵr y byddi di'n falch o glywed bod John yn ôl efo Manon Ty'n Twll ac mae'r ddau'n hapus iawn efo'i gilydd. Hwyl."

Ac mi aeth. Jest fel'na, a 'ngadael i ar fy ngliniau'n gwaedu. Y bitsh.

Wedi rhai munudau, mi godais yn sigledig ar fy nhraed a throi am adre. Ro'n i wedi dod o hyd i hances bapur yn fy mhoced, ac wedi trio rhwystro llif y gwaed efo honno, ond doedd hi'n dda i ddim. Wedi cyrraedd y ffos, ceisiais olchi fy wyneb. Roedd y dŵr yn fendigedig o oer ar fy nghlwyfau, ond yn ddiawledig o oer ar fy nwylo. Roedd hi'n rhy dywyll i mi allu gweld y gwaed yn troi'r dŵr yn goch, ond ro'n i'n gallu'i ddychmygu o, a'i gofio fo… y tro dwytha i mi orfod golchi 'ngwaed yn y ffos honno. Ond roedd balchder yn y gwaed hwnnw; gwaed cyfeillgarwch oedd o. Cymysgedd o 'ngwaed i a gwaed Non. Dim ond fy ngwaed i oedd wedi'i dollti tro 'ma.

pennod 12
NON

RO'N I WEDI BREUDDWYDIO DIGON am falu'i hwyneb hi'n stwnsh drosodd a throsodd, ond 'nes i 'rioed feddwl y byddwn i'n cael cyfle go iawn. Asu, do'n i 'rioed wedi hitio neb yn fy myw tan hynna – ddim hyd yn oed ar gae hoci. Dwi'm yn berson fel'na. Mi wna i unrhyw beth i osgoi ffeit. Nia ydi'r un sy'n colli ei thymer ac yn landio mewn ffeit efo rhywun. Erbyn meddwl, roedd hi wastad yn gofyn amdani, ac mi ofynnodd amdani'n llythrennol y noson honno yndo? Be oedd hi'n ddisgwyl? Rhyw slap fach êri ffêri, ferchetaidd? Mae hi'n gwbod yn iawn pa mor gry ydw i! Mae record taflu pwysau dan 15 oed Sir Feirionnydd yn dal gen i. A do'n i'm wedi gwylltio pan daflais i hwnnw.

Ro'n i'n gorfod mynd â'i gadael hi am 'mod i wedi dychryn fy hun a methu coelio be ro'n i newydd ei 'neud. Ond ro'n i hefyd yn gwbod yn iawn ei bod hi'n fwy tyff nag mae'n edrych. Dyna'r ffeit 'na efo Elliw Wyn yn y parti ar ôl *Blodeuwedd*, wedyn yr adeg ga'th hi ei gyrru oddi ar y cae mewn gêm hoci yn erbyn Ysgol Eifionydd. Roedd hi wedi cael clec gwbl ddamweiniol gan eu *centre half* nhw, ac aeth hi'n boncyrs. Roedd hi wedi taflu'i ffon hoci, diolch byth, ac wedi neidio ar ben y ferch a dechrau'i dyrnu – reit o flaen pawb. Ac wedyn roedd 'na ffeit ar y bws efo hogan newydd o Wolverhampton pan oeddan ni ar ganol Trip y Cestyll yn nosbarth dau. Roedd yr hogan yn gegog, dwi'm yn deud, ac roeddan ni i gyd wedi gwylltio pan ddeudodd hi bod y Cymry i gyd yn *sheepshaggers*, ond doedd neb wedi disgwyl i Nia daflu'i Dandelion and Burdock yn ei hwyneb hi chwaith. Aeth hi'n uffar o ffeit wedyn, ac erbyn i'r athrawon ddallt be oedd yn digwydd, roedd y ddwy wedi colli llwyth o wallt a wyneb yr hogan o Wolverhampton yn sgriffiadau i gyd. Mi symudodd hi i ysgol arall wedyn.

Doedd Nia ddim yn un i'w chroesi. Ond tydw inna ddim chwaith, bellach. Do, dwi wedi caledu, a does 'na neb byth yn mynd i 'nefnyddio i fel cadach llawr eto.

Mi fyswn i wedi licio gallu rhoi slap i Adrian hefyd, ond doedd y cachgi byth yn dod adre o'r Alban. Mae'n siŵr iddo ynta ddod adre dros y Dolig, ond 'nath o'm mentro dangos ei wyneb yn y dre. Mi glywes i ei fod o wedi dechra canlyn efo rhyw Albanes, pun bynnag. 'Gwynt teg ar ei ôl o,' ond ro'n i'n dal i'w golli o'n uffernol. *First love* 'de? Efo chdi am byth, dim bwys faint o wancar ydi o.

Es i allan ar y nos Sadwrn efo Linda – Linda Hughes, yr hogan oedd wedi trio dod yn ffrindia efo ni yn nosbarth un, nes i Nia roi ei throed i lawr. O sbio'n ôl, dwi'n gweld rŵan pa mor dwp a llywaeth o'n i. Taswn i'n gallu mynd yn ôl mewn amser, mi fyswn i'n cydio yno fi'n hun a thrio ysgwyd sens i mewn i 'mhen i. Ond roedd gan Nia'r pŵer rhyfedd drosta i ar y pryd. Ro'n i'n gwbod y bysa Linda'n ffrind da – roedd hitha'n licio chwaraeon fel fi, ac yn perthyn i mi o bell, ac yn wych am ddeud jôcs – lot gwell na Nia. Ond beryg mai gweld hynny 'nath Nia, a dydi Nia ddim yn licio bod yn *second best*.

Wel, Linda oedd fy ffrind gora i rŵan. Ro'n i wedi mynd i 'nghragen yn arw ar ôl… be ddigwyddodd, wedi colli fy hyder yn rhacs. Mi 'nes i gau fy hun yn fy llofft am ddyddia, yn crynu a chrio, a dim ond yn dod i lawr i'r gegin i stwffio fy wyneb pan fyddai pawb arall wedi mynd i'w gwelyau. Mae rhai'n methu bwyta pan maen nhw'n *depressed*, ond yn anffodus, dydw i ddim yn un o'r rheiny.

Aeth y stori rownd y lle fel tân gwyllt rywsut – Leusa fy chwaer fawr a'i cheg fwy dwi'm yn amau – ond mae'n bosib mai Miss Pugh y Chemist oedd yn gyfrifol. Roedd Mam wedi gorfod ffonio'r siop i ddeud na fyddwn i mewn am sbel am 'mod i'n sâl – ond wedi iddi ddeud wrth Miss Pugh pam yn union 'mod i'n sâl, roedd honno wedi cymryd ati'n arw am fod ganddi feddwl y byd ohona i, ond nid o Nia. Mi soniodd Mam fod Miss Pugh a thad Nia wedi bod yn ffrindia go agos ar un adeg, nes i fam Nia benderfynu cael ei bachau ynddo fo. Bechod; dwi'n siŵr y basa Miss Pugh a thad Nia wedi gneud cwpwl bach neis. Roedd y ddau mor debyg – yn eitha tawel a swil, a ddim yn gwenu'n aml, ond pan fydden nhw'n gwenu o ddifri, mi fyddai'n lledu i'w llygaid nhw. Ella mai dyna pam bod Miss Pugh yn dal yn Miss, ond do'n i'm yn licio gofyn rhwbath personol fel'na iddi.

Ta waeth, sut bynnag y lledodd y stori, do'n i'm yn barod i weld neb am 'mod i'n meddwl bod pawb yn siarad amdana i. Y gwir amdani oedd mai stori bum munud oedd hi i bawb arall. Dyna sy'n digwydd efo sgandals, yndê? Heblaw bod rhai yn ychwanegu chydig o drimings. Ond dwi'm yn gwbod pa fath o drimings fyddai unrhyw un wedi gallu eu hychwanegu at fy stori i – roedd hi'n ddigon blydi horibyl fel roedd hi. Allwch chi ddychmygu cerdded i mewn i stafell a gweld eich ffrind gorau yn y gwely efo'ch cariad chi? Na? Triwch ddychymgu'ch ffrind gorau efo'ch gŵr chi, ta. Ro'n i wir yn meddwl y byddai Adrian a finna'n priodi, felly dydi hi ddim yn gymhariaeth annheg. Dychmygwch weld y ddau'n noethlymun wedi'u lapio am ei gilydd, eu dillad nhw ar hyd y lle'n bob man yn profi iddi fod yn sesiwn wyllt a nwydus a deud y lleia – a'r blydi ogla 'na. Dwi'n teimlo fel cyfogi bob tro dwi'n meddwl am y peth. Dwi'n trio anghofio amdano fo ond mae o'n mynnu dod yn ôl, ganol dydd, ganol nos, dros baned, dros beint, drwy'r blydi adeg. Fel tasa un rhan o 'mrên i'n trio fy sbeitio i.

Pan glywodd Linda'r hanes, mi ddoth i 'ngweld i'n syth, a gneud i mi dywallt y cyfan allan, yn un lobsgows mawr chwerw o ddagrau a rhegfeydd a baw trwyn. Do'n i'm wedi gallu deud bob dim wrth Mam – anodd yn tydi? A doedd Leusa ddim yn un am wrando ac roedd Meinir yn rhy ifanc i ddallt.

A ddeudis i'm gair wrth John, siŵr dduw – a gneud i Mam a

Leusa addo peidio sôn gair wrtho fo. Roedd gen i ormod o ofn sut fyddai o'n ymateb. Mi fyddai o wedi mynd i chwilio am Adrian yn syth a'i ddyrnu fo'n rhacs, a do'n i'm isio hynny. Roedd y sefyllfa'n ddigon hyll fel roedd hi. Ac roedd o wedi cael ffeit yn rhywle efo rhywun arall yn fuan wedyn beth bynnag. Roedd o'n gwrthod deud pwy 'nath na be ddigwyddodd, ond roedd golwg ofnadwy arno fo, llygad du a dau ddant blaen ar goll. Roedd o'n edrych yn well ar ôl cael plât, ond do'n i ddim yn mynd i sôn gair wrtho fo am Adrian wedyn, nag'on? 'Nes i ddim sôn wrtho fo am Nia, a 'nath o ddim fy holi i chwaith. A dyna rwbath arall ro'n i'n flin amdano fo: roedd Nia nid yn unig wedi llwyddo i chwalu fy mherthynas i efo hi ac Adrian, ond efo John hefyd. Roedden ni'n dau wedi bod yn gymaint o fêts tan hynny, ond roedd pellter mawr rhyngon ni rŵan. Mi fydden ni'n dal i siarad, ond dim ond am bethau dibwys, arwynebol, fel tasen ni'n dau'n cerdded ar flaenau'n traed yng nghwmni'n gilydd, rhag ofn i un ddeud rhwbath i styrbio'r llall.

Roedd hi'n amlwg i bawb ei fod o a Nia wedi gorffen, ond doedd neb isio holi gormod, ac roedd hi'n berffaith amlwg iddo ynta nad o'n i'n gweld Adrian bellach chwaith. Mi lwyddon ni i osgoi'r pwnc am hydoedd. Anaml y bydden ni'n gwasgu'n agos at ein gilydd ar y soffa fel erstalwm, ond beryg mai'r ffaith 'mod i'n cau fy hun yn y llofft oedd yn gyfrifol am hynny. Mi fyddai yntau'n cadw draw o'r soffa hefyd. Dwi'm yn siŵr ai cuddio yn ei lofft oedd ynta neu'n crwydro'r mynyddoedd neu'n mynd i dre ta be. Roedd o'n ôl efo Manon Ty'n Twll cyn i ni droi rownd beth bynnag. Ro'n i'n synnu ei bod hi wedi maddau iddo fo mor sydyn, ond dyna ni, dyna be 'di cariad yndê? Gallu maddau i rywun.

Dwi'm yn meddwl y gallwn i faddau i Adrian, byth. Ydi hynna'n golygu nad o'n i mewn cariad efo fo go iawn? Ond gan na ddoth o ar fy ôl i'n crefu arna i i'w gymryd o'n ôl, dwi'm yn gwbod be fyswn i wedi'i 'neud go iawn, nacdw? Na, waeth i mi wynebu'r gwir – beryg y byswn i wedi toddi fel menyn a syrthio i mewn i'w freichiau o'n ddagrau i gyd. O'n, ro'n i'n beio Nia'n fwy nag Adrian. Ro'n i mewn cariad efo fo, toeddwn? Ac mae'n anodd uffernol derbyn y gwirionedd am rywun ti'n ei garu. Dyna pam fod merched yn aros efo dynion sy'n eu curo nhw. Wel, un o'r rhesymau o leia.

Ac mae'n siŵr bod stori Adda ac Efa'n dal yn ein hisymwybod ni'n rhwla. Hi gafodd y bai am hudo Adda i fwyta'r afal. Dynes sydd wastad wedi bod yn gyfrifol am gwymp dyn. Dwi'n cofio bod yn disgysted pan glywes i mai'r rheswm pam roedd merched yn gwisgo hetiau yn y capel oedd am ei fod o'n deud yn y Beibl yn rhwla bod gwallt merched yn temtio dynion ac yn gneud iddyn nhw feddwl am bethau amharchus yn hytrach na meddwl am Dduw a Iesu Grist. Fel tasa gynnon ni ffasiwn ddylanwad arnyn nhw! Ond dyna ni, mae 'na ferched a merched does? A rhai'n gallu hudo dynion yn well na'i gilydd, ac mae'n amlwg nad ydw i'n un o'r rheiny. Ond roedd Nia'n gwbod yn iawn sut effaith roedd hi'n ei gael ar ddynion felly roedd hi'n gwbod yn iawn be oedd hi'n 'neud, ac roedd Adrian jest yn dwp fatha Adda.

Roedd Linda'r un teip â fi, a dwi'm yn gwbod be fyswn i wedi'i 'neud hebddi. Hi berswadiodd fi'n diwedd i olchi 'ngwallt, gwisgo mêc-yp a mynd efo hi ar y bws i siopa i Gaer a mynd i'r dre am baned ryw bnawn Sadwrn. Ges i'r gyts i fynd yn ôl i'r gwaith wedyn. Ac yn ara bach, mi lwyddodd i 'mherswadio fi i ddod allan efo hi un nos Sadwrn. Ddoth hi heibio i 'neud fy ngwallt i mi a rhoi mêc-yp arna i. Mi wnes i drio deud 'mod i'm isio gwisgo'r bali stwff, ond mi 'nath hi ddeud y byddai'n ddigon hawdd ei dynnu i ffwrdd os nad o'n i'n ei licio fo. A waeth i mi gyfadde, ro'n i ei angen o. Ro'n i wedi mynd yn llwyd fatha llymru, a bagiau fel sachau tatws dan fy llygaid; gwaeth fyth, ro'n i wedi datblygu *acne rosacia* – rhyw fath o rash coch ar fy wyneb sy'n cael ei achosi gan straen meddwl a nyrfs a ballu yn ôl y doctor. Mi ddiflannodd ar ôl rhyw bythefnos, diolch byth.

Fuon ni'n mynd allan yn rheolaidd wedyn, ac mi gawson ni hwyl hefyd. Doedd hi byth yn ein landio ni mewn sefyllfaoedd embarasing fel y byddai Nia. Ia, iawn, do'n i'm yn chwerthin hyd at ddagrau cweit gymaint chwaith, ond roedd bod efo hi yn fwy *relaxing*, rhywsut, yn fwy saff. Doedd gen i byth ofn be oedd hi'n mynd i'w ddeud a'i 'neud nesa. Fyddai hi byth, byth yn fy ngadael ar fy mhen fy hun ddiwedd nos. Mi fyddai'n fflyrtio efo hogia, ond byth yn diflannu efo nhw.

"'Di ffrindia go iawn byth yn gneud hynny," meddai hi wrtha i. "Os byddi di wedi bachu hefyd, iawn, ond 'swn i'n gneud yn siŵr dy fod ti'n saff i fynd adre gynta cyn mynd o 'na fy hun. Os mêts, mêts, 'de."

Ia. Hollol. Ond do'n i byth yn bachu. Do'n i'm isio. Ac roedd Linda'n dallt hynny, a byth yn trio 'ngwthio i i freichiau neb. Roedd hi'n gallu gweld gystal â neb 'mod i wedi twchu, ond 'nath hi 'rioed ddeud y dylwn i fynd ar ddeiet; roedd hi'n gwbod y byddwn i'n gallu penderfynu hynny drosof fi'n hun pan fyddwn i'n barod.

Ac ar ôl rhoi slap i Nia, ro'n i'n barod. Roeddan ni'n gwerthu stwff slimio yn y chemist, felly y dydd Llun wedyn mi brynais i lwyth o focsys o Slender a Bran-Slim a ballu, a dechra cyfri'r calorïau. Roedd trio byw drwy'r dydd ar filc-shêc yn uffernol o anodd, ac mi fyddai John yn tynnu 'nghoes i am 'mod i'n stemio darn o sgodyn i mi fy hun i swper yn hytrach na sglaffio *steak and kidney pie* a thatws stwmp fatha pawb arall, ond mi fyddai Mam yn rhoi un o'i hedrychiadau iddo fo, wedyn mi fyddai'n cau'i geg.

Mi ddechreuais i chwarae efo tîm hoci'r dre hefyd. Linda oedd y capten ac mi fyddwn i'n mynd efo hi i ymarfer bob nos Fercher a chwara gêm bob dydd Sadwrn. Yn y flwyddyn newydd, mi ddechreuodd Linda a finna chwara *squash* yn y lle newydd oedd wedi'i godi mewn gwesty cyfagos. Mi 'nath un o hogia'r clwb rygbi ein dysgu ni. Roeddan ni'n anobeithiol i ddechra, ond ar ôl chydig wythnosa roeddan ni'n rêl bois. Ac yn ara bach, mi ddechreuodd y bloneg ddiflannu. Aeth Linda â fi i Gaer i brynu dillad newydd ac mi dalod Mam i mi gael torri 'ngwallt yn Browns of Chester. Doedd hynny ddim yn brofiad neis i ddechra:

"Oh dear, it's very damaged isn't it?" meddai'r hogan oedd

yn edrych yn union fel Barbie, wrth fyseddu fy ngwallt. A hitha'n clwcian dros fy *split ends* fel taswn i'm yna. Doedd y *shaggy dog perms* ddim wedi gneud lles i gyflwr fy ngwallt i mae'n debyg.

"Cut it all off then," medda fi. A dyna 'naethon nhw. Dois i allan efo gwallt byr, byr.

"O waw, gorj!" meddai Linda. "Mae'n tynnu sylw at dy lygaid di. Reit, gad ni weld sut ti'n edrych efo dipyn bach o *kohl* rownd y llygaid 'na... "

Roedd gwallt byr yn bendant yn fy siwtio i, yn enwedig gan 'mod i bellach wedi colli cryn dipyn o bwysau. Yr unig dro arall i 'ngwallt i fod yn fyr oedd pan 'nath mam Nia 'neud i Jên Idris Terrace dorri nghyrls melyn i gyd i ffwrdd pan oedd Mam yn sbyty. 'Nes i 'rioed fadda iddi, ond ro'n i'n dechrau amau mai hi oedd yn iawn wedi'r cwbl.

Mi 'nath hyd yn oed Dad sylwi.

"Ti'n edrych yn wahanol."

"Yndw debyg, dwi 'di torri 'ngwallt, Dad."

"Duw, do 'fyd. Be oedd? Llau?"

"Ha ha. Doniol iawn."

"Reit dda, bydd bil letrig y lle ma'n llai rŵan siawns."

"Be dach chi'n feddwl?"

"Gin ti lai o wallt i'w sychu efo'r blydi peth sychu gwallt rŵan, toes?"

Ond doedd o'm yn iawn fan'na chwaith. Efo gwallt hir, ro'n i'n gallu dal i fynd am ddyddiau heb orfod ei olchi, ond efo gwallt byr ro'n i'n deffro bob bore efo hanner fy mhen yn fflat fatha crempog, neu efo siâp *wedge* fel tasa rhywun wedi sathru ar ochr fy nghorun i, felly ro'n i'n gorfod ei olchi a'i sychu bob bore, fwy neu lai. Roedd hynny'n dipyn o boen yn y tin pan fyddai pawb isio mynd i'r stafell molchi'r un pryd, a do'n i ddim yn boblogaidd am sbel, yn enwedig efo Leusa, oedd isio bod yn drwsiadus ar gyfer gweithio yn y banc. Ia, efo Linda roedd hi'n gweithio a dyna sut y cafodd honno glywed am stori Adrian a Nia mor sydyn. Yn fuan iawn dois i arfer golchi 'ngwallt mewn chwinciad yn y gawod, sychu 'nhraed a rhedeg yn dripian hyd y landing i fy llofft i orffen ei sychu. O leia ro'n i'n edrych yn fwy smart yn mynd i 'ngwaith efo gwallt taclus, sgleiniog. Roedd Linda wedi 'mherswadio i wisgo dipyn o fascara bob dydd hefyd, a rhoi Vaseline ar fy ngwefusau.

Roedd Miss Pugh wrth ei bodd efo fy new image.

"Da iawn ti 'mach i. Dangosa di iddyn nhw!"

Do'n i'm yn siŵr pwy'n union oedden 'nhw', nes i Magi Davies Tynclawdd, mam Nia, gerdded i mewn un bore. Pan welodd hi fi, mi ddisgynnodd ei cheg ar agor fatha drws bin bara. A wonders never cease, roedd hi'n fud am chydig eiliadau.

"Be ti 'di 'neud?" gofynnodd yn y diwedd.

"Torri 'ngwallt."

Saib.

"Mae'n fyr iawn," meddai hi wedyn.

"Mae o 'di bod yn fyrrach na hyn," meddwn. "Dach chi'm yn cofio?"

Edrychodd yn hurt arna i. Bron nad o'n i'n coelio nad oedd yr ast hyll wedi anghofio bob dim. Neu roedd hi wedi synnu at y ffaith 'mod i wedi sythu wrth siarad efo hi a sbio i fyw ei llygaid am y tro cynta erioed.

"Mae o'n lyfli, tydi, Mrs Davies?" meddai Miss Pugh. "Siwtio hi i'r dim. Tydi?" Doedd gan Mrs Davies ddim dewis ond ymateb.

"Ym... yndi."

"Tynnu sylw at ei llygaid a'i cheekbones hi, dach chi'm yn meddwl?"

"Ym... wel... yndw – yndi... "

Pob gair fel tynnu dant.

"Mae'r bechgyn o'i chwmpas hi fel gwenyn rownd pot jam, wyddoch chi."

"Ydyn nhw? O... neis iawn." Ond roedd yr hen Fagi wedi dod

ati'i hun erbyn hyn. "Da iawn ti, Non, o'n i'n gwbod y bysat ti'n dysgu sut i 'neud y gora ohonot ti dy hun yn y diwedd. Gwell hwyr na hwyrach, yndê?"

O, ffyc off. Rhois i wên sych iddi a diflannu i weini ar gwsmer oedd newydd ddod i mewn drwy'r drws pella.

Es i ddim yn ôl at Miss Pugh nes bod Magi Davies wedi gadael.

"Diolch am hynna, Miss Pugh," meddwn.

"Diolch am be?" meddai hi'n ddiniwed, "Dim ond deud y gwir ro'n i. Ond roedd ei gwyneb hi pan welodd hi ti yn bictiwr 'yn doedd?" gwenodd. Gwenais yn ôl. "Ac mae hi wedi talu'n ddrud am y sylw ola 'na," ychwanegodd.

"Pam? Be naethoch chi?"

"Ychwanegu pumpunt at ei bil hi. Mi fydda i'n gneud yn reit aml ac mae'r het wirion yn rhy dwp i ddallt."

Roedd y wên ges i ganddi'n gneud iddi edrych fel hogan fach saith mlwydd oed – ddrwg!

"Ond Miss Pugh, be os…"

"Be os dim byd. Hwda." A rhoddodd bapur bumpunt yn fy mhoced. Rhoddais fy llaw i mewn i'w dynnu allan yn syth, ond mi saethodd ei llaw hitha allan a fy styffylu'n sownd.

"Na. Ti pia hwnna. Ddim Mr Jones gafodd ei insyltio, naci? Cym o. *Damages* dwi'n ei alw o… "

Mi 'nes i feddwl ei roi yn y til heb iddi weld. Ond wedyn 'nes i benderfynu peidio. Roedd Miss Pugh yn iawn, doedd? Doedd a wnelo fo ddim oll â Mr Jones. A doedd y pumpunt hwnnw ddim wedi mynd drwy'r til, gan ei bod hi'n dal i fynnu gneud ei syms ar ddarnau o bapur. Mi brynais i dop neis iawn yn Chelsea Girl efo fo bythefnos yn ddiweddarach.

Y top hwnnw ro'n i'n ei wisgo pan ddaliodd Linda a finna'r bws i fynd i Gorwen, Noson Gwobrwyon Sgrech. Ew, 'nes i fwynhau fy hun. Roedd Geraint Jarman a'r Cynganeddwyr yn wych, a Titch

Gwilym yn ffantastic. Roedd Bando'n dda hefyd, a'r Trwynau Coch, a enillodd y Brif Wobr, yn rêl *showmen*. Roedden ni i gyd yn morio canu efo nhw, o 'Mynd i'r Bala mewn Cwch Banana', i 'Merched dan Bymtheg'.

'Nes i droi rownd ar un adeg yn ystod y gân ola, a dyna pryd gweles i Nia. Mae'n rhaid ei bod hi wedi dod efo bws o Aberystwyth, ond ar ei phen ei hun oedd hi pan weles i hi, yn pwyso'n erbyn y wal yn cael ffag ac yn edrych yn flin. Neu ella mai trio edrych yn 'cŵl' oedd hi. 'Nath hi mo fy nabod i beth bynnag. Doedd 'na'm disgwyl iddi 'neud ynghanol yr holl bobol, yn enwedig a finna'n edrych mor wahanol. Ond mi fyddai hi'n bendant wedi nabod John. Ro'n i'n falch uffernol ei fod o a Manon wedi penderfynu peidio â dod. Cael nosweithiau tawel efo'i gilydd yn ei fflat hi ym Mangor bydden nhw gan amla bellach. Practisio chwarae tŷ bach twt, debyg.

Pan aeth Linda a finna i'r tŷ bach, roedd 'na giw anferthol, ond roedd o'n gyfle da i falu awyr efo genod ro'n i'n eu nabod o wahanol dîmau hoci a chlybiau Ffermwyr Ifanc, ac i fenthyg Hide the Blemish gan Linda. Roedd fy nghroen i lot yn well erbyn hyn, ond ro'n i'n dal i gael ambell floryn weithia. Ro'n i newydd ei roi o'n ôl iddi pan ddoth Alwenna allan o un o'r ciwbicls. 'Nes i ei nabod hi'n syth, dwi wastad wedi bod yn un dda am gofio wynebau. Roedd hi'n dal i wisgo'i gwallt mewn plethen hir, yn union fel roedd o ganddi yng ngwersyll Glan-llyn, ond roedd hi'n sbio'n wirion arna i pan gydiais i yn ei llawes hi, a dwi'm yn siŵr pam 'nes i gydio ynddi beth bynnag. Isio busnesa, mae'n debyg, a'r Strongbow wedi rhoi hyder i mi.

"O… Non!" meddai wedi i mi ei hatgoffa pwy o'n i. "O mai god, ti'n edrych mor wahanol! 'Swn i byth wedi dy nabod di, cofia! Ti 'di gweld Nia?"

"Naddo." Wel do'n i ddim – ddim i siarad efo hi, nag'on?

"Ma' hi yma'n rhwla… os… os tisio'i gweld hi, hynny ydi."

Roedd hi wedi cael yr hanes, felly.

"Nacdw, ddim rîli."

"Na… Ti'n mwynhau dy hun ta?"

"Yndw. Grêt! Titha?"

"Briliant! Efo pwy wyt ti?"

"Linda," meddwn, gan eu cyflwyno, "fy mêt gora i." A dywedodd y ddwy helô'n boleit wrth ei gilydd. Wedyn, roedd yn rhaid i mi gael gwybod, "Ydi hi'n iawn, ta?"

"Nia? Yndi. Fel mae hi 'de?"

"Be? Dyn gwahanol bob nos?" gofynnodd Linda.

"O, nacdi. Di'm fel'na o gwbl rŵan. Wel, ddim cymaint. Mae hi in lyf."

"O? Rhywun dwi'n nabod?" gofynnais.

"Dwi'n ama. Boi o Gaerdydd. Cai ap Pedr. Uffar o bishyn, a fo oedd Romeo yn y ddrama 'naethon nhw wsnos dwytha. A Nia oedd Juliet."

"O, perffaith 'de?"

"Wel, na, ddim felly, achos *unrequited love* ydi o. Mae o'n canlyn a dio'm isio gwbod."

"Dos o'ma! Nia'n cael ei gwrthod?!"

"Wir yr!"

"'Neith les iddi," meddai Linda.

Nodiodd Alwenna y mymryn lleia.

"Sut 'nath hi fel Juliet, ta?" gofynnais.

"Da iawn, chwara teg. Ond oedd y snogian efo Cai ar y noson gynta chydig bach yn embarasing."

"O?"

"O, ddylwn i'm deud… "

"Ti 'di dechra rŵan!" meddai Linda, oedd yn mwynhau'r stori gymaint â fi.

"Wel, ocê ta. Oedd hi'n gwrthod ei ollwng o. Pan ddeudodd o: 'Ffarwel, ffarwel, – un cusan, ac mi af ar y balconi, doedd Juliet ddim yn fodlon efo un pec bach, mi gydiodd ynddo fo fel tasa 'na'm fory i gal a hanner ei fyta fo. Aeth y snog mlaen a mlaen am oes, nes bod y gynulleidfa wedi dechra giglan, ac oeddat ti'n gallu deud bod Cai isio dianc, ond allai o ddim, neu mi fysa'n difetha'i berfformiad o fel Romeo'n bysa?"

"Y creadur," meddai Linda, "sut doth o allan ohoni ta?"

"Mi 'nath yr hogan oedd yn chwara rhan y Nyrs weiddi 'Gwyliwch! Mae eich mam ar y ffordd, Juliet!' o'r cefn – sydd ddim yn y sgript mae'n debyg – ac mi lwyddodd Cai i neidio allan o'i gafael hi a thros y balconi mor gyflym nes iddo bron iawn â baglu! Ac oedd hi'n gorfod deud 'O! gwae fi, rhaid treulio blwyddi maith cyn y caf weld fy Romeo mwy' – wedyn roedd ei pherfformiad yn iawn, ar wahân i pan oedd o'n gorfod bod ar y llwyfan efo hi, ac ynta'n gwrthod sbio arni. Roedd ganddo linellau wedyn rhwbath tebyg i: 'ni chaiff cyfle basio heb i mi gyfeirio 'nghofion, f'enaid, atat ti'. Bellach, does na m'ond isio iddi gamu i'w gyfeiriad o ac mae o'n deud wrthi lle i fynd, bechod."

"O ia... bechod," meddai Linda cyn piffian chwerthin.

"Dio'm yn ffyni 'sti," meddai Alwenna, "oedd y cast i gyd yn gandryll efo hi a ga'th hi ddiawl o row gan Davina Rhys..."

"Pwy?"

"Pennaeth yr Adran Ddrama a'r ddynes oedd yn cynhyrchu'r holl siabang. Row nes oedd hi'n bownsio – o flaen y cast i gyd. Dwi'm yn meddwl geith hi ran fawr fel'na eto am sbel."

"O diar, felly mae hi'n *depressed* rŵan, yndi?" gofynnais, yn dechrau teimlo drosti er gwaethaf fy hun.

"Braidd... ac mae hi a Ruth wedi ffraeo..."

"Pwy 'di Ruth?"

"Un o'n ffrindia eraill ni. Mae'r ddwy'n gwrthod siarad efo'i gilydd, felly dydi hynna'm yn gneud petha'n hawdd i'r un ohonan ni. A fi sy'n gorfod rhannu stafell efo hi... "

"Paid â deud 'tha i, mae hi'n ffysi... " gwenais.

"Braidd. Mae'n mynd yn nyts efo fi am y petha lleia... cwyno 'mod i'n gadael y ffenest yn 'gored – ond mae'r lle'n drewi ar ôl iddi hi fod yn smocio un ffag ar ôl llall yna – cwyno 'mod i'n flêr, cega arna i am fod sbrencs pâst dannedd dros y drych, 'mod i'n methu'r bin efo fy *cotton wool balls* weithia, 'mod i'n gadael mygia te ar ei desg hi sy'n gadael cylchoedd ar ei llyfra hi... dwi hyd yn oed yn cael row am fy mrwsh gwallt i!"

"Pam? Be sy'n bod efo dy frwsh gwallt di?" gofynnodd Linda.

"Mae 'na wallt ynddo fo. Mae ganddi *thing* am frwsh gwallt sy'n gacen o wallt. Mae'n glanhau ei brwsh hi efo shampŵ bob yn eilddydd."

"God, go iawn? Mae'r hogan yn swnio'n obsesd i fi," chwarddodd Linda.

"Wel... dydi hi'm yn hawdd byw efo hi," cyfaddefodd Alwenna, "yn enwedig ar ôl y busnes 'ma efo Cai. Mae hynna wedi effeithio arni go iawn."

"Duw, 'ddaw hi drosto fo," meddai Linda, wrth i giwbicl arall ddod yn rhydd. "Sori, Alwenna, gorfod mynd, jest â gneud yn fy nhrwsus – am fwy nag un rheswm!"

"Dwi'm yn siŵr iawn be i'w ddeud," meddwn wrth Alwenna. "Ar un llaw, dwi'n falch ei bod hi'n gorfod dysgu ei bod hi'm yn mynd i gael pob uffar o bob dim mae hi ei isio mewn bywyd, ond ar y llaw arall... wel, dydi hi'm 'di arfer nacdi?"

Edrychodd Alwenna arna i'n hurt. Ro'n i isio egluro, ond roedd ciwbicl arall yn rhydd ac ro'n i jest â byrstio hefyd.

"Yli, jest 'drycha ar ei hôl hi. Hwyl." A diflannais i mewn i'r tŷ bach. Roedd Alwenna wedi hen fynd erbyn i mi ddod allan.

Mi dynnodd Linda hip-fflasg allan o'i phoced wrth i ni fynd yn ôl i wrando ar y canu.

"Be uffar sgen ti fan'na?"

"Fodca. Gw on – cym swig. Roith o flew ar dy jest di!"

Erbyn i ni wagu'r bali fodca roedden ni'n dwy'n hongian. A

taswn i wedi gweld Nia wedyn, fyswn i'm wedi'i nabod hi. Ond mi ddaethon ni i nabod ryw hogia o Cerrig. Mi fu Linda'n llyfu tonsils efo un ohonyn nhw, ac mi 'nath ei fêt o drio'i ora efo fi – ac mi 'nes i adael iddo fo fy swsian i am chydig, ond roedd blas tail gwartheg arno fo felly 'nes i ei wthio i ffwrdd – ond 'nes i'm deud pam. Mi gymrodd oes i mi rwygo Linda oddi ar ei boi hi, ac oes fwy fyth i ni ddod o hyd i'r bws ynghanol yr ugeiniau o fysys eraill. Roedd y gyrrwr yn uffernol o flin efo ni – ac mi fydda wedi mynd hebddan ni oni bai am Jac Coed Foel. Jac, hen ffrind ysgol fy mrawd a snog gynta Nia.

pennod 13

"'NES I JEST SYLWI eich bod chi ddim yma," eglurodd Jac wrth i ni'n dwy wasgu i mewn yn ei sedd o, gan nad oedd sedd wag yn unlle arall. "Mae 'na fwy'n mynd adre ar y bws nag oedd 'na'n dod yma, a'r cwbl 'nath Idris, y boi oedd wedi trefnu'r bws, oedd cyfri penna. Pen rwd!"

"Wel, dwyt ti ddim yn ben rwd beth bynnag. Diolch i ti, Jac," meddwn i.

"Ia, da iawn chdi," meddai Linda, cyn troi rownd i weld oedd rhywun mwy diddorol i gael sgwrs efo fo.

Cyn pen dim, roedd hi wedi sbotio ryw foi o'r Bala – oedd wedi dod ar ein bws ni am nad oedd o wedi gallu dod o hyd i fws y Bala. Roedden ni'n pasio ffor'na beth bynnag. Ond dwi'm yn meddwl ei fod o wedi trio'n galed iawn dod o hyd i'w fws. A doedd o'm 'di gorfod trio'n galed iawn cael perswâd ar Linda i eistedd ar ei lin o chwaith. Roedd hi yno fel siot. Felly mi ges i sedd i mi fy hun wedyn, a doedd dim rhaid i mi wasgu'n erbyn clun Jac.

"Ti'n cadw'n iawn?" gofynnodd Jac toc.

"Yndw, 'sti."

"Glywis i am... 'sti."

"Ia, wel... dwi drosto fo rŵan."

"Falch o glywed. Oeddat ti'n rhy dda i'r coc oen beth bynnag."

"O, Jac! Am beth neis i'w ddeud! Diolch... "

"Dim ond deud y gwir... dwi'n cymryd dy fod ti'm yn gneud llawer efo Nia bellach?"

"Nacdw."

"Dwi'n falch. Oeddat ti'n rhy dda iddi hitha 'fyd."

"Os ti'n deud." Allwn i ddim peidio â gwenu.

"Ti'n cofio chdi'n rhoi row i mi am ei galw hi'n Nia Dim Nicyrs?"

"Cofio'n iawn."

"Ond fi oedd yn iawn yn y diwedd, 'de?"

"O, paid... dwi'm isio sôn am y peth, iawn?"

"Nag wyt siŵr. Sori. Ond ro'n i mor flin pan glywis i."

"Do'n i'm yn ecstatic chwaith."

"Nag oeddat debyg. Sori."

"Rho'r gora i ddeud sori, nei di?"

"Iawn. Sori."

A dyma'r ddau ohonon ni'n dechra chwerthin. Ro'n i'n licio'i chwerthiniad o – un dwfn, oedd yn dod o waelod ei berfedd o'n rhywle. Chwerthin go iawn. Mi fuon ni'n dawel am sbel wedyn, ac mi fentrais sbio arno fo pan oedd o'n sbio'r ffordd arall. Roedd Jac wedi newid tipyn ers gadael ysgol – nid ei fod o wedi tywyllu'r lle hwnnw'n aml iawn. Roedd ei groen o wedi gwella'n arw – dim plorod na phennau duon yn unlle, a'r blwmin seidbyrns erchyll a'r hen flewiach hanner dyn-hanner hogyn am ei ên bellach wedi eu siafio i ffwrdd yn daclus. Doedd o ddim yn bishyn, ddim yn y ffordd roedd Adrian yn bishyn, ond doedd o ddim yn ddiolwg chwaith. Roedd o'n edrych fel dyn bodlon ei fyd ers iddo setlo i ffermio adre efo'i dad, ac ro'n i wedi clywed yn ystod sgyrsiau Dad a John wrth y bwrdd bwyd ei fod o'n goblyn o weithiwr da.

Trodd yn sydyn a 'nal i'n sbio arno fo.

"Be?" gofynnodd.

"Dim byd! Jest... meddwl gymaint ti 'di newid, dyna i gyd."

"O? Er gwell neu er gwaeth?"

"Er gwell."

"A be oedd yn bod arna i cynt?!"

"O! Dim – ym... " Ond roedd o'n chwerthin eto.

"Jest tynnu arnat ti ydw i. Dwi'n gwbod yn iawn be oedd yn bod arna i. Hen ddiawl, do'n?"

"Wel, nag oeddat... ddim felly."

"O'n tad. Rhai ohonan ni'n cael *growing pains* fwy na'i gilydd, 'sti. Ond do'n i'm yn hen ddiawl efo ti, gobeithio."

"Nag oeddat." Ac roedd hynny'n berffaith wir. "Ar wahân i chwipio 'nghoesa i efo dalon poethion yn yr ysgol gynradd, y crinc!"

"Asu, do? Argol, cofio dim. Sori am hynna."

"'Nest ti ddeud 'sa ti'n rhoi'r gora i ddeud sori!"

Mwy o chwerthin. Am y tro cynta ers misoedd, ro'n i'n hapus yng nghwmni dyn, yn teimlo'n gyfforddus efo fo, hyd yn oed pan doedd neb yn deud gair. Gwenodd arna i, ac mi wenais innau'n ôl.

"Ti 'di blino?" gofynnodd.

"Chydig bach."

"Gei di gysgu ar fy ysgwydd i os tisio 'sti." Codais fy aeliau. "Na, dim byd fel'na. Ti reit saff efo fi."

Oedais am chydig,

"Ocê ta." A pwysais fy mhen yn erbyn top ei fraich.

Roedd o'n deimlad braf iawn a bod yn onest, ac mi gysgais yr holl ffordd adre. Wel, yr holl ffordd i'r dre o leia. Roedd y gyrrwr yn gwrthod mynd â phawb adre'n unigol, a do'n i'm yn ei feio fo. Roedd ein hanner ni'n byw ar hyd hen lonydd bach cul fyddai wedi bod yn hunllef i unrhyw yrrwr bws, a tase fo wedi mynd rownd pawb, mi fyddai'r haul wedi codi erbyn iddo fo orffen. Felly roedden ni i gyd yn cael ein gollwng yn y dre, ac yn gorfod ffendio'n ffordd ein hunain adref – doedd na'm ffasiwn beth â thacsis mewn tre fach wledig bryd hynny. Gan ei bod hi bron yn dri o' gloch y bore, do'n i'm yn mynd i feiddio ffonio Mam i ddod i fy nôl i.

Roedd Linda (wedi gorfod ffarwelio efo'i snogddyn yn y Bala) yn byw mewn cyfeiriad cwbl wahanol i mi. Cafodd hi lifft efo boi oedd wedi aros yn rhyw lun o sobor, ac roedd yn rhaid i bawb arall gerdded adre. Roedd rhai'n ddigon lwcus i fyw o fewn milltir neu ddwy i'r dre, ond roedd y Wern bum milltir i ffwrdd – ac i fyny allt yr holl ffordd. Do'n i ddim yn edrych ymlaen at y daith, a finna'n cysgu ar fy nhraed fel roedd hi.

"Gerdda i efo ti os lici di," meddai Jac.

Roedd o'n byw ddwy filltir ymhellach na fi, hyd yn oed, ac efo'r coesau hirion 'na mi fyddai o'n gallu sbrintio'n ôl i Goed Foel mewn dim.

"Mi fydda i'n dy ddal di'n ôl," meddwn. "Fedra i'm cerdded ar yr un sbîd â chdi."

"Dim bwys, dwi'm ar hâst," meddai.

Felly dyma ni'n dau'n dechrau cerdded am adre efo'n gilydd.

Filltir yn ddiweddarach, roedden ni'n cydio dwylo. Roedd o wedi cynnig ei law i fy helpu i fyny'r allt serthaf un, a rhywsut wnaeth o'm gollwng wedyn. Ac roedd o'n deimlad braf, bod â llaw fawr gref yn sownd yn fy llaw i. Roedd o'n gwneud i mi deimlo'n fach – ac yn ddiogel. Pan sgrechiodd tylluan uwch ein pennau ni, mi neidiais mewn braw. Gwenu wnaeth o a chydio'n dynnach yn fy llaw.

"Oedd rhaid iddi sgrechian fel'na?" gofynnais. "Be ddigwyddodd i tw-wit-tw-hw?"

"Tylluan wen oedd hi, a sgrechian neu ganu 'tywii' fyddan nhw. Dim ond y dylluan frech sy'n canu 'tywit a hww'."

"Ti'n nabod dy dylluanod... "

"Yndw. Wedi 'u licio nhw erioed. Dwi'm yn siŵr iawn pam."

"Adar y nos. Rhwbath reit ramantus amdanyn nhw, does."

"Oes. Ti'n trio deud dy fod ti'n teimlo'n rhamantus?"

"Ddeudis i mo hynny, naddo!"

Ro'n i'n gwbod yn syth nad o'n i wedi deud y peth iawn, ond fues i 'rioed yn un am fflyrtio. Mi fyddai Nia wedi deud ei bod hi'n teimlo'n rhamantus iawn, wrth gwrs. A deud y gwir, mi fyddai wedi esgus bod ganddi ofn y blydi tylluan, wedi taflu'i breichiau am ei wddw o, wedi sbio i fyw ei lygaid, gwneud siâp gwefusau Brigitte Bardot, ac wedyn fyddai o ddim wedi gallu peidio â rhoi ei freichiau amdani cyn rhoi hymdingar o snog iddi. Sbio ar fy nhraed ro'n i.

A phun bynnag, do'n i'm yn siŵr os o'n i isio bod yn rhamantus efo fo. Ro'n i'n cofio mai fo oedd y boi cynta i Nia ei gusanu, a'i bod hi wedi deud ei bod hi'n teimlo fel cyfogi, yn enwedig pan stwffiodd ei dafod fawr, dew i lawr ei chorn gwddw hi. Ac roedd o wedi gwneud iddi ddangos ei bechingalw iddo fo yn yr ysgol gynradd, y sglyfath. Ond roedd blynyddoedd ers hynny. Mae 'na wastad ddwy ochr i bob stori, a doedd Nia ddim wedi profi ei bod hi'n dryst, nag oedd? A phun bynnag, hyd yn oed os oedd hi wedi deud y gwir, mae pobol yn newid ac ro'n i'n mwynhau ei gwmni o ac roedd o'n dal i afael yn fy llaw i.

Ro'n i'n berffaith fodlon efo hynny a do'n i ddim isio mynd dim pellach – ddim eto. Do'n i ddim isio brysio a do'n i ddim isio chwarae gêms. Y gêms seicolegol dwi'n ei feddwl, y chwarae fflyrtio a'r ffidlan addo ffonio a pheidio ffonio am ddyddiau wedyn, a'r talu pwyth yn ôl a ryw lol fel'na. Gonestrwydd plaen ro'n i ei isio. Felly waeth i mi ddeud hynny ddim.

"Dwi'm yn barod am fwy na hyn eto," meddwn yn sydyn.

Saib.

"Iawn, dallt yn iawn," meddai Jac yn y diwedd.

"A dwi'm isio chwarae gêms efo ti a dwi'm isio i ti chwara gêms efo fi chwaith. Os wyt ti'n fy ffansïo i, dwi isio i ti ddeud hynny'n blaen. Dwi isio gwbod lle dwi'n sefyll."

Stopiodd Jac yn stond a sbio arna i efo'i geg yn agored. "Asu. Titha 'di newid… "

"Do, debyg. Er gwell?"

"O, ia. Bendant. Ro'n i 'di dechra meddwl bod pob hogan 'run fath, isio chwara blydi gêms o hyd." Dechreuodd chwerthin. *"Where have you been all my life?!"*

"Reit o flaen dy drwyn di. Ydi hynna'n golygu dy fod ti yn fy ffansïo i?"

"Yndi. Ac ydw i'n cael gofyn yr un fath i ti?"

"Wyt. Ac yndw. Rŵan."

Edrychodd y ddau ohonon ni ar ein gilydd a dechra chwerthin.

"Wel, dyna sbario wsnosa o falu cachu a phwsi-ffwtio!" chwarddodd o.

"Yndê? Gymaint haws, tydi?" A dyma fi'n tynnu yn ei law o er mwyn cychwyn cerdded am adre eto. Ond sefyll yn ei unfan wnaeth o.

"Dwi'n ym… dwi'n cael rhoi sws i ti i… i selio'r peth ta?" gofynnodd yn ofalus. "Ond os nad wyt ti'n barod, dim bwys…"

"Na, 'swn i'n licio… "

"Grêt…" a dechreuodd fy nhynnu ato.

"Na- woo! Hold on Defi John… " Rhoddais fy llaw yn erbyn ei frest. "Jest i 'neud yn siŵr ein bod ni'n dallt ein gilydd, ac yn dechra efo gonestrwydd o'r cychwyn cynta… os nad ydan ni'n… ym, wel… yn ffitio – wsti, os nad ydi o'n teimlo'n iawn, 'dan ni'n rhoi'r gora iddi. Iawn?"

"Be? Fel ryw fath o dest ti'n feddwl?"

"Ia."

"Dwi'n gorfod pasio blydi ecsam snogio cyn pasio 'Go'?!'

"Wyt. Yndan – y ddau ohonan ni."

"Blydi hel, Non! Ti'n gwbod sut i roi pwysa ar ddyn, dwyt!"

"Dwi dan yr un pwysa, sti! A dwi'm yn disgwyl blydi orchestra na dim byd fel'na! Jest sws neis efo blas mwy dwi isio, dyna i gyd. Does 'na'm pwynt esgus bod rhwbath yna os nad ydi o, nag oes?"

Ac mae'n dda gen i ddeud i ni gael sws neis iawn, iawn. Doedd o ddim yn meddwl mai hwfyr oedd o, doedd o ddim yn trio sugno 'nhu mewn i allan, 'nath o ddim trio stwffio'i dafod i lawr fy nghorn gwddw i, a doedd 'na'm blas tail gwartheg arno fo o gwbl. Blas lager ella, ond roedd o'n deud bod 'na flas digon tebyg arna i. Roedd hi'n gusan hir, feddal, dyner, hyfryd. Ac oedd, roedd 'na flas mwy arni, felly mi fuon ni'n stopio i snogio bob dau gan llath yr holl ffordd adre. 'Nath o'm hyd yn oed trio mynd dim pellach na hynna, chwarae teg iddo fo. A phan gawson ni ein snog hirfaith ola un wrth y giât am y Wern, roedd hi'n ddeg munud wedi pump y bore.

"*Shit*! Rhaid i mi fynd, Jac!"

"Os oes raid," meddai ynta. "Pryd ga i dy weld di eto?"

"Dwn i'm. Be am fynd â fi i'r pictiwrs neu rwbath?"

"Iawn. Nos fory?"

Nos Sul oedd noson pictiwrs. Doedd neb yn ystyried mynd ar unrhyw noson arall, am ryw reswm.

"Naci. Fydda i isio mynd i 'ngwely'n gynnar ar ôl heno – bore 'ma. Nos Sul nesa?"

"Iawn. Ond bydda i wedi dy weld ti yn dre nos Sadwrn, mae'n siŵr."

"Mae'n siŵr. Ac os wyt ti'n hogyn da gei di brynu diod i mi..."

Am y tro cynta ers misoedd, mi es i gysgu efo gwên fawr ar fy wyneb. Jac Coed Foel? O mai god!

pennod 14

MI FUON NI'N CANLYN yn selog wedyn. Doedd o ddim yn gneud i 'nghalon i guro'n wyllt pan welwn i o, ond ro'n i'n cochi chydig ac yn gwenu fatha het – am yr wythnosau cynta o leia. Ro'n i jest yn gyfforddus efo fo wedyn. Bodlon. Doedd o byth yn fy ngadael i i lawr, byth yn deud celwydd wrtha i, a byth, byth yn fflyrtio efo fy ffrindia i. A doedden nhw ddim yn fflyrtio efo fo chwaith.

Doedd Linda ddim yn siŵr i ddechra. A deud y gwir mi gafodd ffit pan ddeudes i'r hanes wrthi pan wnaethon ni gyfarfod am ginio y dydd Llun ar ôl noson Corwen.

"Jac Coed Foel?! Cer o 'ma! Ti? Go iawn? O mai god! Dwi'm yn coelio'r peth! Wir yr?" Roedd hi'n poeri darnau o'i thôsti caws a ham i bob man.

"Wir yr. Pam ti mor *shocked*?"

"Achos… achos… Jac Coed Foel! Mae o jest mor – wel… mor wahanol i Adrian."

"Yndi, diolch byth."

"A 'swn i byth 'di deud… 'nes i 'rioed feddwl… "

"Na finna. A dyna be sy mor neis am y peth." Sugnais chydig mwy o fy ysgytlaeth siocled, er mai choclet milc shêc ro'n i'n ei alw fo wrth gwrs, cyn ychwanegu: "Weithia, mae be ti 'di bod yn chwilio amdano fo reit o flaen dy drwyn di."

"Be? Ti'n canlyn efo fo rŵan?! Jest fel'na?"

"Wel, mae gynnon ni ddêt… "

"Dêt? 'Di hogia ffor'ma byth yn gofyn am ddêts!"

"Nacdyn, jest yn cymryd y peth yn ganiataol os ydyn nhw wedi llwyddo i dy fachu di fwy na rhyw deirgwaith ar ôl stop tap. Ond mae rhwbath reit henffasiwn am Jac."

"Ti'n deud wrtha i. Mi fydd rhaid i ti gal gair efo fo am ei *fashion sense*."

"Be sy'n bod arno fo?"

"Wel, y sgidia ffarmwr melyn 'na i ddechra cychwyn – y petha *brogues* melyn 'na, dim ond hen ddynion sy fod i wisgo rheiny – a gwna iddo fo brynu pâr o *drainpipes* 'nei di? Does neb yn gwisgo *Oxford bags* neilon rŵan. O, a'r blydi gwallt 'na! Dwi'n siŵr 'sa fo'n edrych lot delach heb *side parting*. Jest am ei fod o'n ffarmwr, dio'm yn gorfod edrych fatha josgin, nacdi?"

"Linda, dwi'n digwydd 'i licio fo fel mae o. Dwi'm isio'i newid o."

"Wel, mae hi braidd yn fuan i drio'i newid o'n syth bin, dwi'm yn deud, ond..."

"Linda! Ti'm yn gwrando arna i! Dwi'm isio'i newid o! A phun bynnag, 'swn i byth isio brifo'i deimlada fo drwy ddeud 'mod i'm yn licio'i sgidia fo neu'i wallt o. Sut fysat ti licio tasa dy gariad di'n deud petha fel'na wrthat ti?"

"'Swn i'n 'i ddympio fo."

"Yn hollol."

"Ond mi allet ti ei newid o ar ôl i chi briodi."

"Priodi! Blydi hel, dim ond ei snogio fo unwaith dwi 'di 'neud!"

"Lot mwy nag unwaith, mêt."

"O, do... "

Gawson ni'r gigls am chydig, yna, fel ro'n i'n cnoi darn ola fy mrechdan, mi edrychodd Linda arna i'n slei.

"A dim ond snogio wnaethoch chi?"

"Ia."

"'Nath ei ddwylo o'm crwydro chydig?"

"Naddo! A hyd yn oed tasan nhw wedi, fyswn i'm yn deud wrthat ti."

"Pam ddim?" gofynnodd, wedi pwdu'n syth. "O'n i'n meddwl bo ni'n ffrindia?"

"Wel ydan siŵr, ond dwi'n meddwl bod 'na rai petha ddyla fod yn breifat rhwng dau gariad."

"O mai god. Ti a Jac Coed Foel yn rîli siwtio'ch gilydd wedi'r cwbl. Y ddau o'nach chi'n henffasiwn fatha brwsh."

"Os ti'n deud."

Do'n i ddim isio dechra trafod pethau rhy bersonol efo Linda am 'mod i wedi gwneud hynny efo Nia, a sbiwch be ddigwyddodd fan'na.

Wrth gwrs, mi ddechreuodd dwylo Jac grwydro yn y diwedd, ond erbyn hynny ro'n i jest â marw isio i'r peth ddigwydd beth bynnag. Ro'n i wedi bod at y doctor i gael y bilsen fach yn barod, jest rhag ofn, a mynd at y chemist arall efo'r prescripshyn. Do'n i'm yn gallu ei roi o i Mr Jones, nag'on? 'Swn i wedi marw o gywilydd. Ond er gwaetha'r paratoi, fydda na'm byd yn digwydd. Ro'n i wedi dechra poeni bod gynno fo'm *sex drive* o gwbl, neu ei fod o jest ddim yn fy ffansïo i fel'na. Ond mi roedd o. Swil oedd o, dyna i gyd – ac amhrofiadol. Roedd hynny'n amlwg yn y ffordd roedd o jest yn gafael yn fy mrestia i – a gwasgu. Fel Dustin Hoffman efo Mrs Robinson. Dim ond mai hogyn ifanc efo dynes hŷn oedd hwnnw, ac roedd Jac bum mlynedd yn hŷn na fi, yn 24, a 'rioed wedi dysgu bod angen trin genod fymryn yn fwy gofalus na'i anifeiliaid fferm. Iawn, do'n i'm chwarter mor brofiadol â rhywun fel Nia, a dim ond efo Adrian ro'n i wedi cysgu, ond ro'n i wedi bod efo fo'n ddigon hir i ddysgu be oedd be. Doedd Jac erioed wedi canlyn efo neb o ddifri.

Do'n i'm yn teimlo'n gyfforddus yn ei gywiro fo i ddechrau, ond r'argol, doedd gen i fawr o ddewis, neu mi fyddai 'mrestia druan i yn gleisiau byw. Mi ges i'r gyts i gydio yn ei ddwylo fo yn y diwedd a dangos be ro'n i ei isio. Top a gwaelod. Ac roedd o'n dysgu'n sydyn. Ond roedd symud ymlaen i'r Weithred Fawr fymryn yn fwy delicet. Am ryw reswm, roedd o wedi meddwl mai arwydd o 'uffar o foi' oedd boi oedd yn gallu dod yn uffernol o sydyn. Cwac cwac wps, chwedl Dave Lee Travis ar *Pot Black*.

Roedd trio egluro iddo fo ei fod o'n hollol, gwbl anghywir yn broses fymryn bach yn anodd. Do'n i'm isio brifo'i deimladau fo, nag'on? Ond roedden ni wedi deud ein bod ni'n mynd i fod yn onest o'r cychwyn cynta, felly 'nes i ddeud wrtho fo.

"Jac?" medda fi, pan oedd o'n dod ato'i hun yn sêt gefn ei Ford Cortina, ar ôl y rhyw mwya byrhoedlog erioed.

"Mh?"

"Tro nesa, yndê, ti'n meddwl y gallet ti ddal dy hun yn ôl chydig hirach?"

"Y? I be?"

A dyma fi'n deud wrtho fo. Mi gododd ar ei eistedd wedyn ac ysgwyd ei ben.

"Blydi hel. Yr holl wersi *Biol* boring bues i'n ista drwyddyn nhw. Ti'n meddwl y bysan nhw wedi gallu dysgu rhwbath o werth fel'na i ni'n bysat?"

"Bysat. Doedd 'atgynhyrchiad yn y gwningen' ddim yn egluro llawer, nag oedd?"

Chwerthin wnaethon ni wedyn, ac o fewn ugain munud roedd o isio trio eto – "a'i 'neud o'n iawn tro 'ma." Ac mi 'nath.

Mi syrthion ni i rwtîn reit daclus wedyn. Mi fyddwn i'n mynd i dre efo fo ar nos Wener, ond fyddai o'm yn yfed llawer fel ei fod o'n gallu gyrru a chael secs yn y car ar y ffordd adre. Roedd 'na *lay-by* handi iawn ar hyd y ffordd gefn, efo rhes o goed yn ein cuddio ni rhag unrhyw geir fyddai'n pasio. Wedyn mi fyddwn i'n mynd allan efo Linda a'r genod ar nos Sadwrn a'i gyfarfod o tua stop tap, a chael lifft adre rhywsut neu'i gilydd a chael secs lle bynnag oedd yn bosib, yn dibynnu ar y tywydd. Mi fyddai'n mynd â fi i'r pictiwrs yn Nhywyn bob nos Sul – dim bwys os oedd y ffilm yn anobeithiol ai peidio – a charu mewn *lay-by* handi arall ar y ffordd adre. Ac wedi rhai misoedd o ganlyn, mi fyddai'n dod i 'ngweld i ar nos Fercher hefyd, ac ymuno efo ni fel teulu i wylio'r teledu ar ôl swper.

Mi gafodd John sioc ar ei din y tro cynta i hynny ddigwydd.

"Be ti'n da 'ma?" gofynnodd wrth gerdded i mewn i'r gegin orau a gweld Jac yn eistedd ar y soffa rhyngof fi a Meinir yn gwylio *Sapphire and Steele*.

"Sefyll ar 'y mhen yn blingo buwch. Be ti'n feddwl dwi'n 'neud?"

"Teli chi ar y blinc neu rwbath? Shifftia fyny i 'neud lle i mi, Meinir."

Ufuddhaodd Meinir, oedd bron yn ddeuddeg oed, a newydd ddechrau yn yr ysgol uwchradd, ac yna, wedi gweld nad oedd unrhyw un yn mynd i egluro dim i John: "Maen nhw'n canlyn," meddai.

"Pwy? *Sapphire and Steele*?"

"Naci siŵr, Non a Jac 'de, lembo. Erstalwm 'fyd. Dwi 'di gweld nhw'n snogio yn y car nes mae o 'di stêmio i gyd."

'Nes i ryw sŵn rhochian i drio peidio chwerthin.

Trodd John i sbio ar y ddau ohonan ni. "O? 'Di hyn yn wir?"

"Dio'm yn dy boeni di, siawns?" gofynnodd Jac.

"Bod fy chwaer fach i'n mynd efo sglyfath fatha chdi? Ydi, rhyw fymryn."

Doedd yr un ohonon ni'n siŵr oedd o'n tynnu coes ai peidio. Roedd Jac yn ryw hanner gwenu, yn disgwyl y *punchline*.

"Ia, ia… doniol iawn," meddai.

"Wel nacdi fel mae'n digwydd," meddai John yn bwyllog, a'i lygaid ar y sgrin. "Mae pawb yn gwbod dy fod ti'n trin genod fatha baw." Oedodd yn ddramatig cyn ychwanegu mewn llais octef yn is: "A dwi'm isio gweld fy chwaer fach i'n cael ei brifo eto."

Ro'n i'n dal i feddwl mai tynnu coes oedd o.

"John, paid â bod yn…" cychwynnais, ond torrodd Jac ar fy nhraws i.

"Yli, dwi a Non efo'n gilydd ers misoedd, i ti ga'l dallt, a fyswn i byth yn ei brifo hi. Byth!"

Roedd o wedi gwylltio, ro'n i'n gallu deud yn ôl ei lais o, ac roedd cyhyrau ei gluniau o'n teimlo'n dynn a chaled yn erbyn fy nghlun i. Roedd 'na dawelwch am dipyn wedyn, John yn dwys ystyried be i'w ddeud nesa ac ofn agor ein cegau ar Meinir a finna. Ro'n i wedi drysu'n llwyr a bod yn onest. Doedd John 'rioed wedi deud dim fel'na o'r blaen, ddim yn fy ngŵydd i beth bynnag. Ro'n i reit chyffd ei fod o'n meddwl gymaint amdana i, ond eto'n flin ei fod o wedi bod yn annifyr efo Jac, gan nad oedd o wedi ei haeddu o gwbl.

"Wel, gobeithio dy fod ti'n deud y gwir 'de, er lles pawb..." meddai John yn y diwedd. Ro'n i'n gallu teimlo Jac yn trio rheoli'i anadlu wrth fy ochr i, yn brwydro i gadw'i dymer dan reolaeth. 'Nes i gydio'n ei law o a'i gwasgu'n dynn. A ddeudodd neb yr un gair am weddill y rhaglen.

Pan ddechreuodd y *credits* rowlio i lawr y sgrin, mi gododd Jac ar ei draed a chyhoeddi ei fod am fynd, gorfod codi'n gynnar i fynd â'r lorri i rywle. 'Nath o'm sbio ar John, ond mi roddodd winc i Meinir. Mi godais innau i'w ddilyn at y drws.

"Duw, mynd yn barod?" meddai Mam wrth i ni gerdded drwy'r gegin. Roedd hi ar ganol smwddio llwyth o ddillad. Mi eglurodd o'r busnes gorfod codi'n gynnar eto. "Wel brysia draw eto, unrhyw adeg," meddai Mam efo gwên fawr.

Mi wenodd o'n ôl arni a rhoi nod i Dad oedd yn pori drwy'r *Daily Post*. Mi roddodd ynta nod yn ôl iddo fo. Nid bod yn anghwrtais oedd o. Fel'na oedd Dad efo pawb. Nod yn gallu deud digon heb orfod agor ei geg. Os nad oedd o'n licio rhywun, fydden nhw'm yn cael nod o gwbl.

Mi ddilynais Jac i'r car.

"Sori am hynna," meddwn. "Dwi'm yn gwbod be ddoth dros 'i ben o."

"Mae John a finna'n dallt ein gilydd yn iawn," meddai Jac. "Mi fyswn inna'r un peth yn union tasa gen i chwaer fel ti."

Mi roddodd fy nghalon i naid fach. Doedd o ddim yn un am

ddeud petha fel'na. A deud y gwir, roedd o'n uffernol o debyg i 'nhad yn hynna o beth. Erbyn meddwl, roedd o'n debycach o lawer i Dad nag oedd John. Do'n i ddim yn gwbod be i'w ddeud wedyn, felly rois i sws iddo fo. Mi wenodd arna i.

"Wela i di nos Wener ta," meddai.

Nodiais a chodi llaw arno fo'n gyrru allan o'r iard.

"Be ddiawl oedd hynna i fod?" gofynnais i John yn y gegin.

"Jest isio gneud yn siŵr ei fod o'n dallt y dalltings," meddai hwnnw.

"Wel doedd o'm yn haeddu hynna o gwbl i ti gael dallt!" meddwn, "mae o wedi bod yn rêl *gentleman* o'r cychwyn cynta!"

"Jac Coed Foel yn *gentleman*?!" chwarddodd John. "Iesu, dwi wedi'i glywed o'n cael ei alw'n llwyth o betha, ond dyna'r tro cynta i mi glywed hynna!"

"O'n i'n meddwl mai dim ond Saeson oedd yn *gentlemen*," meddai Meinir yn ddryslyd.

"Be? A 'dan ni'r Cymry'n anifeiliaid, ydan?"

"Na, ti'n gwbod John, dynion sy'n gwisgo dici-bôs ac yn tynnu cadeiriau allan i *ladies* wrth y bwrdd bwyd. Ti byth yn tynnu cader allan i ni na Manon, nag wyt? A tasat ti'n gneud, 'sa ti m'ond yn gadael i ni ddisgyn ar ein tina ar lawr."

"Wel sbia adre, fysa 'na'r un *lady* yn galw ei 'phen-ôl' yn 'din'," meddai John. "A ti'n gwatsiad gormod o *Brideshead Revisited*. 'Di pobol ddim yn bihafio fel'na rŵan."

"Bechod," meddai Meinir. "'Swn i'n licio tasa hogyn yn *gentleman* efo fi, yn ffeitio *duels* drosta i a ballu."

"'Swn i'n ymladd drostat ti unrhyw adeg, Meins!" chwarddodd John. "Dyna ydi pwynt cael brawd mawr, 'de? Edrych ar ôl ei chwiorydd... "

"Ia, wel," meddwn, wedi dal ei lygaid a dallt yn iawn, "dwi'n gallu edrych ar ôl fy hun diolch yn fawr. A dwi'n meddwl y dylet ti ymddiheuro iddo fo." Jest codi ei sgwyddau wnaeth o. Wedyn 'nes i ddechra teimlo'n euog. "Ond diolch am... wsti... " ychwanegais.

Mi gododd ei sgwyddau eto – a hanner gwenu. Ond dim ond hanner.

Es i 'ngwely wedyn a ddeudodd yr un ohonon ni ddim mwy am y peth. Mi ddoth Jac draw'r nos Fercher wedyn, ac roedd y ddau'n reit glên efo'i gilydd. Mae'n rhaid eu bod nhw wedi cael sgwrs yn rhwla, ryw ben. Y mart bnawn Gwener ella; dwn i'm, a 'nes i'm gofyn.

Weles i fam Nia yn y dre toc wedyn a gwenais i mi fy hun. Mi fyddai Nia'n cael tipyn o fraw o glywed 'mod i'n canlyn efo Jac Coed Foel o bawb. Tase ganddi ddiddordeb yn fy hanes i wrth gwrs, ond go brin. Mae'n siŵr ei bod hi'n lot rhy brysur yn mwynhau ei hun yn y coleg i feddwl amdana i bellach. Wel... stwffio hi a gwynt teg ar ei hôl hi. Ro'n inna'n rhy brysur a hapus i feddwl amdani hitha hefyd.

pennod 15
NIA

Es I CHYDIG BACH YN NYTS tua hanner ffordd drwy'r flwyddyn gynta yn y coleg. Digwydd i lot, meddan nhw, ond dwi'm yn siŵr iawn pam. Yn fy achos i, waeth i mi fod yn gwbl onest a chyfadde mai siom oedd o. Ro'n i jest yn flin efo pawb a phopeth ac yn cwyno bod pob dim yn *boring*. Ond o sbio'n ôl, mae'n berffaith amlwg. Ro'n i wedi creu'r ffantasi 'ma i mi fy hun y byddai bywyd coleg yn nefoedd ar y ddaear, y byddai gen i lwyth o ffrindiau newydd oedd yn meddwl y byd ohona i, y byddai dynion yn disgyn wrth fy nhraed i ac y byddwn i'n synnu pawb efo fy nawn ar lwyfan. Ond bywyd go iawn ydi bywyd coleg, fatha pob man arall. Rhaid gweithio'n galed i gadw ffrindia, i ddenu dynion ac i gael 'A' am waith coleg. Roedd o wedi bod mor hawdd yn yr ysgol, ond roedd o'n blydi anodd yn y coleg.

Fi oedd yr hogan ddela o ddigon yn yr ysgol, ond roedd 'na gant a mil o genod del yn Aber. Fi oedd un o'r rhai mwya clyfar yn yr ysgol hefyd, a mi ges i ffwc o sioc o ddallt mai dim ond *very average* o'n i'n y Brifysgol. Ac oedd, roedd gen i ffrindiau, ond doedden nhw'm 'run fath â Non.

Mi ddechreuodd Alwenna fynd lawr dre bob wythnos efo cardiau banc y lleill a thynnu £10 allan iddyn nhw. Mi gynigiodd 'neud yr un peth i mi, ond 'nes i wrthod. Yn un peth, do'n i'm am roi rhif fy ngherdyn i neb, ac yn ail, do'n i'm isio iddi weld faint o bres oedd gen i. Ac yn drydydd, do'n i'm yn gallu byw ar blydi £10 yr wythnos. Ddim os o'n i isio prynu *Cosmo* a *She* (fyswn i'm yn breuddwydio colli tudalen Dr Devlin am ryw) a *Woman* a *Woman's Own* a fy ffags a fy *Blue Moons*. Roedden nhw'n fwy soffistigedig na pheintiau o seidar.

Mi fyddwn i'n aml yn breuddwydio am gael bod yn Dorothy yn y *Wizard of Oz*, yn gallu clicio fy sodlau cochion deirgwaith ac adrodd *"There's no place like home"* drosodd a throsodd fel 'mod i'n ôl adre o flaen yr Aga efo Mam a Dad, yn teimlo'n hapus a bodlon fy myd eto. A chael y Wrach Dda o'r De, neu lle bynnag, i droi'r cloc yn ôl i'r adeg pan ro'n i a Non yn dal yn ffrindia.

Ond bywyd go iawn ydi bywyd go iawn, ac felly 'nes i lyncu mul a mynd oddi ar y rêls braidd. Meddwi bron bob nos, am unrhyw reswm dan haul – am ei bod hi'n ben-blwydd Dad; er mwyn cael *wake* pan fu farw Bobby Sands ar ôl ei streic newyn yng ngharchar Belffast – ac weithia jest meddwi am 'mod i'n gallu gneud. Mi fyddwn i'n cysgu efo rhywun rywun, ac yn gwario blydi ffortiwn. A doedd gen i ffyc-ôl i ddangos amdano fo yn diwedd, dim ond *overdraft*. Ond mi fyddai Mam a Dad yn gyrru sieciau i glirio hwnnw y munud ro'n i'n gofyn.

Ac yn ystod y dydd mi fyddwn i'n swatio yn fy ngwely yn gwrando ar Janis Ian yn lle mynd i ddarlithoedd. O'n, ro'n inna'n gallu uniaethu efo'r gân 'At Seventeen' bryd hynny. Dwi'n dal i gofio'r geiriau hyd heddiw:

> *I learned the truth at seventeen*
> *That love was meant for beauty queens*
> *And high school girls with clear skinned smiles*
> *Who married young and then retired.*
> *… We all play the game and when we dare*
> *To cheat ourselves at solitaire*
> *Inventing lovers on the phone*
> *Repenting other lives unknown*
> *That call and say, come dance with me*
> *And murmur vague obscenities*

At ugly girls like me
At seventeen...

Mae meddwl i mi uniaethu efo'r geiriau yna yn chwerthinllyd
erbyn hyn. Fi oedd un o'r *'beauty queens',* siŵr dduw. Ond
ella bod gwrando ar hynna'n gneud i mi deimlo'n well am
'mod i'n gwbod hynny. Ond dwn i'm chwaith... 'dan ni i gyd
yn teimlo'n hyll weithia. O leia do'n i'm yn dew. 'Swn i'n
wirioneddol *depressed* taswn i'n dew. Do'n i jest ddim yn dallt
sut roedd Alwenna'n gallu bod mor fywiog a rhadlon a hitha
wedi twchu gymaint.

Roedd hi a'r lleill yn poeni amdana i, dwi'n gwbod, ond
do'n i'm isio'u help nhw. A phun bynnag, do'n i'm yn meddwl
'mod i'n gneud dim byd o'i le. Dyna ydi bywyd stiwdant, yndê?
Meddwi a chael hwyl tra medri di. Roedd Leah ei hun wedi
deud mai dim ond dod i coleg i gael laff 'nath hi. Ond doedd
hi'm yn mynd allan hanner cymaint â fi. Boring...

Roedd y lol efo Cai ap Prat wedi 'nhaflu i oddi ar fy echel
hefyd, a bod yn onest. Ella mai dyna pam ro'n i'n troi at Janis
Ian a meddwl 'mod i'n hyll. Ond erbyn yr haf, do'n i'm yn
gwbod be weles i ynddo fo erioed. Roedd o rêl pôsar, ac yn
gneud yn siŵr bod PAWB yn gwbod ei fod o wedi cael dosbarth
cynta yn ei arholiadau terfynol. Ond fel deudodd Ruth, roedd
pawb yn gwbod nad oedd rhaid bod yn Einstein i gael cynta
mewn Drama – roedd tri arall wedi cael cynta hefyd, felly
dwi'm yn gwbod pam ei fod o'n clochdar gymaint am y peth.
Do'n i byth isio'i weld o eto.

Iesu, roedd bywyd yn anodd. Am y tro cynta, 'nes i
werthfawrogi un o'r cerddi gan T H Parry-Williams roedden
ni wedi bod yn eu hastudio. Ella bod elfen o *manic depressive*
yn hwnnw weithia, ond roedd o'n deud y gwir:

Gwae ni ein dodi ar dipyn byd
Ynghrog mewn ehangder sy'n gam i gyd,

A'n gosod i gerdded ar lwybrau nad yw
Yn bosib eu cerdded – a cheisio byw;

A'n gadael i hercian i gam o gam
Rhwng pechod ac angau heb wybod paham...

'Nes i feddwl troi'n Goth fel Leah am chydig; ro'n i lot mwy *depressed* na hi, ond mi fysa pawb wedi chwerthin am fy mhen i, felly es i ddim pellach na thrio lipstic du yn y drych un noson. Ro'n i'n edrych yn hurt.

Do'n i'm wedi sylweddoli bod y ffordd ro'n i'n bihafio'n effeithio ar y lleill, nes i Ruth edliw un noson. Roedd hi wedi dechra siarad mewn traethodau efo'i blydi *bullet points* a deud 'mod i:

• yn gneud ffŵl ohonof fi'n hun;
• yn gwbl afresymol yn dod â dynion yn ôl i'r stafell er gwaetha'r ffaith bod Alwenna yno.

Wel, ges i'r myll yndo, a deud: "Ruth... sbia adre, ti'm yn blydi perffaith dy hun. Di Alwenna 'rioed 'di cwyno wrtha i – tydi hi'n cysgu fatha hwch drwy bob dim, hyd yn oed larwm tân. Di o ddim o dy fusnes di."

Mi wylltiodd hi wedyn, a hel y ddwy arall i'r stafell ata i, a thrio gneud i Alwenna restru ei chwynion amdana i. Ond 'nes i dorri ar ei thraws hi a deud am y boi priod, 'yn do. Mi gaeodd hynna'i cheg hi. A deud y gwir, 'nath hi'm siarad efo fi am wythnosa, ac mi gafodd y ddwy arall lond bol o'r holl beth yn y diwedd. Mi fynnon nhw 'mod i'n ymddiheuro iddi ac mi wnes... yn diwedd. Ond roedd 'na densiwn yno o hyd.

Y peth nesa, ro'n i wedi ffraeo efo Alwenna. Roedd y lleill yn deud mai fy mai i oedd o, ond chwarae teg, doedden nhw'm yn gorfod rhannu stafell efo hi, nag oedden? Ro'n i wedi gofyn a gofyn iddi fod yn daclusach a mwy ystyriol ohona i, ac mi fyddai petha'n gwella am ddeuddydd, dri, ond mi fyddai'n anghofio wedyn. Byddai'r drych yn blastar o bâst dannedd eto. Doedd hi ddim fel tase hi'n gweld baw a llwch. Taswn i ddim yn gwagu'r bin sbwriel bob diwrnod, mi fyddai hi wedi gadael iddo fo orlifo am dymor cyfa heb sylwi, a hyd yn oed tase hi'n sylwi, dwi'm yn meddwl y byddai hi'n poeni. Roedd ei desg hi fel tase 'na fom wedi'i tharo hi'n dragwyddol, a doedd hi m'ond yn newid gorchudd ei chwilt unwaith bob pythefnos! Roedd meddwl am y peth yn gneud i 'nghroen i gosi i gyd.

Ro'n i wedi ffendio rhwla oedd yn gneud *service wash* ac yn cael fy nghwiltiau wedi'u golchi a'u sychu a'u smwddio'n ddel bob wythnos yn ddi-ffael. Roedd gen i dri gorchudd gwahanol – dim ond dau oedd ganddi hi, yr hwch. A bob tro ro'n i'n dod i mewn i'r stafell, mi fyddai wedi diffodd y gwresogydd ac agor y ffenest yn llydan agored. Dim bwys ganddi 'mod i'n blydi fferru! Felly mi fyddwn i'n cau'r ffenest a chodi'r gwres yn ôl i fyny i'r entrychion wrth gwrs. Mae'n amlwg nad oedd hynny'n ei phoeni hi achos 'nath hi 'rioed gwyno ei bod hi'n rhy boeth. Ocê, 'nes i sylwi bod ei gwallt hi'n wlyb rownd yr ochra bob bore a bod y cwilt yn aml ar lawr. Wel... ddim fy mai i oedd o os oedd hi'n cario gormod o bwysau, naci? Does gen i'm bloneg, felly dwi angen gwres i 'nghadw rhag cael niwmonia, tydw? Ac fel deudis i, 'nath hi 'rioed gwyno.

Ond roedd y petha 'ma i gyd yn dechra deud arna i o ddifri, felly un noson, pan welis i hi'n mynd i'w gwely heb dynnu'i mêc-yp, 'nes i ddeud, mwya clên:

"Dim rhyfedd bod gen ti blorod, Alwenna."

"Y? Be ti'n feddwl?" gofynnodd.

"Pam na fedri di dynnu dy fêc-yp cyn mynd i'r gwely?"

"'Sgin i'm 'mynadd."

"Diog wyt ti, felly. A difaru 'nei di pan fydd dy groen di fatha prŵn cyn bo chdi'n ddeg ar hugain."

"Yli, dwi'n gneud gan amla tydw? 'Sgin i jest ddim awydd heno."

"Alwenna! Gan amla, wir! Ti byth yn gneud! Sbîa golwg ar gas d'obennydd di! Sbia!… yn farcia mascara i gyd! Sut fedri di roi dy ben ar d'obennydd, heb sôn am gysgu arno fo?"

"'Mhen i ydi o… "

"Ond mae'r peth yn disgysting Alwenna!"

Allwn i'm helpu fy hun; ro'n i'n gweiddi rŵan. Ond ges i ddiawl o sioc pan waeddodd hi'n ôl arna i: "Ddim hanner mor disgysting â gorfod cysgu mewn stafell sy'n llawn o fwg dy ffags di!"

"Be?! Ti'n smocio dy hun!"

"Ddim yn y llofft! Dim ond yn y pyb! A dwi 'di cael llond bol o orfod diodda ogla ffags ar fy nillad! Mae hyd yn oed fy ngwely i'n drewi fatha *ash-tray!*"

"Dim rhyfedd a chditha byth yn eu golchi nhw! Ti'n rêl hwch, Alwenna!"

"Be?! Sgiws mi, ond sbia'n nes adra! Ella bo ti'n hollol blydi obsesd efo'r petha bach lleia – fel mẁg heb ei olchi ar fy nesg i am fwy na dwyawr – ond dwyt ti byth yn llnau'r bath ar ôl siafio dy goesa a byth yn golchi'r pan ar ôl dy chwydu nosweithiol chwaith! A ti'm yn trio bod yn dawel pan ti'n dod â hogia'n ôl 'ma efo ti! Dwi'n cael fy neffro gan ryw blydi tuchan a griddfan a rhegi a ti'n udo fel blydi mul ar fin marw! Dyna be dwi'n ei alw'n disgysting, Nia!"

Wel, es i i dop y cratsh wedyn 'yn do. Roedd yr ast wedi bod yn gwrando arna i'n cael rhyw ac yn esgus ei bod hi'n cysgu! Ac roedd meddwl ei bod hi'n gwbod 'mod i'n chwydu bob nos yn fy ngwylltio i'n rhacs. 'Nes i ei galw hi'n bob dim dan haul, ac mi 'nath hitha drio gneud 'run peth yn ôl, ond doedd hi'm yn gallu 'nghuro i am ddramatics, nag oedd, felly mi roth y ffidil yn y to a chydio'n ei chwilt a'i gobennydd ffiaidd a cherdded allan o'r stafell. Dwi'm yn gwbod lle ath hi, i'r lolfa neu i lofft un o'r lleill, dwn i'm, a doedd dim affliw o bwys gen i chwaith. Gymrodd hi oes i mi gwlio i lawr, a dwi'n siŵr 'mod i wedi smocio hanner paced o ffags.

Wrth gwrs, mi ddoth Leah a Ruth draw drannoeth i drio rhoi diawl o row i mi a 'nghyhuddo i o fod yn sâl ac angen "gweld rhywun". Blydi *cheek*! 'Nes i sefyll yno'n gwrando arnyn nhw er mwyn iddyn nhw ei gael o allan o'u system, ond pan ddechreuon nhw sôn am y busnes chwydu, 'nes i fflipio. Wrth lwc, roedd gen i ymarfer Drama felly 'nes i jest cydio yn fy ffeil a martsio allan.

'Naethon nhw'm siarad efo fi am wythnos gyfa wedyn; mi fydden nhw'n symud i eistedd mewn seddi eraill yn y darlithoedd, ac mi symudodd Alwenna i gysgu ar lawr yn llofft Ruth. Erbyn y nos Sul ro'n i'n teimlo'n uffernol o unig. Dach chi wedi cael eich gyrru i Coventry erioed? Mae o'n brofiad uffernol. Ac mae wythnos gyfa'n annioddefol. Doedd gen i neb i fwydro efo nhw dros baned, neb i fynd efo fi i'r pictiwrs, neb i fynd lawr dre efo nhw – neb i blydi siarad efo nhw hyd yn oed! Ro'n i wedi gobeithio y byddai Alwenna'n dod yn ôl a'i chynffon rhwng ei choesau, ond 'nath hi ddim. Felly 'nes i feddwl am y sefyllfa o ddifri; roedd Ruth a Leah wedi deud 'mod i'n hunanol ac nad o'n i'n ystyried teimladau Alwenna o gwbl.

Yn ara bach 'nes i sylweddoli bod 'na chydig o wirionedd yn y peth. Felly es i lawr dre i brynu dwy botel o Strongbow a llwyth o siocledi o'r Bon Bon a chnocio ar ddrws Ruth. Roedd y tair yno'n cael paned. Rois i uffarn o *speech* dda, deud ei bod hi'n wirioneddol ddrwg gen i a 'mod i wedi deud petha do'n i'm yn eu meddwl o gwbl; dywedais 'mod i'n mynd drwy gyfnod anodd yn sylweddoli rŵan mai Alwenna druan oedd yn diodda, ac yn gobeithio o waelod calon y byddai hi'n maddau i mi ac yn dod yn ôl i'n llofft ni. Ac wedyn 'nes i grio. Barodd Alwenna ddim ond ychydig eiliadau cyn brysio tuag ata i a 'nghofleidio i a chrio efo fi a deud ei bod hi'n wirioneddol ddrwg ganddi hitha. Ffiw! Ond dros y seidar a'r siocledi, mi fynnodd Ruth ein bod ni'n sgwennu rhestr o reolau ynglŷn â'r stafell. Os o'n i'n rhoi'r gora i smocio yno, a dim ond yn mynd â dynion yno pan fyddai Alwenna adre am y penwythnos, mi fyddai Alwenna'n glanhau ei hochr hi o'r stafell bob yn eilddydd yn ddi-ffael. Felly 'nes i gytuno er mwyn heddwch. Ond pan ddechreuon nhw grybwyll y busnes chwydu, 'nes i rewi.

"Dwi'n meddwl bod hynna'n ddigon am heno," cyhoeddais. Mi fuon nhw'n dawel am hir, nes i Ruth ailddechra,

"Ond Nia, dydi o'm yn iach, ti'n…"

"Na! Digon!" gwaeddais. Ac mi 'nath hynny gau eu cega nhw, a dyma Alwenna'n dechra rwdlan am y parti pyjamas oedd i'w gynnal y nos Wener honno.

Roedd petha'n well rhyngon ni wedyn, ond do'n i'n dal ddim yn hapus ac yn dal i fethu mwy na fy siâr o ddarlithoedd. 'Nes i 'anghofio' mynd i arholiad hefyd, a chael fy hel o flaen y Deon i egluro pam. Dwi'm yn cofio'n union be ddeudis i, ond ges i getawê efo hi. Dyn oedd o, 'de, ac ar ôl fflytro chydig ar flew f'amrannau a snwffian chydig a hanner awgrymu mai 'problemau personol' oedd yn gyfrifol ac ymddwyn yn edifeirol, ro'n i'n iawn. 'Nes i addo codi'n socs erbyn yr haf. Ac mi 'nes – o fath. Jest digon i basio'r arholiadau heb orfod ail-adrodd blwyddyn. Roedd 'na rai'n trin hynny fel jôc, ond mi fysa wedi'n lladd i, a fyddai Mam byth wedi maddau i mi.

Mi fues i adre'n gweld Mam a Dad unwaith neu ddwy, ond es i'm allan. Ddim ar ôl y slap 'na gan Non. Os oedd hi wedi gallu gneud hynna i mi'n sobor, duw a ŵyr be fydda hi'n ei 'neud ar ôl cwpwl o beints. A gan fod John yn ôl efo Manon Ty'n Twll, do'n i fawr o isio gweld rheiny chwaith. Mi fyddai Manon wedi mynd ati i sbio lawr ei thrwyn arna i, a synnwn i damed na fyddai hitha wedi trio rhoi slap i mi hefyd. Perthynas arall 'nes i lwyddo i'w chwalu. Dylwn i fod wedi sgwennu llyfr: *How to make yourself really unpopular in your home town.* 'Swn i 'di gneud ffortiwn.

Roedd Mam wedi trio deud wrtha i bod 'na si bod Non yn canlyn yn selog efo Jac Coed Foel, ond 'nes i jest chwerthin. Fyddai hi byth mor despret â hynna, siŵr. Drong oedd Jac Coed Foel, ac er nad oedd Non yn hogan smart iawn – hynny yw, fyset ti byth yn ei galw hi'n ddel na secsi, ond doedd hi ddim yn hyll o bell ffordd chwaith, jest braidd yn rhy dew a ddim yn gwbod sut i 'neud y gora ohoni ei hun; er hynna i gyd, roedd hi'n haeddu rhywun tipyn gwell na blydi Jac Coed Foel.

Ond ges i sycsan, yndo? Pan es i adre dros yr ha', es i i'r pictiwrs (ia, ar fy mhen fy hun. Trist iawn.) i weld *Raging Bull* – nid fy math i o ffilm, ond dwi'n parchu Robert de Niro fel actor – a pwy weles i'n cerdded i mewn o mlaen i ond Non a Jac Coed Foel. 'Nes i ddal yn ôl wedyn, i 'neud yn siŵr na fydden nhw'n fy ngweld i. A 'nes i godi *hood* fy nghôt dros fy mhen a sleifio i'r seddi ochr. Wedi i'r ffilm orffen, 'nes i aros i wylio'r credits i gyd cyn mentro oddi yno. Mae pobl sy'n dallt ffilm a drama wastad yn gneud hynna beth bynnag. Ar y ffordd adre 'nes i sylwi ar Ford Cortina mewn *lay-by*. Dwi'n eitha siŵr mai un Jac oedd o. Ych. Damia.

Ond roedd dyn newydd wedi dod i mewn i 'mywyd inna, jest 'mod i'm yn siŵr be oedd yn digwydd. Y boi 'gormeswyr gofodol' 'na oedd o.

Ro'n i'n cerdded ar y prom ar fy mhen fy hun rhyw bnawn reit braf pan ro'n i fod mewn darlith ar *Buchedd Garmon*, a'r peth nesa, roedd o wrth fy ochr yn estyn hufen iâ i mi. Cornet fanila efo fflêc ynddo fo.

"Anrheg," medda fo, "mae golwg angen hufen iâ arnot ti."

"Trio deud 'mod i'n edrych yn chwech oed?"

"Treial gweud bod angen i ti gofio shwd beth oedd bod

yn 'wech o'd."

Edrychais arno. Doedd o'm yn bod yn sarci nac yn gas nac yn nawddoglyd na dim. Ddim hyd yn oed yn gyfoglyd o neis. Felly 'nes i dderbyn yr hufen iâ, a dyma ni'n dau'n dechra cydgerdded ymlaen ar hyd y prom. Ddeudodd neb yr un gair am sbel. Ro'n i jest yn canolbwyntio ar lyfu fy nghornet, ac roedd o'n blydi lyfli. Do'n i'm wedi byta dim drwy'r dydd.

Dyma fi'n sylweddoli mwya sydyn ei fod o wedi stopio llyfu'i gornet ei hun a'i fod e jest yn sbio arna i.

"Be?" gofynnais.

"Sa i erio'd wedi gweld unrhyw un yn byta hufen iâ fel'na o'r bla'n. Ti'n joio fe."

"Wrth gwrs 'mod i! Blydi eis crîm 'di o!" Stwffiais gynffon y cornet i ngheg a'i lyncu.

"Ond ro't ti'n dy fyd bach dy hunan, tafod yn mynd i bob man fel rhyw *anteater* mowr, a dim ots o gwbl 'da ti shwd o't ti'n edrych na beth o'dd pobol erill yn feddwl."

"O… wel, diolch yn fawr am hynna. Fydda i byth yn gallu byta eis crîm yn iawn eto o wbod 'mod i'n edrych fatha ffycin *anteater* mawr."

Chwarddodd. Yna estynnodd hances o'i boced i mi.

"Mae 'da ti fwstash melyn." Cydiais yn yr hances a sychu 'ngheg. "A bla'n dy drwyn 'fyd," meddai wedyn. Rhowliais fy llygaid.

"Ti'n waeth na Mam," meddwn.

"A ti'n wath na fy nith fach wech o'd i."

"A dyna ni'n ôl at y dechra."

"M-mh." Saib. "Teimlo'n well te?"

"Doedd 'na'm byd yn bod arna i cynt."

"*I beg to differ*. O't ti'n edrych fel croesad rhwng Cathy yn whilo am Heathcliffe a bachan y *Texas Chainsaw Massacre*."

Wnes i'm trafferthu gwadu'r peth. Ro'n i'n gwbod yn iawn

ei fod o'n deud y gwir.

"Ti'm yn edrych y teip i ddarllen *Wuthering Heights*."

"Nagw? Wel, wy 'di darllen y llyfyr a gweld y ffilm fel ma'n digwydd."

"Dipyn o ffilm byff, wyt ti?"

"Joio ambell ffilm dda, odw. Tithe?"

"Yndw. Mynd reit amal. Astudio Drama, ti'n gweld."

"Wy'n gwybod. Weles i ti yn *Romeo and Juliet*."

O, na. Plîs, na...

"O? Pa noson?"

"Y noson gynta."

Shit a chachu hwch! Y noson 'nes i rêl drong ohono fi'n hun efo Cai. Caeais fy llygaid.

"Do'dd e ddim mor wael â 'ny," meddai.

"Gawn ni newid y pwnc?"

"Cewn."

"Pa bwnc ti'n 'neud yma?"

"Saesneg."

"O ddifri?"

"Ie."

"Shakespeare a ballu?"

"O'n i'n meddwl dy fod ti'n moyn newid y pwnc."

"Damia. Yndw."

"Wel... allen ni wastad drafod Jane Austen. 'Wy newydd gwpla traethawd am *Sense and Sensibility*."

"Ti'n trio awgrymu rwbath?"

Edrychodd yn hurt arna i.

"Sgin i'm llawer o 'Sense and Sensibility' Nag oes," eglurais.

"So i'n gwbod odw i? So i'n 'nabod di 'to."

"Nag wyt erbyn meddwl. A dwi'm hyd yn oed yn gwbod

dy enw di."

Oedodd. "Bleddyn," meddai.

Allwn i ddim peidio, 'nes i ffrwydro chwerthin.

"Bleddyn?!"

"A beth sy mor ddoniol byti fe?" Doedd o ddim yn gwenu, felly 'nes i drio rheoli fy hun.

"Dim! Jest… ti'm yn edrych fatha 'Bleddyn' rhywsut."

Ond mi ddoth 'na ryw rochiad arall allan ar fy ngwaetha wrth i mi ynganu'i enw.'

"Shwd ma Bleddyn fod 'edrych' te?"

"Dwmbo. Ond ddim fatha chdi. Sori!"

"Na, wy'n cymryd taw compliment yw e. Os wyt ti'n credu 'i fod e'n enw dwl, so ti'n credu 'mod i'n edrych yn ddwl wyt ti?" Trodd i edrych arna i.

"Ddudis i mo hynny." Gwenais.

Gwenodd yn ôl. "Ond ma fe'n enw dwl 'wi'n cyfadde. Blaidd. Bleidd-ddyn. Meddylia am alw dy blentyn yn flaidd."

"Ella bo ti'n fabi hyll. A 'sa ti 'di gallu bod yn Cedric."

Edrychodd yn hurt arna i, yna gwenu. "Ti'n moyn dishgled?"

"Sa'n well gen i beint."

Felly aethon ni am un – drodd yn saith. Ac er mawr syndod i mi, ges i ddiawl o hwyl efo fo. Fel roedden ni'n rhannu bag o sglodion o Greasy Annies ar y ffordd yn ôl i Bantycelyn, 'nes i droi ato fo a deud:

"Ocê."

"Ocê beth?"

"'Na i ddod i mewn i weld dy *etchings* di."

"Ond so i 'di gofyn."

"Naddo, ond roeddat ti'n mynd i 'neud doeddet?"

Gwenodd. *"Charm is the ability to solicit the answer 'yes' before the question has been posed'*... Cocteau," meddai'n smyg i gyd.

"Dwi'n rêl ffycin coc oen... Bleddyn," meddwn innau. "Ond dwi'n dal isio gweld dy *etchings* di. 'Swn i'n dy wadd di i weld fy *etchings* i, ond dwi'm yn meddwl y bysa fy *room mate* i'n hapus."

Roedd gan y diawl stafell sengl. Roedd hi'n daclus, ac nid yn drewi o sanau budron ond *joss-sticks patchouli*. A doedd 'na'm poster o hogan yn dangos ei thin wrth chwarae tennis.

"Che Guevara? Neis... " meddwn. "A pwy 'di'r boi yma?"

"Karl Marx."

"O, ia siŵr." Do'n i'm yn nabod hanner ei lyfrau o chwaith. "Pwy 'di Leonard Cohen?" gofynnais.

"Bardd," meddai. "Gwranda... " A dyma fo'n fflicio drwy'r tudalennau nes dod o hyd i'r gerdd roedd o'n chwilio amdani.

"As the mist leaves no scar

On the dark green hill," darllenodd.

"So my body leaves no scar

On you, nor ever will."

"Falch o glywed," medda fi. "Mae crafu'r cefn ryw fymryn yn iawn, sado masochism – dwi ddim mor *keen*. Reit, ti'n mynd i rwygo 'nillad i ffwrdd rŵan ta be?"

Ond 'nath o ddim. Mi 'nath y diawl 'neud i fi aros. Mi fynnodd chwilio drwy ei gasgliad anferthol o recordiau, drwy ryw betha do'n i 'rioed wedi clywed amdanyn nhw, fel *Man, Wild Turkey, Sassafras a Budgie*.

"Ond ma'n nhw i gyd yn dod o Gymru, Nia!"

"Pam bo nhw'm yn canu'n Gymraeg ta?"

'Nath o'm trafferthu ateb.

"Pwy 'di'r Neil Young 'ma ta?" gofynnais.

"Nia… so ti'n gwybod dim am fiwsig, wyt ti?"

"Yndw tad! Jest bo well gen i bobol fel Janis Ian a Fleetwood Mac ac Edward H. A Hergest."

"Stwff poblogaidd."

"Ia. A be sy o'i le efo hynny? Mae 'na reswm pam eu bod nhw'n boblogaidd – maen nhw'n dda!"

"Mae 'da fi stwff cyfarwydd 'fyd. Ti wedi clywed am Pink Floyd, Led Zep a Deep Purple, gobeithio?"

"Do siŵr."

"Iawn, tamed bach o Floyd fi'n credu," meddai gan dynnu record yn ofalus allan o'i llawes.

"Rhwbath, dim bwys gen i," ochneidiais gan daflu fy hun ar ei wely, yn y gobaith o dynnu ei sylw oddi ar ei blydi *record player*. Ond pan ddechreuodd y miwsig *weird* 'ma lifo allan o'r *speakers*, roedd o jest yn dal i sefyll yna a'i lygaid ar gau. Arhosais am sbel cyn gofyn,

"Ti'n dod draw fama ata i ta, *big boy*?"

"Cau dy geg, fenyw, a gwranda… "

Felly gawson ni fwy o gitâr a rhyw sŵn organ, oedd yn eitha hudolus a bod yn onest.

"Ga i jest gofyn be ydi o?" mentrais ar ôl sbel.

"*Shine on you crazy diamond*," meddai, gan godi'r botwm sain yn uwch. Mwya sydyn, mi gydiodd ynof fi a 'nghodi ar fy nhraed, a dechrau dawnsio'n ara efo fi i gyfeiliant y miwsig.

"*Remember when you were young, you shone like the sun…*" canodd y llais. O'n, mi ro'n i, meddyliais. A rŵan mae bywyd yn gachu, a dwi m'ond yn 19.

"*Shine on you crazy diamond…* " canodd y llais wedyn.

Mi wna i os ga i secs rŵan, munud 'ma, meddyliais. Ond ches i ddim. Roedd Bleddyn isio cymryd ei amser. Roedd o'n fy siglo'n ôl a mlaen, a'i lygaid ar gau eto. 'Nes i benderfynu gneud yr un peth, ac roedd y miwsig a theimlo corff main, caled Bleddyn yn fy erbyn i'n dechrau mynd i 'mhen i.

Pan newidiodd y miwsig, mi gydiodd yn llyfr Cohen eto a dechrau darllen barddoniaeth yn uchel.

O fy Nuw, meddyliais. Adrodd i gyfeiliant. Ond roedd o'n fwy na hynny, lot mwy. Dechreuodd dynnu amdana i rhwng penillion. Un clust-dlws – pennill. Un esgid – pennill arall. Blydi hel, roedd y boi'n secsi. Ac yn gwybod yn union be roedd o'n ei 'neud. Erbyn iddo gyrraedd fy mra i, roedd o'n feistar corn arna i.

"*Nobody knows where you are…* " canodd Roger Waters. Digon gwir. Doedd gan y genod ddim syniad lle ro'n i. Fe allai hwn fod yn nytar, yn seico, a fyddai neb yn gwybod lle ro'n i. Ond doedd gen i'm syniad lle ro'n i bellach chwaith. Rhywle pell, hyfryd, allan-o-'mhen-aidd, dyna'r cwbl wyddwn i.

Gwthiodd fi'n ôl yn araf ar y gwely – a throi at y blydi *record player* eto. Ro'n i isio sgrechian.

"*The Dark side of the Moon*," meddai, cyn camu tuag ata i eto.

Dwi'm yn siŵr faint barodd y caru; ro'n i wedi anghofio bob dim am bob dim, roedd fy mrêns wedi troi'n gymylau ac enfysau o fryniau gwyrddion a lliwiau seicadelig, ac ro'n i'n siŵr bod fy nghorff i ar fin ffrwydro, o fodiau fy nhraed i flaenau 'mysedd. Roedd y boi wedi dod o hyd i *erogenous zones* do'n i'm yn gwybod oedd yn bodoli, a dim ond iddo fo anadlu arnyn nhw ro'n i'n hedfan. Ac roedd amseru '*The Great Gig in the Sky'* yn berffaith. Roedd y dechrau'n araf a thawel, a Bleddyn yn rhedeg ei fysedd a'i dafod ar hyd-dda i nes 'mod i'n crynu, ac o'r diwedd – o'r diwedd – roedd o y tu mewn i mi, jest fel roedd y ddynes yn dechrau wylofain a gweiddi. Roedd y cyfuniad yn anhygoel, a doedd gen i ddim dewis, mi adewais i mi fy hun fynd. Ro'n inna'n gweiddi a wylofain, yn cael blydi grêt *gig in the sky* fy hun, a Bleddyn

157

efo fi. BLYDI HEL – ROEDD O'N BRILIANT!

Pan ddisgynodd o'n swp chwyslyd, esgyrnog ar fy mhen i, ro'n i'n fud. A dyma fi'n teimlo dagrau'n diferu i lawr fy nghlustiau. Ro'n i'n meddwl mai ei ddagrau o oedden nhw am eiliad, nes i mi sylweddoli mai fy nagrau i oedden nhw. Iesu, ro'n i'n crio. A do'n i ddim yn gwbod pam.

pennod 16

RO'N I WEDI DISGWYL y byddai Bleddyn a finna'n canlyn ar ôl hynna. Ond doedden ni ddim. Wel, oedden, roedden ni'n gweld ein gilydd, ond dim ond pan oedd o'n ei siwtio fo. Mi fyddwn i'n cnocio ar ddrws ei stafell ac mi fyddai'n deud:

"Sori ond ma 'da fi arholiad bore fory."

"Iawn, cym frêc am hanner awr. Fyddi di rêl boi wedyn."

"Na, Nia, fydda i ddim. Bydda i jest moyn cysgu."

"Trio deud 'mod i'n ormod i chdi?"

"Noson cyn arholiad Shakespeare, odw!"

A dyna ni, ches i'm hyd yn oed paned. 'Nes i'm trafferthu mynd i chwilio amdano fo'r noson wedyn, wrth gwrs, gan ddisgwyl y byddai o'n dod ata i. Ond 'nath o ddim. Y bastad. Ar ôl dwy noson o neidio allan o 'nghroen bob tro y byddai rhywun wrth y drws, allwn i'm dal, a hyd yn oed er bod gen i arholiad Drama y bore wedyn, es i draw, yndo. Roedd o'n reit fodlon, a bron na ddeudwn i fod ganddo fo wên smyg ar ei wep. A gawson ni ryw i gyfeiliant Deep Purple y tro hwnnw. Mi gysgais i'n dda – yn rhy dda – a bu'n rhaid i mi redeg bob cam i'r arholiad, heb frwsho 'ngwallt na llnau 'nannedd na dim.

'Nes i'm deud wrth y genod amdano fo. Wel… mi fydden nhw wedi chwerthin am fy mhen i. Yn un peth, mi fydden nhw wedi meddwl bod y ffaith ei fod o'n rhedeg cylchoedd o 'nghwmpas i yn blydi hilêriys, ac yn ail, doedd o'm yn un o'r 'criw' – boi od ar y cyrion oedd o, a doedd ganddo fo ddim ffrindia. Wel, oedd, roedd o'n gneud efo ambell foi tebyg iddo fo weithia, ond ar ei ben ei hun fyddai o gan amla, a doedd yr

159

hogia 'go iawn' byth ar eu pennau eu hunain. Mi fydden nhw wastad mewn 'giang', yn yfed, bwyta, gwylio'r teledu yn y lolfa a cherdded i'r dre mewn un haid. Fel y rhan fwya ohonon ni'r merched, erbyn meddwl. *Safety in numbers* am wn i.

Roedd Bleddyn yn wahanol, ac yn edrych yn wahanol hefyd. Doedd o'm byd tebyg i 'nheip arferol i (bois mawr athletic, swnllyd o hyderus a reit ddel fel arfer); roedd o'n dipyn o linyn trôns o ran ei olwg a bod yn onest. Doedd o'm yn dal iawn, dim ond ryw 5' 7" ar y mwya, ac yn uffernol o denau, ac efo mop o wallt hir tywyll fel hipi. Ro'n i jest â drysu isio gofyn iddo fo ei dorri o, ond 'nes i'm meiddio. Ac ro'n i'n ysu am brynu dillad call iddo fo, ond ro'n i'n gwbod na fyddai hynny'n beth doeth iawn i'w 'neud chwaith.

Roedd gymaint o bethau amdano fo'n fy ngwylltio i, ond roedd ganddo fo'r llygaid 'ma oedd yn gallu sbio reit drwydda i a throi fy stumog i'n bwdin reis. Tasa fo wedi gofyn os o'n i isio canlyn yn selog efo fo, mi fyswn i wedi cael fy nhynnu ddwy ffordd: fy nghalon i'n deud "Ia, yn bendant, awê", a 'mhen i'n deud "Ond be fysa pawb arall yn ddeud?" Nid 'mod i'n berson oedd fel arfer yn poeni be fyddai pobl yn ei ddeud, ond roedd hyn yn wahanol. Doedd o'm yn "ffitio", nag oedd? A doedd o'm yn ddigon ecsotig i fod yn ecsotig. Tasa fo'n dod o Buenos Aires neu Belffast neu rwla, iawn. Ond does 'na'm byd ecsotig am Clydach.

Roedd Ruth wedi sylwi bod rhwbath yn mynd mlaen, wrth gwrs. Doedd honna byth yn colli dim. Mi gododd ei haeliau ar ôl fy nal i'n syllu arno fo yn y Llew Du un noson. Goches i'n syth.

"Ia?" gofynnodd. "Rwbath ti isio'i ddeud wrthan ni?"

"Am be? Be ti'n rwdlan?" Ro'n i'n siarad yn rhy gyflym, damia.

"Nacw fan'cw. Y boi od 'na sy'n gwisgo fel Fidel Castro."

"Be? Hwnna? Be amdano fo?"

Edrychodd Ruth arna i am yn hir, yna codi ei hysgwyddau mewn rhyw ystum Ffrengig. "Dim," meddai.

A wnes i'm meiddio sbio arno fo eto. Ond rhois i gnoc ar ei ddrws o ar ôl i Alwenna syrthio i gysgu. 'Nes i'm gofyn pam oedd o wedi f'anwybyddu i drwy'r nos a 'nath o'm gofyn i finna chwaith. A dyna fu'r drefn wedyn – caru ar y slei. Roedd rhwbath reit gynhyrfus yn hynny.

'Nath o'm gofyn am fy rhif ffôn i ar ddiwedd y tymor, felly 'nes i'm gofyn am ei rif ynta chwaith. Roedd o'n mynd i fodio rownd Morocco efo'i fêts o Abertawe beth bynnag. Ches i'm cynnig mynd efo fo. Nid 'mod i ar dân isio bodio rownd blydi Morocco a chysgu ar dywod y Sahara drws nesa i gamel. Hogan pum seren ydw i, wastad wedi bod, ac a i ddim i nunlle sy heb socet ar gyfer sychwr gwallt.

"Fyddi di'n ôl erbyn Steddfod?" gofynnais.

"Falle," atebodd. "Ond so i'n credu," ychwanegodd.

A doedd o ddim chwaith. 'Nes i dreulio nosweithiau yn nhafarndai Machynlleth a Twrw Tanllyd yn chwilio amdano fo, ond welis i'm bw na be ohono fo. Felly es i efo rhyw hogia eraill. Dwi'm yn cofio'u henwau nhw rŵan. A rhyw wythnos cyn diwedd y gwyliau, ges i gerdyn post o Marrakech, efo llun camel arno fo.

"Weles i hwn a meddylies i amdanot ti, Bleddyn X" oedd yr unig neges. *Charming*. Ond o leia roedd o wedi meddwl amdana i – a rhoi cusan. Mi 'nath hynna godi 'nghalon i'n syth. Ia, pathetic dwi'n gwbod, ond ro'n i wedi cael gwyliau digon diflas. Roedd Mam yn methu dallt pam 'mod i adre o hyd a byth bron yn mynd allan, ac yn swnian arna i i godi a mynd i weld fy ffrindiau'n dragwyddol. A chamgymeriad oedd cytuno i weithio iddi yn gofalu am y bobol gwely a brecwast. Doedden ni ddim yn gneud tîm da iawn, ond do'n i'm wedi llwyddo i gael gwaith yn unlle arall, felly os o'n i isio pres, doedd gen i fawr o ddewis. Ro'n i'n anobeithiol am ffrio wyau, felly fi oedd yn gorfod gweini a gwenu'n ddel a gofyn, "*And how are you this morning? Sleep well? Oh? The cockerel woke you up? Well I'm afraid that's part of life on a farm. No, there's not much we can do about it, I'm afraid. He doesn't have a volume control button.*" A rhyw lol fel'na oedd yn gneud i 'nannedd i grensian ac ro'n i o fewn dim i daflu eu blydi *Full English* dros eu pennau nhw'n aml. Ac ro'n i'n casáu gorfod glanhau ar eu holau nhw fatha ryw forwyn wedyn.

Ond ro'n i'n cael pres dôl dros yr haf hefyd, felly ro'n i'n gneud yn iawn yn ariannol. 'Nes i ddeud hyn wrth y genod mewn llythyrau hirfaith roedden ni'n eu gyrru at ein gilydd, ac roedd Ruth yn flin efo fi wrth gwrs.

"Twyllo ydyw hynny Nia," sgwennodd, "rwyt ti'n dwyn pres oddi ar bobl sy wir yn ei haeddu, sy *yn* ddi-waith. Mi ddylai fod gen ti gywilydd."

Ond doedd gen i ddim. A 'nes i'm sgwennu ati eto am bythefnos, a 'nes i'm sôn gair am bres bryd hynny chwaith, heblaw 'mod i wedi bod yng Nghaer yn siopa, ac wedi cael jîns gorjys Gloria Vanderbilt a llwyth o fêc-yp drud a cael gneud fy ngwallt yn Browns of Chester.

Roedd Mam yn dda iawn am adael i mi ddiflannu bob pnawn ac mi ges i liw haul reit dda ar ôl mynd i lan môr ar fy meic bob yn eilddydd. 'Nes i lwyth o ddarllen ar y traeth, ond nid gwaith coleg. Mwy o *Valley of the Dolls* a llyfrau Leon Uris. Lot mwy diddorol.

'Nes i hyd yn oed yrru'r tractor i Dad pan oedd o'n hel gwair. 'Nath Mam wrthod gadael i mi gydio yn y bêls am y byddai hynny'n "… niweidio dy gorff di. 'Di merched ddim wedi cael eu gneud i daflu pwysau trymion fel'na o gwmpas y lle." A finna'n gwybod yn iawn bod Non a'i chwiorydd – a hyd yn oed ei mam – yn taflu bêls heb ddim problem.

Ond dwi dipyn llai na nhw. Ac ro'n i reit hapus ar y tractor, diolch yn fawr. 'Nes i fwynhau cwmni Dad hefyd, er ei fod o'n mwydro 'mhen i efo rhyw ddyfyniadau am gynefin ac ati'n dragwyddol.

Mi fues i'n ddigon gwirion i adael i Ruth ac Alwenna 'mherswadio i fynd i Iwerddon efo nhw am wythnos ddiwedd Awst. Do'n i ddim yn *impressed* iawn efo Youth Hostels, rhaid i mi ddeud, ond o leia doedden ni'm yn gwersylla fel roedden nhw wedi meddwl gneud, achos mi lawiodd bob blydi diwrnod. Felly yfed a siopa fuon ni, oedd yn iawn ond heb fod yn ddim byd arbennig. Ac ar wahân i un Almaenwr reit ddel 'nes i ei gyfarfod yn un o'r Youth Hostels, doedd na'm dynion del iawn yno, a dim ond hen ddynion oedd yn y tafarndai. Ro'n i reit bîg achos ro'n i wedi ffansïo bod yn Nulyn, ond roedd y ddwy arall wedi mynnu mynd reit draw i'r blydi gorllewin. Roedden nhw wedi mwynhau eu hunain, ond do'n i ddim. Ro'n i'n difaru na fyswn i wedi mynd i Ffrainc efo Leah, ond roedd hi wedi mynnu mynd ar ei phen ei hun. Ia, ar ei phen ei hun bach. 'Di'r hogan ddim yn gall. Roedd hi'n mynnu mai isio gwella ei Ffrangeg oedd hi, achos roedd hi wedi penderfynu gollwng Drama a gneud gradd sengl mewn Ffrangeg wedi'r cwbl. Wedyn doedd hi'm isio'r un ohonan ni yno efo hi, nag oedd? Hy. Esgus gwael. Jest isio cadw'r dynion i gyd iddi hi ei hun a dod adre efo gwell lliw haul na ni oedd hi 'de?

Ar wahân i Iwerddon a'r Steddfod, do'n i'm wedi bod allan rhyw lawer. Ro'n i wedi mentro allan ambell nos Sadwrn, ar ôl perswadio Alwenna i ddod i aros acw. Ond alla i'm deud i mi fwynhau fy hun. Weles i Non a'r blydi Linda 'na wrth gwrs, rêl sŵn a sioe. 'Nes i drio peidio sbio arnyn nhw, ond allwn i'm peidio. Roedd Non yn edrych yn dda, rhaid i mi ddeud, ond roedd hi'n amlwg wedi newid ym mhob ffordd. Neu roedd hi'n mynd ati i wneud rhyw hen sŵn a lol bob tro ro'n i o gwmpas. Welis i Jac Coed Foel hefyd. Ddeudodd o helô, ond efo rhyw wên gam, snichaidd. O leia roedd o'n edrych yn llai o drong ar ôl torri'i wallt – a chael gwared o'i seidbyrns.

Welis i John a Manon hefyd, ond 'naethon ni anwybyddu'n gilydd. Siwtio fi'n iawn. Es i i aros efo Alwenna a mynd allan ym Mhwllheli y penwythnos wedyn, ond ro'n i'n bôrd allan o 'mhen yn fan'no hefyd, achos doedd fawr neb yn fy nabod i.

Mi ges i gip ar Adrian yn y dre unwaith neu ddwy – a'i anwybyddu ynta – a dwi'n cymryd mai dyna 'nath Non hefyd. Roedd o efo ryw hogan ddiarth, ac roedd hi'n edrych reit ddel nes iddi godi ar ei thraed. Welis i 'rioed din mor fawr yn fy myw – mae'n rhaid ei bod hi'n gorfod cael jîns wedi'u gneud yn arbennig iddi hi. Wedyn 'nes i ei chlywed hi'n chwerthin ac roedd hi'n swnio'n union fatha ceffyl. 'Nes i wenu'r holl ffordd adre.

Ro'n i'n uffernol o falch o gael mynd yn ôl i'r coleg. Ac roedd gen i stafell sengl tro 'ma, diolch byth, a hynny ar y parapet ar y trydydd llawr. Roedd hi'n fach a chyfyng, ond fi oedd pia bob modfedd ohoni. Roedd Leah drws nesa i mi, ac Alwenna a Ruth ar waelod y coridor. Ond doedd 'na'm golwg o Bleddyn. Mi fues i'n sganio'r ffreutur bob amser bwyd, yn crwydro i mewn i'r lolfa pan fyddai 'na griw o hogia yno, ac yn chwarae llwyth o 'ormeswyr gofodol' yn y gobaith y byddai o jest yn troi i fyny i fy haslo i. Ond 'nath o ddim.

Weles i o yn y dre ddiwedd yr wythnos, yn eistedd yn Caffi Morgan yn rhowlio baco. Roedd ei wallt o fymryn yn fyrrach ac roedd ganddo fo liw haul ffantastic. Es i eistedd gyferbyn â fo. Mi gododd ei ben a gwenu. Ac ro'n i isio neidio ar ei ben o'n syth bin. Ond dydi Caffi Morgan ddim y math o le i 'neud hynny. Mi ofynnes iddo lle'r oedd o wedi bod.

"Morocco."

"Ia, dwi'n gwbod hynny; lle ti 'di bod wsnos dwytha 'ma dwi'n feddwl."

"Boiti'r lle."

"Ond nid Pantycelyn."

"Na. 'Wy 'di ca'l fflat yn dre."

Wel y bwbach, a heb ddeud gair wrtha i! Oedd o wedi bachu ryw hogan arall dros y gwyliau neu rwbath? Neu jest yn trio f'osgoi i?

"Neis iawn," meddwn, "rhwla neis?"

"Neith e'r tro."

Gwên o ddannedd gwyn, gwyn yn fy herio i grefu am fwy o fanylion. Ond roedd fy malchder yn gryfach na fy chwilfrydedd. Am ddau eiliad.

"Ben dy hun?"

"Ie."

Ffiw. Llwyddo i anadlu eto. Ei wylio'n llyfu'r papur Rizla. Yn araf.

"Isio llonydd oeddat ti?"

"Wel, o'dd Panty'n iawn am flwyddyn, ond well 'da fi fod yn fwy annibynnol, t'mo?" Roedd o'n rhowlio'r sigaret yn gelfydd o denau.

"Yhy." Trio deud 'mod i'n ddibynnol?

"Ond ti'n dal 'na?"

"Yndw. Stafell sengl tro 'ma. Reit ar y top. Neis 'fyd."

Roedd y sigaret yn ei wefusau o, a leitar nwy yn ei thanio. Fflam fawr, hir, oren.

"Ti'n moyn gwbod lle ma'r fflat?"

Nodio, a rhoi'r gorau iddi'n sydyn am 'mod i'n nodio gormod. Cododd ei aeliau ac amneidio y tu ôl i mi. Y?

"Be? O? Dros ffordd ti'n feddwl?"

"Ffenest ucha. Yr un las."

"Wela i. Handi."

Fo'n nodio tro 'ma, gadael cwmwl o fwg rhwng ei wefusau a gwenu arna i drwyddo fo. A fy stumog yn waldio gwaelod fy nghorn gwddw.

"Falle bod 'da fi bach o ddêts ar ôl."

"Dêts?"

"O Morocco. Des i â llwyth yn ôl 'da fi."

Gas gen i ffycin dêts. Ond 'nes i wenu fel tasa dêts yn fanna o'r nef. A 'nath o dalu am ei goffi a mynd â fi am ddêt i'w fflat newydd.

Roedd ganddo fo win hefyd. Do'n i'm yn or-hoff o win chwaith, ond chwarae teg, dim ond Bull's Blood a Blue Nun ro'n i wedi eu blasu. Roedd hwn yn rhwbath gwahanol brynodd o'n Ffrainc ar y ffordd 'nôl o Morocco. Ac ar ôl sesiwn hirfaith hyfryd yn ei wely o i gyfeiliant Neil Young, 'naethon ni rannu rwbath arall o Morocco – sbliffsan 'nath i mhen i droi ar ôl dim ond un pwff (mi fyddai Ruth yn gandryll efo fi tase hi'n cael gwybod). Ac wedyn mi fuon ni'n siarad. A 'nes i gyfadde 'mod i wedi gweld ei golli o'n uffernol a 'mod i isio canlyn efo fo. Wedyn 'nath o ofyn pam ei fod o'n ddigon da mwya sydyn.

"Y?"

"O't ti ddim moyn i dy ffrindie wbod bo ni'n gweld 'yn gilydd."

"Be? Paid â bod yn wirion. Swil o'n i, dyna i gyd."

"Ti? Swil?!"

A 'nath o chwerthin a 'nes i roi waldan iddo fo, a 'nath o chwerthin mwy a chydio ynof i fel 'mod i'n methu symud. O foi tenau, roedd o'n blydi cry.

Y bore wedyn, 'nes i ddeffro o'i flaen o, a sbio am yn hir arno fo'n cysgu; astudio pob modfedd o'i wyneb o, siâp ei wefusau o, siâp ei glustiau o, a'r graith fechan ar ei dalcen o. Ac mi ges i'r teimlad cynnes, rhyfedda 'ma. Shit, ro'n i mewn cariad efo fo. Mi ddeffrodd yn sydyn a gwenu arna i.

"Bore da… "

"Bore bendigedig," meddwn. "'Dan ni'n canlyn rŵan,

tydan?" ychwanegais yn sydyn. "'Nes i'm breuddwydio neithiwr, naddo?"

"Naddo… "

"Felly 'dan ni'n canlyn go iawn?"

"Os 'na beth ti'n moyn."

"Yndw. Ti isio'r un peth, dwyt?"

"Wel, gewn ni weld shwd eith pethe, yntife?"

"Bastad! Ti'n 'y ngharu i neu beidio?" Ro'n i'n dechra colli mynedd efo fo.

"Caru? Iyffach, sa i'n mo… "

"Ti ddim?"

"Wel, fi'n lico ti, ond ma 'ddi bach yn gynnar i dwlu geirie fel 'caru' oboutu'r lle, on'd yw hi?"

"Ond dwi'n dy garu di, Bleddyn!"

Edrychodd yn hurt arna i. "Wyt ti?"

"Yndw! A dwi angen gwbod dy fod titha'n 'y ngharu inna!"

"Pam?"

"Dwi jest yn!"

Edrychodd arna i am hir, yna codi ar ei beneliniau ac ysgwyd ei ben. "Nia… so i'n mynd i weud 'mod i'n dy garu di achos so i eriod wedi gweud 'ny wrth unrhyw fenyw. So i'n gwybod os ydw i mewn cariad 'da ti ta beth. 'Wy newy' weud 'mod i'n lico ti, a pwy sy'n gwbod, falle y bydd 'ny'n troi'n gariad rhyw ddiwrnod, falle ddim… ac os wyt ti'n moyn 'canlyn' 'da fi, bydd rhaid i hynna fod yn ddigon i ti am nawr."

Wel, dyna fy rhoi i yn fy lle. Do'n i'm yn siŵr os o'n i isio rhoi slap iddo fo, neu grio, neu be.

"Wel?" medda fo wedyn. "Wyt ti'n fodlon 'da 'na?"

Oedais, a chnoi fy ngewin. Roedd o'n meiddio gosod y rheolau, damia fo! Pwy uffar oedd o'n feddwl oedd o? Ro'n

i isio deud wrtho fo lle i fynd, 'mod i'n lot rhy dda iddo fo,
y byddai o'n difaru 'ngholli i, ond wedyn nes i sbio ar ei
wefusau o, a'r graith ar ei dalcen o, a syllu i fyw ei lygaid
gorjys, hyfryd, tywyll o.

"Does gen i fawr o ddewis, nag oes?"

Mi wenodd, ac mi wenais inna, o fath. Ac mi gydiodd yno
i a 'nghusanu. Ond ro'n i'n gwbod y byddai o'n syrthio mewn
cariad efo fi'n hwyr neu'n hwyrach. Ro'n i'n mynd i 'neud yn
blydi siŵr o hynny. Ac wedyn fi fyddai'n gosod y rheolau.

O hynny ymlaen roedd gen i ddau fyd ar wahân: y genod a
Panty a'r Geltaidd a ballu – a Bleddyn. 'Nes i ei gyflwyno fo
iddyn nhw ac roedden nhw i gyd yn deud wedyn ei fod o'n
annwyl iawn, yn enwedig Leah. Roedd hi'n dallt y busnes 'bod
yn wahanol', doedd? A deud y gwir, ar ôl chydig o fisoedd,
ro'n i'n ama weithia ei bod hi'n ei ddallt o'n rhy dda, ac ro'n
i'n falch uffernol pan ddiflannodd hi i Ffrainc ar ei blwyddyn
allan. Nid 'mod i'n jelys, wrth gwrs. Doedd o byth yn gneud
dim i 'ngneud i'n jelys. Wel, oedd, weithia – siarad efo genod
del yn rhy hir a ballu – ond ar ôl cega arno fo'r troeon cynta,
mi 'nath o 'neud i mi sylweddoli mai fi oedd yn *paranoid* a
bod y cwbl yn fy nychymyg i.

Doedd o'm yn *ladies' man*. A deud y gwir, ar ôl chydig o
wythnosau, 'nes i sylweddoli nad oedd o a Ruth ac Alwenna
yn dallt ei gilydd o gwbl. Doedden nhw'm yn cega na dim
byd felly, ond doedden nhw jest ddim yn gyfforddus efo'i
gilydd. Roedd o'n amlwg yn laru ar ein sgyrsiau *girly* ni, a
Ruth yn methu derbyn ei agwedd *que sera, sera* o at fywyd, a
doedd Alwenna jest ddim yn ei ddallt o'n siarad. Ro'n i wedi
dechrau sylweddoli bod awyrgylch od bob tro bydden ni i
gyd yn yr un lle, ond mi ges i ddiawl o sioc pan gyhoeddodd
o ei fod o'm isio dod allan efo ni ar crôls a phartis pyjamas
ac ati mwyach.

"O? Felly wyt ti'n disgwyl i mi eu gollwng nhw er dy fwyn di, wyt ti?" gofynnais.

"Nagw i. So i'n disgwyl i ti 'neud 'ny o gwbl. Ma'n nhw'n ffrindie i ti."

"Ond ti'm yn eu licio nhw."

"Wedes i mo 'ny. Wy jest ddim moyn bod 'da chi i gyd fel criw, 'na i gyd."

"Pam? Ydan ni'n mynd ar dy nyrfs di?"

"Tamed bach, odych."

Wel y crinc digywilydd! "Felly, dwi'n mynd ar dy nyrfs di ydw i?"

"Na... pan 'wy 'da ti, 'wy'n hapus; 'wy jest ddim yn gallu delio gyda chi i gyd 'da'ch gilydd, 'na i gyd. Nawr ac yn y man, ocê, ond dim bob nos. A 'wy'n itha siŵr 'u bod nhw'n teimlo'r un peth 'fyd."

"'Dyn nhw 'rioed wedi deud hynny wrtha i."

"Fydden nhw ddim, maen nhw'n rhy neis. 'Na hanner y broblem, maen nhw mor blydi 'neis' drwy'r amser."

"Be? Dwi'm yn neis?"

"Nag wyt. Diddorol, wyt, ond neis, na... byth."

"Dwi'm yn siŵr sut i gymyd hynna. Ydi o'n gompliment?"

"Odi." Rhowliodd ei lygaid a rhoi ei ddwylo ar fy ysgwyddau. "Shgwl, 'wy'n hapus iawn i ti fynd mas 'da nhw pan ti'n moyn. Allwn ni gwrdd wedyn 'ny. Dere draw i'r fflat neu rywbeth. Ac os nag wyt ti'n moyn, iawn, dim problem. Allwn ni fynd mas 'da'n gilydd ar nosweithie eraill – pan ni'n dau'n rhydd. So i'n fachan *possessive*. '*So my body leaves no scar on you, nor ever will...* ', cofio?"

Wel, roedd o'n gneud synnwyr, a dyna fu'n hanes ni wedyn – am y ddwy flynedd nesa. Roedd o fel tasa 'na lastig rhyngon ni. Roeddan ni'n gallu mynd ein ffyrdd ein hunain, ond wastad yn dod yn ôl at ein gilydd. Ac mi fydden ni'n mynd allan efo'n gilydd yn aml hefyd – mynd i'r pictiwrs fydden ni gan amla, i weld pethau fel *Chariots of Fire* a *The Shining* yn y Commodore a ffilmiau Ffrangeg od fel *The Man who loved women* a *La cage aux Folles* yn y Clwb Ffilmiau. Doedd ein chwaeth ni'n ddim byd tebyg, ond roedden ni'n mwynhau cega amdanyn nhw wedyn. Roedd o wrth ei fodd efo *Nosferatu The Vampire* er enghraifft, a finna'n hollol bôrd efo hi. Ond roedden ni'n dau wedi mwynhau *The Postman Always Rings Twice* yn arw.

Mi fydden ni'n mynd am dro dipyn hefyd. 'Nes i drio'i berswadio fo i ddod i loncian efo fi, ond doedd o'm yn un am redeg os nag oedd rhaid. Er bod ei dad a'i ddau frawd wedi chwarae rygbi i Gastell-nedd, doedd ganddo fo'm llwchyn o ddiddordeb mewn chwaraeon na chadw'n heini na dim byd felly. Dim ond rhyw fath o *yoga* a *meditation* a ryw betha fel'na. Ac roedd hynny'n ei gadw fo'n hen ddigon ffit ar gyfer fy nghadw i'n hapus.

Roedd o'n berson llawer mwy gwleidyddol na fi, felly pan yrrodd Magi Thatcher y lluoedd arfog yr holl ffordd ar draws y byd i'r Falklands (neu'r Islas Malvinas yn ôl Bleddyn) i ymladd dros ryw greigiau efo fawr mwy na phengwins a defaid arnyn nhw, aeth Bleddyn yn boncyrs. Gan nad oedd o'n effeithio arna i'n bersonol, doedd gen i fawr o ddiddordeb a bod yn onest. Ond mi fuodd Bleddyn yn sgwennu llythyrau fel y diawl i'r *Western Mail* a'r *Times,* er 'nath o fawr o wahaniaeth i Magi. Ond pan gododd rhyw foi Llafur o'r enw Leo Abse uffar o helynt yn Nhŷ'r Cyffredin a galw arni i feddwl fel mam yn hytrach nag fel '*warrior queen*', roedd 'na boster o Mr Abse ar wal llofft Bleddyn mwya sydyn.

Mi fyddai o'n colli mynedd efo fy niffyg cydwybod cymdeithasol i'n aml, ac yn gwylltio 'mod i'n gwario gymaint ar ddillad a mêc-yp a chylchgronau merched, ac mi 'nes i feddwl ella y dylwn i o leia esgus bod â diddordeb mewn petha fel gwleidyddiaeth er mwyn gwneud iddo fo blydi syrthio mewn cariad efo fi, ond doedd o'm yn fi nag oedd, a doedd gen i'm 'mynedd. A phun bynnag, doedd y gwahaniaethau ddim yn effeithio gormod ar ein perthynas ni. A deud y gwir, roedd o jest yn gneud i mi ei licio fo'n fwy, a phan fyddwn i'n gwenu'n ddiniwed arno fo o ganol fy *Cosmo* ac yntau ar ganol *rant*, mi fyddai o'n dechra chwerthin yn y diwedd. A 'nes i ei ddal o'n darllen y *problem pages* fwy nag unwaith. Pan ofynnodd o os o'n i isio rhannu fflat efo fo ar gyfer y drydedd flwyddyn, ro'n i jest â beichio crio. Doedd o'n dal ddim wedi deud ei fod o'n fy ngharu i, ond ro'n i wedi dechra dod i ddallt mai jest boi fel'na oedd o. Doedd y ffaith nad oedd o'n ei ddeud o ddim yn golygu nad oedd o'n ei deimlo fo na'i feddwl o.

"Ti'n ei licio fo go iawn, dwyt?" meddai Alwenna wedi i mi ddeud na fyddwn i'n rhannu tŷ efo nhw yn y drydedd flwyddyn wedi'r cwbl.

"Yndw. Sori."

"Paid ag ymddiheuro," meddai, "dach chi'n dda efo'ch gilydd. Dan ni jest yn synnu na fysa hyn wedi digwydd cyn rŵan."

"Go iawn?"

"Go iawn," cytunodd Ruth, "mae o'n gneud lles i ti. Ti 'di newid ers i ti ddechra mynd efo fo."

"O? Er gwell?"

"Bendant."

"Be oedd yn bod arna i cynt?"

Mi gochodd Alwenna ar hynna, ond jest codi'i hysgwyddau 'nath Ruth.

"Ti isio rhestr?"

"Rhestr?! O'n i mor ddrwg â hynna?"

"Oeddat. Ond rŵan ti'n llai hunanol, llai gwyllt, llai *obsessive*, yn haws gneud efo ti, yn gwenu mwy, yn yfed llai a jest yn edrych yn fwy iach."

"Dyna be mae cariad yn ei 'neud i ti," gwenodd Alwenna.

Allwn i'm peidio â gwenu. Roedd hynna'n rwbath mor chwydlyd o 'neis' i'w ddeud. Mi fysa Bleddyn wedi rhedeg o 'na'n sgrechian. Ond roedden nhw'n iawn, ac ro'n i'n gwybod hynny. Roedd Bleddyn wedi gwneud byd o les i mi. Pwy fysa'n meddwl? Llinyn trôns bach tenau oedd yn dal i wisgo fel Fidel Castro. Do'n i'm yn gwneud i mi fy hun chwydu bellach chwaith.

Mi wellodd pethau o ran fy ngwaith hefyd; roedd Davina Rhys wedi hen faddau i mi am ffiasgo *Romeo and Juliet* a mi ges i rannau go lew ganddi. Ac mae'n debyg 'mod i wedi plesio am 'mod i wedi gollwng Cymraeg i 'neud gradd sengl mewn Drama. Ond roedd hi'n dal i 'neud i mi weithio'n blydi galed. Ond ro'n i isio gweithio, ro'n i isio llwyddo, ac ro'n i'n fwy penderfynol nag erioed 'mod i isio bod yn actores broffesiynol. Ac er 'mod i'n deud hynny fy hun, fi heb os nac oni bai oedd seren ein cynhyrchiad ni o *Antigone*. Achos fi oedd Antigone. Ha! Argol, 'nes i fwynhau'r rhan yna. Ac mi 'nath hyd yn oed Bleddyn ddeud 'mod i'n arbennig o dda, a doedd o byth yn canmol os nad oedd o wirioneddol yn ei feddwl o.

Ro'n i wedi bod yn darllen am yr actores Ethel Barrymore a enillodd Oscar am *Best Supporting Actress* yn 1944 am *None but the Lonely Heart* efo Cary Grant, a 'nes i chwerthin pan welais i ei bod hi wedi deud: *"I never let them cough. They wouldn't dare."* Does 'na'm byd gwaeth na phobol yn pesychu ar ganol araith fawr, ac ro'n i wedi dechra amau bod rhywrai'n mynd ati i besychu bob tro ro'n i'n agor fy ngheg ar y llwyfan. Dwi'n siŵr bod rhai o'r criw Drama nad oedd ddim yn rhy hoff ohona i wedi bod wrthi yn ystod *Antigone*. Ond ella mai *paranoid* o'n i. Ac roedd 'na ffliw yn mynd o gwmpas bryd hynny. Beth bynnag, 'nes i addunedu i mi fy hun na fyddai neb, byth, yn meiddio tuchan pan fyddwn i'n dechrau ar fy ngyrfa o ddifri.

Rhwbath arall ddeudodd Ethel Barrymore oedd: "*The best time to make friends is before you need them.*"

Dynes gall. Ar ôl symud i mewn efo Bleddyn, ro'n i wedi bod yn gweld llai o'r genod. Doedd hynny ddim ond yn naturiol, a gan fod gen i fwy o waith, do'n i'm yn mynd allan ar benwythnosau gymaint beth bynnag. Mi fydden ni'n dau'n aros i mewn efo sbliff neu botel o win a Chinese, neu'n mynd i Glydach at ei rieni o. Ro'n i'n rhyw hanner ei wadd o adre efo fi bob hyn a hyn, ond doedd y peth byth yn digwydd rhywsut. Un ai doedd o'm yn ffansïo aros ar ffarm neu roedd gen i ofn be fyddai Mam a Dad yn ei feddwl ohono fo – dwn i'm, ond 'nath o'm digwydd am yn hir iawn beth bynnag.

Ta waeth, do'n i'm yn gweld hanner cymaint o'r genod bellach. Doedd Leah ddim o gwmpas beth bynnag, gan ei bod hi'n *assistante* mewn rhyw ysgol uwchradd yng ngogledd Ffrainc, ac yn cael diawl o hwyl yn ôl y llythyrau roedden ni'n eu derbyn ganddi. Roedd Ruth yn dal i weld ei *fancy man*, ac Alwenna'n mynd adre fwy a mwy, felly do'n i'm yn gweld bod 'na broblem o gwbl. Ro'n i'n mynd i'w gweld nhw pan doedd gen i'm byd gwell i'w 'neud neu pan fyddai Bleddyn ar ryw brotest neu'i gilydd yn Llundain neu Gaerdydd neu rwla. Felly 'nes i wylltio pan 'nath Alwenna drio deud wrtha i yn ei chwrw am ryw ffrind iddi yn 'rysgol oedd wedi dympio'i ffrindia i gyd pan ddechreuodd hi ganlyn, a ffendio bod ganddi neb pan gafodd hi ei dympio ganddo fo rai misoedd wedyn.

"Ia, ia, dwi'm yn dwp," meddwn inna, "dwi'n gwbod yn iawn be ti'n drio'i ddeud, ond dwi'm wedi'ch dympio chi, naddo? Dwi ar y lysh efo chi rŵan, tydw?"

"A pryd oedd y tro dwytha?" gofynnodd Ruth yn bigog.

"Mae 'na fwy i fod yn ffrindia na mynd i yfed efo nhw, siawns," atebais yn syth, "a mi ges i baned efo chdi bore ddoe, 'yn do Alwenna?"

Mi 'nath hynna gau eu cega nhw. Ia, ocê, dim ond galw am

'mod i isio benthyg ryw draethawd am Gwenlyn Parry wnes i, ond dyna be mae ffrindia'n dda yndê, helpu'i gilydd.

Roedd ganddyn nhw dipyn i'w ddysgu am fod yn ffrindia. Doedden nhw'n dal ddim patsh ar Non, achos tra buon ni'n dwy'n ffrindia roedd hi wastad yna i mi, wastad yn gefnogol, byth yn trio 'meirniadu i na 'nhynnu i lawr. Mi fysa hi jest wedi bod yn hapus 'mod i mor hapus. Ro'n i'n dal i ddamio fy hun am be 'nes i, ac yn gallu dychmygu sut byswn i'n teimlo taswn i'n dal Bleddyn yn y gwely efo un o'r genod – mi fysa 'na lot fawr o ffwcin gwaed yn llifo, mi ddyweda i gymaint â hynna – ac ro'n i'n dal wedi bod yn gweddïo am esgus i fynd i'w gweld hi eto, i drio cymodi. Ac mi gafodd fy ngweddi ei hateb, ond nid yn y ffordd y byddwn i wedi'i ddymuno.

pennod 17

RO'N I'N DIODDE yn y gwely ar ôl sesh i ddathlu gorffen yr arholiadau gradd pan gnociodd rhywun ar y drws. Alwenna – a golwg hanner cysgu arni.

"Mae dy fam wedi ffonio ac isio i ti ei ffonio hi'n ôl cyn gynted â phosib," meddai.

Doedd gan Bleddyn a finna ddim ffôn ac ro'n i wedi deud wrth Mam am ffonio'r genod os oedd hi isio cael gafael arna i. Ond be oedd ar ei phen hi'n fy ffonio i y bore ar ôl i mi orffen yr arholiadau, a finna wedi deud wrthi 'mod i'n mynd allan?

"Geith hi aros," meddwn yn gryg. "Sori ei bod hi wedi dy styrbio di, Alwenna; mi 'na i roid row iddi, dwi'n addo."

"Ond oedd o'n swnio reit bwysig," meddai Alwenna. "Dwi wir yn meddwl y dylet ti ei ffonio hi rŵan hyn."

Ochneidiais a thynnu un o grysau chwys Bleddyn dros fy mhyjamas a garglo chydig o Listerine yn y sinc cyn mentro i lawr y ffordd at y ciosg. Ro'n i ar fin rhoi llond pen i Mam am fy styrbio i pan sylweddolais i bod 'na rwbath od am ei llais hi.

"O'n i'n meddwl y dylet ti wybod," meddai'n bwyllog.

"Gwbod be, Mam?"

"Gareth, tad Non. Mi fu o farw ddoe. Ac maen nhw'n deud mai lladd ei hun 'nath o."

Mi ges i gymaint o sioc, allwn i'm deud gair am chydig. Tad Non yn lladd ei hun? Doedd y peth ddim yn gwneud synnwyr. Dyn mawr tebol, mor gall? A dyn fyddai'n chwerthin nes byddai o'n crio wrth wylio *Fo a Fe* a *Morecambe and Wise*?

Dyn oedd wrth ei fodd efo miwisg roc a rôl? Oedd, roedd o'n gallu bod yn dawel, unsillafog a byr ei dymer, ond ffarmwr oedd o, yndê?

"Pam maen nhw'n meddwl hynny?" gofynnais yn y diwedd.

"Wel, mae'n bosib mai damwain oedd hi. Daethon nhw o hyd i'w gorff o yn yr afon. Beryg ei fod o un ai wedi neidio neu ddisgyn i lawr y rhaeadr fawr 'na. Ond be oedd o'n 'neud yno yn y lle cynta, yndê? 'Di o'm ar ei dir o. Tir Tyddyn Gwyn ydi hwnna."

"A dyna'r unig reswm dros feddwl mai lladd ei hun 'nath o… "

"Wel, mae'r peth braidd yn od, tydi? A 'di o'm fel tasa fo'n bysgotwr, nacdi? Doedd o'n sicr ddim wedi mynd am swim achos di o'm yn gallu nofio. Neu, doedd o ddim. A wyddost ti byth, ella bod colli Aled wedi bod yn fwy o glec iddo fo nag oedden ni'n feddwl."

"Ond roedd hynny flynyddoedd yn ôl! Pobol sy jest yn rhoi dau a dau efo'i gilydd a gneud pump, ia?"

"Ti fatha dy dad yn union. Mae hwnnw'n taeru mai damwain oedd hi hefyd, ond dwi ddim mor siŵr. Roedd o'n gallu bod yn reit rhyfedd, doedd? A dim ond ailadrodd be ddeudodd Mari Tyddyn Gwyn ar y ffôn ydw i. Y mab ddoth o hyd i'r corff. Roedd Gaenor wedi'u ffonio nhw am ei bod hi'n poeni fod Gareth ddim wedi dod adre'r noson honno. Roedd John a'r merched a hitha wedi bod yn chwilio'r mynydd drwy'r nos."

"Sut maen nhw rŵan?"

"Mewn sioc, meddan nhw. Dwi'm wedi bod heibio eto. Roedd dy dad a finna'n meddwl galw heno. Mae gen i duniau *peaches* alla i fynd efo fi. 'Na i gofio ti atyn nhw, ia?"

"Wel, deudwch 'mod i'n meddwl amdanyn nhw." Ond

oedais wedyn. "Na, peidiwch â deud dim. A i heibio fy hun."

"Be? Heno? Ti am ddod adre?"

"Dwi'm yn gwbod. Fory, ella. Gawn ni weld. Pryd mae'r cnebrwng?"

'Nes i ddal y bws Crosville adre y pnawn hwnnw yn y diwedd. Allwn i'm peidio â meddwl am Non druan, ac ro'n i isio bod yna iddi – rhag ofn. Roedd Bleddyn i fod i ddod adre efo fi am gwpwl o ddyddiau ar ôl gorffen ei arholiadau ynta, ond byddai'n rhaid i hynny aros rŵan. Gan fod y siwrne mor hir a diflas, 'nes i drio darllen y llyfr o gerddi Saesneg roedd Bleddyn wedi'i fenthyca i mi (trio ngneud i'n llai o Philistiaid 'ella) ond do'm i'm yn eu dallt nhw – ar wahân i un o'r enw 'Friends' gan Emily Dickinson:

> *They might not need me; but they might.*
> *I'll let my head be just in sight;*
> *A smile as small as mine might be*
> *Precisely their necessity.*

Mae'n siŵr y byswn i wedi dallt y gweddill taswn i wedi gallu canolbwyntio, ond ro'n i'n methu peidio â meddwl am Non a'i thad a'i theulu. Roedden nhw wedi cael digon o dristwch yn eu bywydau fel roedd hi. Roedd Mam wedi deud wrtha i bod bedd Aled fel gardd Eden fach; bod Gaenor, mam Non, wedi plannu briallu ac eirlysiau a rhosod drosto fo i gyd, ac yn mynd yno i chwynnu a thocio'n rheolaidd. Cofiais y byddai Non yn mynd yn ddagreuol yn ei chwrw'n aml hefyd, jest wrth glywed darn o fiwsig neu am fod rhywun wedi deud rhwbath oedd yn ei hatgoffa ohono fo. Ond 'nath John 'rioed sôn amdano fo pan oeddan ni'n canlyn. Dyna'i ffordd o o ddelio efo'r peth, am wn i. Be fyddai'n digwydd i John rŵan gan ei fod o wedi colli'i dad? Gorfod bod yn bennaeth y teulu a rhedeg y ffarm ar ei ben ei hun, debyg. Efallai y byddai o a Manon Ty'n Twll yn priodi'n o handi rŵan, a nhw fyddai'n byw yn y Wern. Ond lle byddai'r lleill yn mynd wedyn? Iesu, mae marwolaeth yn gneud bywyd yn gymhleth.

Do'n i'm isio mynd i'w gweld nhw efo Mam a Dad, felly 'nes i aros adre pan aethon nhw. Roedd Mam wedi mynnu bod Dad yn 'molchi a newid cyn mynd, ac roedd hitha wedi gwisgo'i dillad gorau, felly roedd y ddau'n edrych yn union fel tasen nhw'n mynd i'r capel. Allwn i'm peidio â meddwl y byddai Dad yn hapusach yn ei ofyrôls glas a'i welintyns. Wrth wisgo'n ffurfiol, mae'r sgwrs yn ffurfiol. Ond prin byddai Mam a Gaenor y Wern yn cwtsho a chusanu beth bynnag. Do'n i'm yn meddwl y byddai llawer o obaith i Non a finna 'neud chwaith – tasa hi'n fodlon fy ngweld i o gwbl.

Felly 'nes i'm gyrru nodyn tro 'ma. 'Nes i jest mynd yno ben bore y diwrnod wedyn. 'Nes i'm gwisgo'n grand na gwisgo mêc-yp, dim ond mascara. A i'm allan o'r tŷ heb fascara.

Roedd Mam wedi deud eu bod nhw i gyd yn "... rhyfeddol. Roedd llygaid pawb yn goch, wrth reswm, ond doeddan nhw'm yn crio – ddim tra oedden ni yna, beth bynnag. Non a Leusa'n gneud paneidiau a rhannu cacennau cri i bawb (roedd teulu Glanrhyd a Thŷ'r Ysgol yno hefyd) a Gaenor druan yn eistedd ar stôl wrth y Rayburn ac yn siarad am bob dim heblaw am Gareth. Ddeudodd dy dad ddim gair o'i ben. O'n i jest â rhoi pinsiad iddo fo pan gododd o mwya sydyn i fynd i helpu John tu allan. Ddoth o'm yn ôl am awr, ac oedd Gaenor yn amlwg wedi cael digon ohonan ni erbyn hynny. Ddeudodd hi'm byd pan ddechreuodd Non hel y llestri te, beth bynnag, a finna'n tagu am baned arall."

Yn hytrach na gofyn am fenthyg y car, es i i'r sied i chwilio am fy meic – oedd wedi bod yn segur ers yr haf cynt. Roedd yr olwynion yn fflat, wrth reswm, ond ar ôl eu pwmpio nhw a rhoi cadach dros y sêt a'r *handlebars*, roedd o'n iawn. Roedd y tsiaen fymryn yn sych, felly es i chwilio am Dad ond doedd 'na'm golwg ohono fo na'r *Landrover* yn unlle. Felly es i'n ôl i'r sied a mi ges i hyd i rwbath oedd yn edrych fel olew, ac i ffwrdd â fi. Ro'n i wedi deud wrth Mam mai mynd am dro ro'n i. A do'n i'm isio brecwast. Y gwir amdani oedd 'mod i wedi stwffio'n hun tra oedden nhw yn y Wern, a'i chwydu i gyd lawr y pan wedyn. Ro'n i reit flin efo fi'n hun am hynna, achos tra o'n i efo Bleddyn do'n i'm yn chwydu. Wel, ddim llawer, dim ond os oedden ni wedi cael pryd mwy nag arfer, ond doedd hynny'm yn digwydd yn aml achos doedd Bleddyn ddim yn byta llawer, felly do'n inna ddim chwaith.

Roedd hi'n braf mynd ar y beic eto, a phedlo'n hamddenol heibio'r coed a'r gwrychoedd llawn blodau ac adar. Dim ond chwarter wedi wyth y bore oedd hi, ond roedd yr haul yn gynnes yn barod. Diwrnod i fwynhau bywyd oedd o, nid i siarad am farwolaeth.

Mi ges i fraw pan welais i Landrover Dad yn y buarth – a llond gwlad o ddefaid wedi'u cneifio a'u pitshio'n brefu o'i gwmpas. Roedd John yn cario mlaen efo gwaith y ffarm, felly. Wel, doedd ganddo fo fawr o ddewis. Tydi ffermwyr ddim yn gallu gofyn am *compassionate leave* nac'dyn. Ac o nabod John, byddai wedi mynnu dal ati er mwyn osgoi'r holl gydymdeimlo a phaneidiau. Ond be oedd Dad yn 'neud yna? Ro'n i'n meddwl ei fod ynta newydd hel mynydd ac wedi pasa dechra cneifio'i ddefaid ei hun. Wedyn 'nes i sylweddoli. A gwenu. Ond es i ddim ar gyfyl y sied. Ro'n i'n gallu clywed canu grwndi'r peiriannau dros y brefu. Mi fydden nhw'n brysur a do'n i'm isio'u styrbio nhw, a do'n i'm yn gwbod be i'w ddeud wrth John chwaith, felly es i draw at y tŷ. Doedd 'na'm ceir diarth yno, diolch byth. Anaml bydd pobl yn galw i gydymdeimlo cyn naw y bore.

Yn hytrach na rhoi cnoc a 'Iŵhŵ' a cherdded i mewn fel y byddwn i'n arfer ei wneud erstalwm, 'nes i ganu'r gloch ac aros. Mi gymrodd oes i rywun ateb y drws, a Meinir oedd hi, chwaer fach Non. Roedd hi'n dal yn bwtan fach yn yr ysgol gynradd pan weles i hi ddwytha, ond roedd hi rŵan yn ferch ifanc 13 oed, ac yn dal, efo coesau hirion fel John. Dim byd tebyg i Non. Heblaw'r llygaid, efallai.

"S'mai Meinir," meddwn, "ti 'di tyfu."

"Titha 'fyd," meddai.

Do'n i'm yn disgwyl hynna. Oedd hi'n trio awgrymu rhywbeth? Snotan fach bowld. Wedyn 'nes i gofio ei bod hi newydd golli'i thad. 'Nes i drio edrych yn glên a chydymdeimlo efo hi. Rhoi rhyw fath o nod wnaeth hi.

"Tisio dod mewn?" gofynnodd wedyn.

"Os ga i."

"Pam lai? Pawb arall 'di bod 'ma."

Camodd yn ôl i 'ngadael i mewn. Ond 'nes i adael iddi hi fynd i mewn i'r gegin o mlaen i.

"Fisitors," cyhoeddodd.

Roedd nain Non ar ganol golchi llestri a Leusa, â'i llygaid braidd yn goch, yn eu sychu wrth ei hochr. Doedd 'na'm golwg o Non na'i mam.

"Duwcs, helô Nia," meddai Nain, "ti 'di codi'n fore."

"Do. Meddwl 'swn i'n dod yma cyn y *rush hour*. Mae'n siŵr ei bod hi 'di bod fel ffair yma."

"Wel, 'swn i'm yn ei alw fo'n 'ffair' fy hun," meddai Nain, "fawr o gandi fflos a chwerthin."

Damia, dechreuais gochi'n syth. "Na, be o'n i'n feddwl oedd…"

"Gwbod yn iawn siŵr," gwenodd. "Tynnu arnat ti o'n i. Gymi di baned?"

"Na, dwi'n iawn diolch. Ym… meddwl dod i weld Non o'n i."

"Ma hi'n ei gwely," meddai Leusa'n swta.

"Ond mae'n hen bryd iddi godi," meddai Nain wedi rhoi edrychiad bach pigog i'w hwyres. "Pam nad ei di i'w deffro hi? Ti'n cofio lle mae'i llofft hi, dwyt?" Nodiais. "Dach chi'n meddwl bod hynny'n syniad da?" gofynnais yn betrus.

"Nacdi," meddai Leusa a Meinir.

"Yndi," meddai Nain.

Nain oedd y bos, wrth gwrs, felly es i fyny'r grisiau'n araf, yn cachu fy hun.

Roedd lluniau Aled ar y wal ac ar y cwpwrdd dal blancedi ar y landing. Aled yn hogyn bach bochgoch pedair blwydd oed yn chwerthin wrth ddal Fflei yr ast yn ei freichiau; yna tua wyth oed yn ei dryncs nofio yn esgus bod yn Charles Atlas ar lan y môr, efo'r wên hyfryd 'na oedd ganddo fo, gwên fyddai'n gneud i'r snichyn mwya surbwch orfod gwenu'n ôl. Ond o wbod na welwn i byth mo'r wên yna eto, roedd hi'n anodd iawn gwenu'n ôl. Allwn i'm peidio â meddwl tybed fyddai lluniau o dad Non ar hyd y lle ar ôl y cnebrwng. Ond wrth feddwl am y peth, doedd 'na fawr o luniau ohono fo ar gael beth bynnag. Tydi rhywun ddim yn tynnu cymaint o luniau o bobol mewn oed, nac'di? Roedd o'n casáu cael tynnu ei lun beth bynnag, a hyd yn oed pan fydden nhw'n llwyddo i'w ddal o, doedd o'm yn edrych fatha fo'i hun o gwbl. Gwgu fyddai o yn lle gwenu. Ro'n i'n gobeithio bod ganddyn nhw o leia un llun da ohono fo'n rhywle, iddyn nhw allu ei gofio fo fel roedd o.

Oedais wrth ddrws y llofft roedd Non yn ei rhannu efo'i dwy chwaer. Roedd o'n gil-agored. Rhoddais gnoc ysgafn. Dim ateb. Felly camais i mewn. Roedd hi'n cysgu'n sownd, wedi cyrlio'n belen dan y cwrlid, a'i dwy law fel dyrnau bach wrth ei cheg. Edrychai fel plentyn deuddeg oed. Es ar fy ngliniau wrth ochr y gwely a sylwi ar y pentwr o hancesi papur wedi'u sgrwnshio ar y llawr.

Estynnais i boced fy siaced a thynnu allan y llyfr ro'n

i wedi'i brynu iddi'r bore cynt yn Galloways. Ro'n i wedi sgwennu nodyn iddi y tu mewn:

i Non

Yn y gobaith y bydd o o help i ti.
Mae'n wir ddrwg gen i.
Non x

Pendronais. O'n i'n mynd i'w deffro hi, neu jest gadael y llyfr yno iddi? Ro'n i cymaint o isio siarad efo hi, ond roedd gen i fwy o ofn ei deffro a rhoi braw iddi a chael fy hel oddi yno. Penderfynais mai gadael fyddai orau. Ond wrth drio codi a gosod y llyfr ar y bwrdd wrth ochr ei gwely yr un pryd, rois i gnoc i'r cloc larwm, ac mi sgrechiodd hwnnw'n flin wrth daro'r llawr pren. Gwingais ac estyn amdano i gau ei geg. Ro'n i newydd waldio'r botwm yn ôl i lawr pan sylwais bod Non wedi agor ei llygaid ac yn rhythu arna i.

"Helô," meddwn yn hurt. "Sori, do'n i'm 'di pasa dy ddeffro di. Jest isio rhoi hwn i ti o'n i." Dangosais y llyfr iddi. Dim gair, dim ond y llygaid gwyrddion 'na'n rhythu arna i. Llyncais yn galed a dechrau parablu'n nerfus. "Ym... ti'n gweld, o'n i'n meddwl y bysa fo o help i ti, jest rhwbath bach. 'Nath dy Nain ddeud y dylwn i dy ddeffro di ond 'nes i benderfynu peidio – nes i mi roi cnoc i'r blydi cloc, 'de. Sori. Tisio i mi fynd, oes?"

Cododd Non ar ei heistedd yn araf a rhwbio'i llygaid. Roedd hi'n dal i wisgo pyjamas winsiét. Ro'n i wedi rhoi'r gorau i'r rheiny ers mynd i'r coleg; crysau T byr, byr fyddwn i'n eu gwisgo bellach – neu ddim byd o gwbl. Ac roedd y pyjamas yma'n hen fel cant – ro'n i'n ei chofio hi'n eu gwisgo nhw flynyddoedd yn ôl, rhai pinc efo lluniau o gŵn bach drostyn nhw. Ond byddai Non wastad yn cadw'r un dillad am flynyddoedd. Fuo ganddi 'rioed lawer o ddiddordeb mewn ffasiwn, bechod.

Doedd hi'm wedi newid ei phosteri chwaith. Roedd David Essex yn dal i wenu o'r wal uwch ben ei gwely. A hen, hen lun o David Bowie. Roedd fy mhosteri i o Donny Osmond wedi hen fynd – ers blynyddoedd. A'r hen lyfrau plant oedd yn dal ar y ffenest, stwff Enid Blyton a phetha am Palominos. Doedd hi'n amlwg ddim yn darllen y dyddiau yma. Fyddai hi'n darllen hwn, ta?

"Faint o'r gloch 'di hi?" gofynnodd yn gysglyd.

"Hanner awr wedi wyth."

"Dyna'r cwbl? Ers pryd ti'n codi mor gynnar?"

"Ers i mi glywed bod tad fy mêt gora i wedi marw."

'Nath hi rewi pan ddeudes i hynna, a syllu ar waelod y gwely. Do'n inna'm yn siŵr be i'w ddeud chwaith, felly mi fuon ni'n dwy'n dawel am amser hir.

"Ro'n i jest isio dod i ddeud ei bod hi'n wirioneddol ddrwg gen i," meddwn yn y diwedd.

"Diolch," meddai.

"Ac o'n i isio rhoi hwn i ti," ychwanegais gan estyn y llyfr iddi. Gafaelodd ynddo ac astudio'r clawr yn ofalus.

"*The Prophet*. Kahlil Gibran… " darllenodd. "Pwy 'di hwnnw pan mae o adre?"

"Bardd a *philosopher* o Lebanon. 'Nath ffrind i mi," (Bleddyn – ond do'n i'm isio deud 'fy nghariad i') "ei ddangos o i mi ryw dro, ac mae o'n wirioneddol lyfli. Mae 'na ddarn fan hyn am farwolaeth dwi'n meddwl y byddet ti'n ei licio." Cymerais y llyfr yn ôl a fflicio drwy'r tudalennau. "Dyma fo. Tisio i mi ei ddarllen o i ti?"

Saib. Doedd hi'n dal ddim yn sbio'n iawn arna i.

"Gw on, ta."

"*For what is it to die but to stand naked in the wind and to melt into the sun?"* adroddais yn dawel. *"… Only when you drink from the river of silence shall you indeed sing. And when you have reached the mountain top, then shall you begin to climb. And when the earth shall claim your limbs, then shall you truly dance."*

Tawelwch.

"Ym… mae 'na fwy na hynna, ond dyna'r darn ro'n i licio," eglurais yn drwsgl. Estynnodd Non ei llaw a chymryd y llyfr oddi arna i. Porodd dros y geiriau'n boenus o araf yna troi ata i o'r diwedd.

"Neis," meddai. "Ffordd wahanol o sbio arno fo. Oedd y gweinidog yma ddoe, ac mi ges i lond bol arno fo'n mynd mlaen a mlaen am ewyllys Duw a'r holl *doom and gloom* 'na. Sôn am gael dy wobr yn y nef mae hwn hefyd, yndê, ond bod hwn â gwell syniad o be'n union ydi'r wobr. Dwi'n licio meddwl am Dad yn gallu canu o ddifri rŵan, canu rhwbath licith o, ar dop ei lais… a dawnsio. Oedd o'n dipyn o roc-an-rôlar, sti. Wrth ei fodd efo *'All shook up'*. Mi fydda'n cydio ynon ni a'n troi a'n lluchio ni o gwmpas y lle bob tro bydda fo'n clywed Elvis Presley."

"Cofio'n iawn," meddwn. Roedd o wedi fy nhaflu innau yn yr awyr ryw dro. Es i adre'r noson honno'n ysu am i 'nhad fy hun wneud yr un peth. Ond weles i 'rioed mo Dad yn dawnsio. Na Mam chwaith o ran hynny.

"Oeddat ti'n 'i feddwl o? Be ddeudist ti gynna – am dy fêt gora?" gofynnodd Non yn sydyn.

"O'n siŵr. Er gwaetha bob dim, dwi'n dal i feddwl amdanat ti fel fy mêt gora i. Does neb arall 'di dod yn agos."

Syllodd arna i am amser hir, yna amneidio at y llyfr. "Ydi o'n deud rhwbath am ffrindia hefyd?"

"Yndi." Chwilotais eto nes dod o hyd i'r darn ro'n i'n chwilio amdano. *"And let your best be for your friend,"* darllenais, *"If*

he must know the ebb of your tide, let him know its flood also.
For what is your friend that you should seek him with hours to
kill? Seek him always with hours to live. For it is his to fill your
need, but not your emptiness. And in the sweetness of friendship
let there be laughter, and sharing of pleasures. For in the dew of
little things the heart finds its morning and is refreshed."

"Ac yn y bore ma'i dal hi," gwenodd Non. "Dyna pam 'nest
ti benderfynu dod mor gynnar? I allu darllen hwnna i mi?"

"Naci. Ti licio fo, ta?"

"Yndw. Mi fydd rhaid i mi ei ddarllen o eto i ddallt be'n
union mae o'n drio'i ddeud, ond yndw, dwi'n licio fo." Gwenais
mewn rhyddhad. "Ond mae o rêl stwff stiwdants, tydi?"
ychwanegodd.

"Be ti'n feddwl?"

"Ti'n gwbod yn iawn. Dwi'n gallu'ch gweld chi rŵan, criw
ohonoch chi'n ista a'ch coesa 'di croesi, yn rhannu sbliffs ac
wwwian ac aaaian i hwnna a rhwbath fel y Doors yn canu
yn y cefndir."

"Di bywyd coleg yn Aber ddim byd fel'na," chwarddais.
"Paneidiau o de a phacedi *digestives* i gyfeiliant Tecwyn Ifan
ydi hi acw."

Ond ro'n i'n gwybod be roedd hi'n ei feddwl. Ac roedd
Bleddyn yn bendant yn ffitio'n daclus i'w disgrifiad.

"Ti awydd mynd am dro?" gofynnais yn sydyn.

Ystyriodd am chydig eiliadau, yna nodio.

"Iawn, rhwbath i ga'l mynd o'r tŷ 'ma cyn i'r *batch* nesa o
adar corff gyrraedd."

Oedd hi'n cynnwys fy rhieni i yn hynna, tybed? Oedd,
mae'n siŵr. Ond ddeudis i'm byd. Cododd o'i gwely ac anelu
am y stafell molchi.

"Cer lawr am baned. Fydda i'm chwinciad," meddai, ac mi
wnes ufuddhau'n syth, â gwên fawr ar fy wyneb.

Gwenu wnaeth ei nain hefyd pan ddois i lawr i'r gegin. Ac edrych ar ei gilydd yn syn wnaeth Meinir a Leusa.

Roedd eu mam yn dal yn ei gwely, mae'n debyg, ond doedd neb yn sôn am ei deffro hi.

"Cwsg cynta iddi ei gael ers dyddia," meddai Nain. Nodiais, ond wnes i'm holi mwy.

Daeth Non i lawr mewn pâr o jîns a hen grys check. Roedd hi'n bendant wedi teneuo. Roedd y jîns yn hongian oddi amdani.

"Gymi di frecwast?" gofynnodd ei nain.

"Na, awyr iach dwi isio. Ti'n dod?" gofynnodd.

Nodiais, yfais fy mhaned ar fy nhalcen, a'i dilyn drwy'r drws cefn.

"Hei!" galwodd Leusa, "o'n i'n meddwl ein bod ni'n mynd i lapio gwlân rŵan?"

"'Na i wedyn," meddai Non.

"Ond 'nest ti addo i John!" protestiodd Meinir.

"Mae ganddi betha pwysicach i'w gwneud rŵan," meddai Nain, "a phun bynnag, mae'n hen bryd i titha ddysgu lapio, madam."

Edrychodd Meinir arni'n gegrwth. Darpar Hollywood Wife, debyg.

"Diolch," meddwn wrth Nain cyn cau'r drws.

"Croeso 'mechan i," atebodd yn glên.

pennod 18

PAN DDALLTODD NON 'mod i wedi dod ar y beic, aeth i nôl ei beic hitha, ac aethon ni ar hyd y ffordd gefn. Mae allt go serth i'w dringo ar ôl rhyw filltir a hanner, ac mi fu'n rhaid i mi wthio'r beic ar ôl pedlo hanner y ffordd, ond roedd Non yn gallu pedlo'r holl ffordd yn ddidrafferth.

"*Shit*, ti'n ffit," ochneidiais ar ei hôl.

"Ti sy'n slob," gwaeddodd, cyn stopio i aros amdana i ar y top. "Gormod o gwrw a ffags?" gofynnodd wedyn.

"Mae'n siŵr. Ond dwi'm yn dallt – dwi'n dal i redeg yn reit aml."

"Ddim digon aml, felly."

Roedd hi'n iawn wrth gwrs. Ond roedd hi'n anodd cadw'n ffit pan nad oedd 'y nghariad i na neb o fy ffrindiau o'r un anian.

Aethon ni heibio'r hen ysgol gynradd, a sylwi bod yr hen fariau chwarae haearn wedi mynd.

"Hen bryd hefyd," meddwn, "oeddan nhw'n beryg bywyd."

"Dim ond i rech fatha chdi," gwenodd Non. "Ti'n cofio chdi'n disgyn yn fflat ar dy drwyn o'r bar top?"

"Yndw siŵr. Golles i ddant, yndo? A dim ond am 'mod i'n trio bod cystal â chdi am actio fatha bat... "

"Dyna dy fai di 'rioed. Byth yn gwbod pryd i roi'r gora iddi."

Tawelwch, a'r ddwy ohonan ni'n sbio'n syth o'n blaenau am sbel.

"A brifo fi'n hun, gan amla... ddim jest pobl eraill," mentrais ar ôl sbel.

Ddywedodd Non 'run gair, dim ond dal ati i bedlo'n hamddenol.

Ar ôl rhyw filltir arall, breciodd Non yn sydyn. "Ffansi dringo i ben y bryncyn 'cw?" gofynnodd.

Roedd hi'n cyfeirio at fryn bychan ar ochr y ffordd, oedd â golygfa hyfryd i lawr y dyffryn. Roedden ni wedi bod yno droeon yn blant, yn chwarae *I'm the King of the Castle* ar y graig ar y copa. Cytunais, ac wedi cuddio'r beics y tu ôl i goed, i fyny â ni. Aeth hi'n ras, a Non enillodd. Ond dim ond jest.

Mi fuon ni'n mwydro am bob math o bethau dibwys cyn troi'r sgwrs at ei thad. 'Nes i'm holi gormod, jest gadael iddi siarad. Ges i wybod sut cafodd hi wybod bod ei thad wedi marw: gan John, dros y ffôn o gegin Tyddyn Gwyn. Roedd Rhys, mab y ffarm, wedi ei arwain at yr afon lle roedd John wedi gweld corff ei dad.

Non atebodd y ffôn. Hi wedyn oedd yn gorfod deud wrth ei mam. Gofyn iddi eistedd, a gorfod sbio yn ei llygaid hi wrth drio meddwl sut i ddeud wrthi, a hitha'n ymwybodol bod ei mam yn gwybod yr eiliad y gofynnodd iddi eistedd.

"Os oes rhywun yn gofyn i ti eistedd i lawr, ti'n gwbod yn syth mai newyddion drwg ydi o, 'dwyt?"

A'i mam yn deud: "Mae o 'di marw'n tydi?"

Hithau'n nodio'n fud, a Leusa a Meinir y tu ôl iddi'n dechrau udo crio; ei mam jest yn sbio i nunlle am amser hir, hir, yna'n codi'n araf ac estyn am y dillad oedd yn crasu uwch ben y Rayburn, a chydio yn un o grysau'i gŵr gan ei ddal i'w hwyneb.

"Trio'i ogleuo fo oedd hi. Di hi'n dal ddim wedi gadael i ni olchi'i ddillad o oedd yn y fasged olchi. Felly maen nhw'n dal yna. 'Nath hi'm gollwng y crys drwy gyda'r nos chwaith. Jest ista'n ei ddal o, fel tasa hynny'n mynd i ddod â fo'n ôl."

Doedd hi'm yn crio wrth adrodd hyn i gyd wrtha i, ond ro'n i wedi sylwi bod esgyrn ei dyrnau hi'n wyn ar ei phengliniau.

"Y peth ydi, ti'n gweld, dwi'n teimlo'n euog," meddai.

"Pam? Nid dy fai di oedd o!" meddwn yn syth.

"Naci, ddim dyna dwi'n feddwl. Dwi jest ddim yn teimlo fel ro'n i pan 'nath Aled farw. 'Nath hynna dorri 'nghalon i. Ond rŵan… efo Dad… dwi'm yn teimlo dim byd."

"Y sioc ydi o," meddwn.

"Bosib. Ond chafodd Aled ddim cyfle i fyw, naddo? O leia mi gath Dad gyfle i briodi a chael plant a chael sbelan go dda ar y ddaear 'ma." Trodd i edrych arna i. "Ydi hynna'n fy ngwneud i'n hen bitsh galed?" gofynnodd.

Ysgydwais fy mhen. "Nacdi siŵr."

"Ond dwi'n dal i deimlo'n euog am y peth. Roedd gen i feddwl y byd o Dad. Oeddan ni'n fêts. A dwi'm wedi crio drosto fo eto."

"Naddo?" Wnes i'm llwyddo mewn pryd i ddileu'r syndod o fy llais.

"Naddo, ddim un deigryn. Mae'r ddwy arall wedi bod yn crio bron yn ddi-stop."

"Ond… mi 'nei di pan fyddi di'n barod. Ella bo chdi 'di crio dy hun yn sych ar ôl Aled (ac Adrian, meddyliais, ond wnes i'm sôn am hynny) a bod dy emosiynau di dan glo yn rhwla. Dwi'n dal i feddwl mai mewn sioc wyt ti."

"Ond gyda phob parch," meddai, "dwi'm yn meddwl hyn yn gas rŵan, ond ers pryd wyt ti'n gymaint o *expert*? Ti'm 'di colli neb, naddo?"

Saib. "Golles i chdi."

Edrychodd arna i'n syn, ac yna'n flin. "'Di hynna'm run fath, nacdi!" meddai'n bigog. "Sôn am farwolaeth dwi, yndê, am golli rhywun am byth."

"O'n i'n meddwl 'mod i wedi dy golli di am byth… " A dyma fi'n dechra crio. Edrychodd Non arna i mewn sioc. Doedd hi na fi ddim wedi disgwyl hynna. Estynnodd hances o'i phoced i mi.

"O, damia, dwi'n sori," udais drwy fy nagrau, "fi oedd fod i roi hances i chdi… dwi'n pathetig… "

"Nia, ti'n blydi nyts," gwenodd Non, ac mi ges i uffar o sioc o weld bod 'na ddagrau'n llifo i lawr ochr ei thrwyn hithau. Yna, rhoddodd ei braich am fy ysgwydd, a dyma ni'n dwy'n dechra chwerthin, chwerthin gymaint, nes ei bod hi'n anodd deud ai crio ai chwerthin oedden ni. Mae'r ddau mor debyg weithia, tydyn?

pennod 19

RHYW GNEBRWNG OD OEDD O. Roedd hi'n haul poeth yn un peth a phawb yn chwysu yn eu dillad duon, gaeafol; roedd 'na gannoedd ar gannoedd o bobl yno; mi soniodd y gweinidog am gryfderau'r ymadawedig, ond ddeudodd o'r un gair am Elvis Presley – ddim yn addas, debyg; roedd y canu'n ardderchog; roedd y blodau'n neis; ro'n i'n eistedd efo Mam a Dad yn y seddi blaen ar y dde felly ro'n i'n gallu gweld wynebau'r teulu'n glir, ond roedd hynny'n gwneud i mi deimlo fel *voyeur* a do'n i'm isio sbio ond allwn i'm peidio. Dim ond Meinir a Leusa oedd yn crio. Roedd John, a Manon wrth ei ochr, yn sbio'n syth o'i flaen a'i gefn fel bwrdd; roedd Non yn sbio ar y llawr ac yn ffidlan efo'i thaflen, ac roedd ei mam hi'n edrych fel tasa hi mewn breuddwyd drwy'r cwbl. 'Nath hi'm canu nodyn.

Dim ond y teulu agos a'r dynion oedd yn mynd i'r fynwent, felly aeth Mam a finna'n syth i'r neuadd efo pob dynes arall. 'Nes i 'rioed ddallt y busnes 'dynion yn unig' 'na. Ydyn nhw'n meddwl nad ydan ni ferched yn ddigon tyff neu rwbath? Y bydden ni i gyd yn dechra udo a sgrechian fel y bydd merched o wledydd poeth yn ei wneud dros eu meirw? A be fyddai o'i le efo hynny beth bynnag, damia? Neu ydyn nhw jest yn poeni am sodlau stiletto'n difetha'r gwair? Mae gen i awydd mynnu mai dim ond merched gaiff fynd i'r fynwent pan ddaw 'nhro i – ella y bydd o'n dechra ffasiwn newydd.

Ta waeth. Weles i Linda Hughes yn y neuadd. Edrychodd yn hurt arna i, yn amlwg yn methu dallt be goblyn o'n i'n da yno. Felly 'nes i benderfynu ella y byddai'n syniad i mi egluro iddi.

"'Dan ni'n ôl yn ffrindia," eglurais dros y brechdanau samon.

"Ers pryd?"

"Ers i mi alw heibio i gydymdeimlo," meddwn.

"Be? A 'nath hi jest maddau i chdi fel'na?"

"Wel... 'swn i'm yn ei alw o'n 'fel'na'... ma'i 'di bod yn dair blynedd... a thair blynedd digon anodd i mi os ga i ddeud."

"I ti?" crychodd ei thrwyn arna i.

"Ia, i mi, achos Non oedd y ffrind gora fuo gen i 'rioed, a 'nes i smonach go iawn o betha."

"A'i brifo hi'n uffernol!" torrodd Linda ar fy nhraws.

"Do, a dwi'n difaru'n enaid. Ond dyna fo, mae o'n hen hanes rŵan, a 'swn i'n licio diolch i ti am fod yn gefn iddi."

Rhythodd Linda'n hurt arna i, yn amlwg yn methu credu'i chlustiau.

"Diolch... i mi?"

"Ia. Oedd hi angen ffrind fatha chdi ar y pryd."

"Ar y pryd... ti'n trio awgrymu na fydd hi mo'n angen i rŵan?"

Ro'n i jest â marw isio deud "Yndw'r gotsan hyll!", ond wnes i ddim.

"Ddim o gwbl. Achos fydda i'm yn aros o gwmpas fa'ma'n hir iawn. Dwi 'di gorffen yn coleg rŵan, felly dwi'n mynd i orfod cael job, ac mae'n debyg mai ym Mangor neu Gaerdydd fydd hynny."

"Os gei di waith o gwbl, yndê... "

Roedd hon yn dechrau mentro'i lwc rŵan. Ond do'n i'm isio ffraeo mewn cnebrwng, felly 'nes i ddal fy nhafod. O fath.

"Yli Linda," meddwn mor rhesymol ag roedd modd dan yr amgylchiadau, "dwi newydd drio diolch i ti, ocê? Os wyt ti'n mynd i fod yn jelys, dy broblem di ydi hynny. Dwi'm isio ffraeo efo neb eto am yn hir iawn, a dwi'n bendant ddim isio creu hasls i Non. Ma hi 'di diodde digon."

"Falch bo chdi 'di sylweddoli hynny o'r diwedd," meddai'r ast.

Es i o'na cyn i mi stwffio'i gwep hi yn y treiffl.

Ro'n i wedi gobeithio gallu cael gair bach efo John wedi iddyn nhw i gyd ddod yn ôl o'r fynwent, ond roedd Manon yn sownd ynddo fo fel lwmp mawr o gacimwnci drwy'r adeg, felly 'nes i jest rhoi gwên fach dila iddo fo o bell. 'Nath o ddal fy llygaid i a rhoi nod swta'n ôl. Ches i fawr o gyfle i siarad efo Non na'i mam chwaith. Roedd twr o deulu a chymdogion o'u cwmpas nhw i gyd, felly ar ôl cwpwl o *vol-au-vents*, 'nes i berswadio Mam a Dad ei bod hi'n bryd i ni fynd adre.

Wrth gwrs, doedd 'na'm disgwyl i Non ddechrau codi allan yn syth ar ôl i'w thad farw, felly 'nes i'm ffonio am bythefnos o leia i ofyn oedd hi awydd dod am beint. A deud y gwir, ro'n i wedi mynd yn ôl i Aber beth bynnag, i fynd ar seshys gorffen arholiadau Bleddyn a'r genod, a sesh croesawu Leah yn ôl o Ffrainc. Roedd hi wedi penderfynu peidio â bod yn Goth bellach – ac roedd hi'n edrych gymaint gwell efo lliw haul.

Do'n i'm isio colli Trip y Traeth i Gei-newydd, na'r profiad o yfed Pimms yn y Marine, na chael cinio dydd Sul *silver service* yn y Belle Vue (syniad Ruth), na dawnsio'n hurt i gyfeiliant Ficar yn y Pier; a gan fod Dad wedi rhoi benthyg y car i mi, es i a'r genod i gyd i draeth Ynyslas am ddiwrnod o dorheulo. (Doedd Bleddyn ddim isio dod.) Roedd cyfnod pwysig o 'mywyd i'n dod i ben, ac ro'n i'n benderfynol o gael diweddglo teilwng iddo fo. Ac ro'n i isio gwbod pa radd o'n i wedi'i chael.

Ro'n i wedi hanner disgwyl cael *first*. Wel, roedd Cai ap Pedr wedi cael un, doedd? Ond 2:1 ges i. Ro'n i'n reit hapus efo hynny nes i mi ddallt bod dau arall wedi cael *firsts*. Yn enwedig pan ddalltais i mai blydi Endaf Môn a'r fflipin rhech

Rhonwen Teifi 'na oedden nhw. Mae'n rhaid mai'r enwau oedden nhw. Swnio fatha actorion, doedden? Ro'n i'n diawlio Mam a Dad am fy medyddio i'n rhywbeth mor *boring* â Nia Davies. 'Nes i benderfynu mai 'Nia Bryn Meirion' fyddai fy enw i o hynny allan – y Bryn ar ôl Dad, a'r Meirion gan mai hogan o Feirion o'n i. Stwffio'r Davies.

Aethon ni i gyd yn reit ddagreuol ar y noson ola. Roedd Ruth ac Alwenna'n mynd i ddod nôl i 'neud ymarfer dysgu, ac mi fyddai Leah yno am flwyddyn arall beth bynnag, yn gorffen ei gradd. Roedden nhw wedi rhentu tŷ gorjys efo'i gilydd ar gyfer mis Medi, felly mi fydden nhw i gyd yn dal i fwynhau bywyd stiwdants. Dwi'n meddwl bod gan ffansi man Ruth rywbeth i'w wneud efo cael tŷ mor fendigedig.

Roedd Bleddyn wedi penderfynu aros i 'neud ymarfer dysgu hefyd, am nad oedd ganddo fo syniad mwnci be arall i'w wneud efo'i fywyd. Doedd ganddo fo ddim awydd bod yn athro – effaith yr holl oriau o wrando ar *'Another Brick in the Wall'*, Pink Floyd, debyg, ond byddai blwyddyn arall fel myfyriwr yn rhoi amser iddo fo feddwl, medda fo.

Ond ro'n i am fentro allan i'r byd mawr a do'n i'm isio bod yn blydi athrawes, dim uffar o beryg, ddim hyd yn oed 'rhag ofn'. Ro'n i eisoes wedi sgwennu at gwmnïau drama a theledu yn gofyn am waith – fel Nia Bryn Meirion, wrth gwrs. Ro'n i wedi talu ffortiwn i ffotograffydd dynnu fy llun i – un secsi, neis efo ysgwyddau noeth a 'ngwallt i ar dop fy mhen, ac wedi gyrru copi at bawb oedd yn y busnes (a Mam a Dodo Lisi, oedd wedi rhoi'r lluniau mewn ffrâm yn syth). Ro'n i'n gwybod y byddai'r gwahanol gwmnïau'n ffraeo drostof fi. Ac roedd hyd yn oed Ruth wedi cyfadde y byddwn i'n berffaith ar gyfer y gyfres ddrama *Coleg*. Ro'n i wedi bod yn ei gwylio'n ffyddlon ers iddi ddechrau, jest rhag ofn y bydden nhw'n cynnig rhan i mi ryw dro. Ond chlywes i 'run gair.

Mi wnaeth Bleddyn ddiflannu efo'i ffrindia o Abertawe i

'neud Camp America, rhyw fath o Llangrannog i blant bach America, rwla yn Florida, ac er i mi gael cynnig mynd efo nhw, es i adre i helpu Mam efo'r B&B eto gan nad oedd y gwersyll ddim yn apelio. Disgwyl yn eiddgar am y postmon bob dydd 'nes i, a neidio i ateb y ffôn bob tro y byddai'n canu. Ond dim ond dau gerdyn post, a hynny gan Bleddyn, ges i (roedd y lastig yn gorfod stretshio'n o denau yr holl ffordd i blydi America) a doedd neb isio cynnig gwaith i mi. Ond 'nes i benderfynu mai at ddiwedd yr haf y bydden nhw'n cysylltu, felly do'n i'm yn poeni'n ormodol. Ro'n i'n gneud yn reit dda rhwng y dôl a'r pres B&B beth bynnag. A nag'on, do'n i'n dal ddim yn teimlo'n euog am hynny – ro'n i'n ddi-waith go iawn tro 'ma, toeddwn?

'Nath Non ddim fy ffonio i chwaith. Felly 'nes i ei ffonio hi a gofyn oedd hi ffansi mynd am beint efo fi y nos Sadwrn hwnnw. Mi eglurodd mai'r drefn arferol fyddai ei bod hi'n mynd o gwmpas y dre efo Linda ac yn cyfarfod Jac Coed Foel wedyn.

"Iawn, dim problem," ac ro'n i'n deud y gwir. Doedd gen i'm problem efo Linda.

Ond doedd Non ddim yn swnio'n rhy gyfforddus ar ben arall y ffôn. 'Nes i benderfynu anwybyddu hynny, a deud y byddai Mam yn hapus i roi lifft i ni i'r dre, ac y bydden ni'n galw amdani tua hanner awr wedi saith. Roedd yn rhaid i mi fynd allan. Ro'n i wedi bod yn siopa yng Nghaer eto, ac isio gwisgo fy *ankle boots* newydd efo *drainpipes* tyn, tyn a'r top Benetton rîli secsi oedd fatha crys chwys wedi'i rwygo ar y gwaelod, fel ei fod o'n dangos peth o 'mol brown, fflat, lyfli i.

Ond wnes i ddim mwynhau fy hun rhyw lawer a bod yn onest. Mae Linda'n tueddu i siarad gormod a mynnu sylw drwy'r amser. Pan fyddwn i ar ganol deud stori, roedd hi'n torri ar draws a dechra deud ryw stori arall. A bob tro ro'n i'n deud: "Reit, Cross Keys nesa, ia?" Mi fyddai hi'n deud: "Na, mae'r Unicorn yn well yr adeg yma o'r nos." Jest am fod rhyw foi roedd hi'n ei ffansïo wastad yno bryd hynny. Dim bwys am Non a finna. A jest fel ro'n i'n dod mlaen yn dda efo cefnder un o'r hogia rygbi, dyma hi'n deud: "Tyd 'laen, clecia hwnna. 'Dan ni'n mynd i'r Cross rŵan." A finna'n gorfod gadael y boi jest fel'na.

Asu, ro'n i'n flin. A 'di hi'm yn bosib chwarae pŵl efo tair. Mae un wastad yn gorfod jest gwatsiad. 'Nes i ddeud y byswn i'n chwarae'n erbyn Linda gynta i'w chael hi allan o'r ffordd fel bod Non a finna'n cael gêm wedyn, ond 'nath y bitsh fy nghuro i. Dwi'n siŵr ei bod hi wedi symud pêl pan do'n i'm yn sbio. Ac mi gurodd hi Non hefyd, ac wedyn oeddan ni'n "gorfod" mynd i'r Lion, felly ches i'm gêm efo Non drwy'r nos.

Erbyn stop tap, roedd Non efo Jac a Linda efo rhywun arall, digon diolwg, felly ro'n i ar fy mhen fy hun ac yn teimlo'n rêl drong ac yn difaru na fyswn i wedi mynd i blydi Camp America efo Bleddyn. Felly es i at y jiwc bocs, ac ro'n i wrthi'n dewis '*Like a Virgin*' Madonna pan glywes i lais y tu ôl i mi.

"Dydi dy chwaeth gerddorol di'm wedi gwella dim, felly."

Ffycin hel! Ro'n i'n 'nabod y llais yn iawn. Blydi Gronw Pebr, *aka* Arwel Jones, y boi fues i'n canlyn efo fo yn yr ysgol ar ôl actio yn *Blodeuwedd* efo fo. Boi oedd yn boen yn y tin a phry clust a choc oen i gyd ar yr un pryd.

"Mater o farn," medda fi. "Sa well gen ti Donna Summer a '*Love to Love you Baby*' mae'n siŵr."

Y gân honno oedd wedi bod yn chwarae ganddo fo yn y car pan gawson ni ryw am y tro cynta 'rioed. Fo oedd y cynta i mi – damia fo. Argol, mae rhywun yn gneud petha gwirion yn ifanc, tydi?

"Ti'n dal i gofio felly… " medda fo'n smyg i gyd.

"Dim ond y gân," medda fi. "Doedd 'na'm byd arall yn 'y nhroi i mlaen."

"Actio oeddat ti eto felly, ia?"

'Nes i benderfynu ei anwybyddu a chwilio am gân arall ro'n i'n ei licio.

"Actio mai dyna'r tro cynta hefyd, mwn?" gofynnodd wedyn.

'Nes i ei anwybyddu o eto.

"Cân addas iawn dan yr amgylchiada, felly," meddai, "*LIKE a virgin...* "

"*Piss off,*" chwyrnais, cyn troi ato a chyhoeddi: "Mae'n wir bod dynion fatha *laxatives,* tydi?"

"Be? Gneud i chdi redeg?"

"Naci, maen nhw'n iritêtio'r *shit* allan ohona chdi."

Gwenodd.

"Ti 'di bod jest a marw isio defnyddio honna ar ôl ei chlywed hi gan rywun arall, dwyt?"

"O, ffyc off, Arwel!"

"Dal yn hawdd dy wylltio hefyd," chwarddodd. Ond mi roddodd y gorau iddi wedi i mi roi un o fy 'edrychiadau' iddo fo. Dwi'n gallu gneud i ddynion grebachu a mynd i chwilio am gragen i guddio tani efo un o'r rheina.

Ond gwenu wnaeth o. "Yli," meddai, "sori am hynna. Dechreua i eto, yli. Be ti'n neud dyddia yma? Dal yn y coleg?"

Anadlais yn ddwfn. Taswn i'n ei hel o oddi yno, fyddai gen i ddim cwmni. Waeth i mi siarad efo fo ddim.

"Newydd orffen," meddwn.

"A be gest ti?"

"2:1."

"Fatha fi. Da iawn ti." Roedd y diawl yn nawddoglyd, ond ddeudis i 'run gair. "A be sy nesa ta?" gofynnodd.

"Dwi'n mynd i Gaerdydd fis Medi."

"O? Ti 'di cael job yno?"

"Ddim eto. Ond mi ga i."

"Actio?"

"Ia siŵr."

"Wel gad i mi wybod os galla i dy helpu di. Yng Nghaerdydd dw inna rŵan."

O, na…

"O? Athro Maths?"

"Naci," meddai'n bigog, "cyfrifydd ydw i, Nia."

"O ia, cofio ti'n deud rŵan. Neis iawn. Gneud dy ffortiwn?"

"Dwi'n gneud reit dda, yndw. Dipyn o *perks* i gael efo S4C."

"S4C?!" Ro'n i wedi'i weiddi o cyn gallu cau fy ngheg.

"Ia. Pam ti'n synnu?"

Damia damia damia. Blydi Arwel blydi Jones o bawb yn gweithio i S4C! Roedd hi wedi cachu arna i rŵan, doedd? Wel, os oedd ganddo fo unrhyw ddylanwad ar y bosys. Ac mae'r bosys wastad yn gwrando ar fois y pres, tydyn?

"Dwi'm yn synnu o gwbl. Jest – sioc oedd o, dyna i gyd. Llongyfarchiadau."

"Diolch." Saib. "'Sgen ti ddyn y dyddia yma ta?"

Ha! Roedd o'n dal i fy ffansïo i felly! Efallai y dylwn i fod chydig yn fwy clên efo fo wedi'r cwbl.

"Oes," atebais, "ond mae o'n America ar hyn o bryd."

'Nes i'm manylu mai chwarae 'Ring-a-ring-a-roses' efo plant bach tew o Texas oedd o. "Be amdanat ti? Dal efo'r hogan 'na efo villa yn Rhodes? Be oedd ei henw hi 'fyd? Babs, ia?"

"Naci, Debs. Nacdw. Wedi symud ymlaen a dwi efo rhywun arall rŵan. Rhywun ti'n ei nabod yn reit dda."

"O? Pwy?"

"Elliw Wyn... "

O mai god. Elliw Wyn oedd wedi actio rhan Rhagnell pan o'n i'n Blodeuwedd pan oedd o'n Gronw Pebr. Yr Elliw Wyn ges i ddiawl o ffeit efo hi yn y parti ar ôl y perfformiad ola. Yr Elliw Wyn oedd yn casáu 'ngyts i.

"... a dan ni'n priodi'r flwyddyn nesa."

"Argol. Yndach? 'Di hi'n disgwyl?"

"Nacdi Nia... ond mae'n siŵr ei bod hi'n disgwyl amdana i tu allan yn y car rŵan. Ma hi 'di bod am bryd o fwyd yn y George efo'i ffrindia."

Bwyd yn y George, ia? Soffistigedig iawn ar nos Sadwrn. Mynd am beint ddim yn ddigon da iddi bellach, debyg.

"Wel, cofia fi ati," meddwn yn hynod glên, wrth iddo anelu am y drws.

"Mi wna i. Ond ella y gweli di hi o gwmpas Caerdydd. Mae hi yn yr un busnes â ti."

"Be? Yn actio?"

"Yndi, newydd gael rhan yn *Coleg*. Da, 'de?"

Ffycin briliant...

pennod 20
NON

DWI'M YN GWBOD ai fi oedd wedi drysu ar ôl i Dad farw, neu ella 'mod i jest yn flêr, ond mae'n rhaid 'mod i wedi gneud llanast o betha efo'r bilsen fach. Wel… a bod yn onest, ro'n i'n anghofio'i chymryd hi'n reit aml – am ddyddiau ar y tro, wedyn mi fyddwn i'n llyncu tair neu bedair efo'i gilydd yn y gobaith y byddai hynny'n cael yr un effaith. Ond doedd o ddim, mae'n amlwg. Pan sylweddolais i 'mod i'n hwyr yn dod mlaen – hwyr iawn a deud y gwir – 'nes i brynu bocs o Predictor ar y slei o'r gwaith. 'Nes i'm meiddio'i drio fo yn y tŷ bach yn fan'no, felly es i â fo adre. Jest isio cadarnhau'r ffaith 'mod i ddim yn disgwyl ro'n i. Mai jest rhyw blip bach yn fy hormôns i oedd o. Fyswn i'm yn disgwyl, siŵr dduw – ro'n i ar y pil! Ond mi drodd y ffenest fach yn las. Streipen las oedd yn gneud i mi fod isio chwydu. Ro'n i'n disgwyl. Fi – yn disgwyl babi!

Fues i'n eistedd ar y pan am oes jest yn dal y bali teclyn hyll yn fy llaw. Doedd gen i'm syniad be i'w 'neud. 'Nes i feddwl, 'O god, be ddeudith Mam a Dad?' ond wedyn 'nes i gofio nad oedd gen i dad bellach. Ac wedyn 'nes i feddwl ella y bysa fo wedi licio bod yn daid. A sylweddoli na fyddai o byth yn cael y cyfle. Dyna pryd 'nes i ddechra crio. Nid udo crio, ond jest crio tawel, gwlyb, ac ro'n i wedi defnyddio hanner rholyn o bapur tŷ bach cyn i mi ddallt.

Roedd yn rhaid i mi siarad efo rhywun, ac mi ges i fraw wrth sylweddoli mai efo Nia ro'n i isio siarad. Nid efo Linda, nid efo Jac, ond Nia. Dwi'm yn gwbod pam, ond fel'na ro'n i'n teimlo. Er gwaetha bob dim. Linda oedd yr un a fu'n gefn i mi ar ôl y busnes efo Adrian, ac ati hi y dylwn i droi rŵan. Ond ro'n i'n casáu Nia ar y pryd toeddwn, a do'n i ddim rŵan. Dyna pryd 'nes i sylweddoli 'mod i wedi maddau iddi, rhwbath nad o'n i wedi meddwl y gallwn i ei wneud byth. Ond os mêts, mêts… a hi oedd fy mêt i. Doedd hi'm wedi gofyn i mi o'n i'n meddwl mai lladd ei hun wnaeth Dad, ond roedd Linda wedi gneud. Am fod 'pawb yn siarad' mae'n debyg. Wel do'n i'm blydi angen gwybod hynny, nag'on? Mae'n siŵr bod Nia wedi clywed 'pawb yn siarad' hefyd, ond roedd hi'n ddigon call i wybod bod 'na rai petha mae ffrindiau'n eu cadw'n dawel. Petha sy'm angen eu deud.

Ond roedd Nia yng Nghaerdydd, a doedd hyn ddim yn rhwbath ro'n i isio'i drafod ar y ffôn. Mi fyddai'n rhaid i mi droi at Linda, felly. Ond na, isio Nia o'n i. Ia, dwi'n gwbod mai Jac ddylai fod y cynta i wybod, ond mi allwn i ddeud wrtho fo wedyn. Pan mae'r cachu'n taro'r ffan, ti isio dy ffrind. Ro'n i newydd dderbyn llythyr hir ganddi'r bore hwnnw, yn sôn am ei helyntion yn mynd rownd gwahanol gwmnïau'n trio cael gwaith. Roedd o'n llawn o jôcs a ballu – uffar o lythyr da, difyr – ond er ei bod hi'n trio swnio'n bositif, ro'n i'n gwbod ei bod hi'n dechra torri'i chalon. Ac mi a'th hynny at 'y nghalon i.

Efallai y byddai hi'n dod adre am y penwythnos. Neu efallai y gallwn i fynd i lawr i'w gweld hi – ar y Traws Cambria neu rywbeth. Ro'n i am ei ffonio hi'n syth i ddeud 'mod i isio'i gweld hi – ar frys. Felly 'nes i ysgwyd fy hun, chwythu 'nhrwyn, molchi fy wyneb efo dŵr oer a rhoi *eyedrops* yn fy llygaid. Wedyn mi rois i'r teclyn yn ôl yn ei focs a hwnnw'n ôl yn y bag papur, a'i stwffio yn fy mhoced o dan fy nghrys. Mi fyddwn yn ei roi yn y tân y cyfle cynta gawn ni. Doedd hwn ddim yn mynd i'r bin. Nid bod Mam yn un am fusnesa mewn biniau, ond…

Pan ffonies i'r tro cynta, doedd 'na'm ateb. Felly es i ati i i 'neud llwyth o sgons. Ro'n i wastad yn teimlo'n well wrth goginio. Roedd o'n tynnu fy meddwl i oddi ar bethau, rhywsut. Mi wnes i gymaint o sgons, bara brith a chacennau cri ar ôl i Dad farw, roedd llwyth ohonyn nhw'n dal yn y rhewgell.

'Nes i ffonio wedyn ar ôl swper. Un o'r genod oedd yn rhannu fflat efo Nia atebodd; roedd ganddi acen od, uffernol o anodd ei deall. Swnio fel tasa hi'n dod o Sir Benfro neu rwla. Ond 'naethon ni ddallt ein gilydd yn ddigon da i mi sylweddoli bod Nia yn y bath ac y byddai'n fy ffonio'n ôl yn syth.

Mae'n rhaid ei bod hi'n uffernol o fudur, achos mi fues i'n cicio fy sodlau am dri chwarter awr o leia.

"Haia Non," meddai ei llais o'r diwedd, "os ti 'di ffonio i ddiolch am y llythyr, mi ladda i di! Isio llythyr yn ôl ydw i, dim blydi galwad ffôn!"

'Nes i chwerthin chydig bach – ond ddim llawer – a'i sicrhau y byddwn i'n bendant yn ateb y llythyr ond bod 'na rwbath pwysig wedi codi yn y cyfamser a 'mod i angen ei gweld hi cyn gynted â phosibl.

"Be? Dwi'm yn dy glywed di'n iawn. Siân? Nei di droi'r blydi teli 'na lawr am eiliad, plîs?"

'Nes i ailadrodd fy neges, ond:

"Non, ti'n *muffled*. Dwi prin yn dy glywed di. Wyt ti'n dal y ffôn y ffordd iawn?"

Ro'n i wedi bod yn trio siarad yn dawel rhag ofn i rywun arall fy nghlywed i ond, erbyn meddwl, roedden nhw i gyd yn y gegin yn gwylio'r teli. Felly 'nes i ddeud fy neges eto, yn ara ac yn glir tro 'ma.

"Rhwbath pwysig? O mai god! Be?"

"Fedra i'm deud dros y ffôn. Ti'n dod adra penwsnos 'ma?"

"Do'n i'm 'di meddwl gneud, nag'on. Pam? Tisio i mi ddod?"

"Yndw."

Saib. "Newyddion da ta drwg?" gofynnodd mewn llais cwbl wahanol.

"Ym... drwg."

"Iawn, mi ddo i heno. 'Na i gychwyn rŵan."

"Heno? Na, gwranda, sy'm rhaid i ti ..."

"Yli, dwi'n dod rŵan. Fysat ti'm 'di ffonio heblaw ei fod

o'n rîli *urgent*."

"Na, ond…"

"Dio'm fel 'sa gen i waith yn y bore, nacdi? Os gychwynna i rŵan, mi fydda i yna tua un ar ddeg, hanner awr wedi deg os ro i 'nhroed i lawr."

"Paid ti â meiddio hercio."

"'Na i ddim. 'Na i ffonio pan fydda i 'di cyrraedd y ciosg wrth y groesffordd, a 'na i adael iddo fo ganu dair gwaith, iawn? Tyd ti i waelod y ffordd wedyn. Mi fydda i'n aros amdanat ti."

Pan rois i'r ffôn i lawr, 'nes i ddechra crio eto.

Mi ganodd y ffôn deirgwaith am 10.35. Roedd Mam a Meinir yn eu gwlâu, roedd John, Manon a Leusa'n gwylio rhyw ffilm yn y gegin orau, ac ro'n i wedi bod yn potsian yn y gegin, yn llnau cypyrddau a dystio ac ati. Mi gydiais yn fy nghôt, a mynd drwy'r drws mor dawel â phosib. Wedyn, mi redais at waelod y ffordd. Roedd Nia wedi parcio rownd y gornel ac yn smocio'n hamddenol. Neidiais i mewn i'r car.

"Lle awn ni?" gofynnodd Nia.

"Dim bwys. Rwla."

"Iawn, top y bwlch amdani. Mae'r lleuad reit uwchben y Gader heno; mae hi'n edrych yn blydi briliant, ac roedd Dad yn deud wrtha i mai fan'na 'nath penaethiaid Cymru gyfarfod i drafod be i'w 'neud nesa ar ôl i Owain Glyndŵr farw. Jest y lle ar gyfer trafod 'petha pwysig', felly… "

Roedden ni ar dop Bwlch yr Oerddrws mewn chwinciad. Roedd ei thad wedi rhoi Datsun Cherry bach coch i Nia'n bresant graddio, ac roedd 'na ddiawl o fynd ynddo fo. Er, ro'n i'n teimlo dros yr injan yn cael ei gyrru yn third bron yr holl ffordd. Tynnodd Nia i mewn i'r *lay-by* ar dop y bwlch fel ein bod ni'n wynebu'n ôl am y Gader. Roedd hi'n iawn. Roedd y lleuad yn edrych yn arbennig uwchben dannedd y mynyddoedd.

"Iawn, sbil ddy bîns," meddai, "be sy?"

Llyncais yn galed, yna troi i'w hwynebu. Yna sbio ar fy nwylo. "Wel... 'nes i sylweddoli 'mod i'm 'di bod mlaen ers oes, felly..."

"Ti'm yn disgwyl?"

Saib. "Yndw."

Saib hir. Yna: "O mai god. Ti'n siŵr?"

"'Nes i 'neud un o'r petha Predictor 'na."

"Ond 'di rheiny ddim yn gant y cant, nac'dyn? Fedri di'm bod yn siŵr nes ei di at y doctor."

"Dwi'n gwbod. Ond dwi'n gwbod 'mod i. Dwi'n ei deimlo fo."

"Be? Dio'm yn cicio'n barod?"

"Naci... gwbod 'mod i'n disgwyl."

"Ond o'n i'n meddwl bo ti ar y pil."

"Finna 'fyd. Ond dwi'n anghofio weithia."

Ochneidiodd Nia a chau ei llygaid. "O, Non... be ti'n mynd i 'neud?"

"Dwi'm yn gwbod. Be 'sat ti'n 'neud?"

"Fi? Cael ei wared o – yn syth. Ond fi 'di honno. Ti'n wahanol."

"Yndw?"

"Wyt. Ti'n gwbod bo chdi." Edrychodd i fyw fy llygaid. "Ti'm 'di meddwl cael ei wared o, do?"

"Wel... dwi 'di trio peidio â meddwl am y peth. O'n i isio siarad efo ti gynta."

"Fi? Waw... " Mi fuodd hi'n dawel am hir wedyn. "Ti'n meindio os ga i ffag arall?" gofynnodd yn sydyn.

"Nac'dw siŵr. Pam ti'n gofyn?"

"Am bo ti'n disgwyl babi, y gloman! Mwg ffags ddim yn gneud lles iddyn nhw, nacdi?"

"Duw, dim ond *amoeba* bach ydi o rŵan, siŵr. Gymra inna un gen ti 'fyd."

"Ti'n meddwl dylet ti?"

"Jest ty'd â ffag, nei di?"

"Ella y bydd un menthol yn ocê," meddai gan estyn pecyn St Moritz i mi. Taniodd ei leitar a'i ddal o mlaen i. Tynnais yn ddwfn – a theimlo fy stumog yn corddi.

"O, ych... damia. Mae'n troi arna i. Hwda. Cym di hi."

"O *shit*. Ti wir yn disgwyl, dwyt?"

"Yndw, dwi 'di deud 'tha chdi unwaith!"

Tynnodd hithau'n ddwfn ar y sigaret a chwythu'r mwg allan drwy'r ffenest.

"*Houston, we have a problem...* " meddai'n araf. Yna sythodd yn sydyn. "Reit, y peth cynta ti'n 'neud ydi mynd i weld y doctor i 'neud yn hollol siŵr. Bore fory, iawn? Mi ddo i efo chdi os lici di."

"'Nei di?"

"Gwnaf siŵr. Ydyn nhw'n gallu deud yn syth neu wyt ti'n gorfod aros?"

"Be wn i? Dwi 'rioed wedi bod yn feichiog o'r blaen."

"Ocê. Wel... gawn ni ddelio efo hynny fory. Ond dwi'n meddwl bo ti'n gorfod aros diwrnod neu ddau am y canlyniad, a dwi bron yn siŵr eu bod nhw isio sampl gen ti. Dwi'n siŵr i mi glywed un o genod coleg yn sôn am peth pan ga'th hi."

"Sampl o be?"

"Dy bi-pi di, Non!"

Ia siŵr. Wrth gwrs. Roedd yr holl sioc wedi troi fy mrêns i'n uwd. Do'n i'm yn gallu meddwl yn gall o gwbl. Ro'n i mor falch bod Nia *in charge*.

"Tria biso i mewn i bot jam bore fory rhag ofn," meddai. "Un glân. Reit... dyna hynna. Wedyn os nad wyt ti'n disgwyl, does 'na'm problem. Ond os wyt ti... Jac. Ti'm wedi deud wrtho fo chwaith, naddo?"

Ysgydwais fy mhen.

"Wel mi fydd rhaid i ti ddeud wrtho fo. Os ydi o'n licio'r syniad o fod yn dad ac isio dy briodi di, wyt ti isio'i briodi o?"

"Dwi'm yn gwbod."

"Ti'n ei garu o?"

"Dwi'm yn gwbod."

"Asu gwyn… mae isio gras efo ti weithia, Non."

'Nath hi 'mo'i ddeud o'n gas o gwbl, jest braidd yn ddifynedd, ond roedd o'n ddigon i mi. Neu'n ormod. 'Nes i ddechra crio. Mi ddychrynodd Nia'n syth.

"O, *shit*! Sori, do'n i'm yn ei feddwl o! Plîs paid â crio, Non!" Gafaelodd amdana i a 'ngwasgu'n dynn. "Sori, sori, sori… dwi'n deud petha heb feddwl weithia. Ti'n 'yn nabod i… ond yli, dwi'n dallt. Ti'm yn gwbod os ti'n ei garu o, siŵr. Ddim digon i feddwl byw efo fo am weddill dy oes beth bynnag. Sori, plîs stopia grio. 'Sgen ti hances?"

Nag oedd. Ond roedd ganddi hi becyn o Handy Andies yn ei bag. Estynnodd un i mi, ac mi chwythais fy nhrwyn.

"Ti'n iawn?" gofynnodd. Nodiais. "Reit… felly ti'm yn gwbod os wyt ti'n ei garu o. Ond ti'n ffond ohono fo, 'dwyt?" Nodiais eto. "Digon i syrthio mewn cariad efo fo yn y diwedd?"

"Dwi'm yn gwbod."

Caeodd Nia ei llygaid. Ro'n i'n blydi anobeithiol. Ond ro'n i isio gofyn cwestiwn iddi hitha.

"Wyt ti mewn cariad efo Bleddyn?" gofynnais.

Crychodd ei thrwyn.

"Gwd point. Yndw… dwi'n meddwl. Mi ro'n i yn y dechra, ond dwi'm mor siŵr rŵan. Dwi'n gweld ei golli o'n uffernol… ond 'di petha ddim 'run fath dros y ffôn. 'Dan ni dros ein gilydd fel rash pan fyddan ni'n gweld ein gilydd, ond fyswn i'm yn ei briodi o chwaith. Neu fyswn i? Dwn i'm. Ia, 'di'm mor hawdd nacdi?"

"Nacdi."

"Ond tasa Jac yn cynnig dy briodi di, be fysat ti'n ddeud?"

"Dwi'm yn gwbod!" gweiddais.

"Ocê, ocê, ti dan straen, dwi'n dallt." Tynnodd ar ei sigaret eto, yna bywiogi drwyddi. "Dwi'n gwbod! *Role play*! Oeddan ni'n gneud hyn yn y sesiynau Drama weithia, a mae'r petha rhyfedda'n dod allan weithia. Reit... tria ddychmygu mai fi 'di Jac rŵan, ocê? Dwi'n gwbod ei fod o'n anodd, ond tria. Ti newydd ddeud wrtha i bo ti'n disgwyl, iawn? A dwi newydd ddeud: (gwnaeth lais dwfn, dynol) 'Wel Non... ella mai dyma'r peth gora, achos o'n i 'di meddwl gofyn i ti 'mhriodi i beth bynnag. Be ti'n ddeud? 'Nei di 'mhriodi fi, Non?'"

Wel, allwn i'm peidio, 'nes i biffian chwerthin 'yn do. Roedd Nia'n flin efo fi am eiliad, ond wedyn 'nath hitha ddechra piso chwerthin hefyd.

"Ffycs sêc, ti'n hoples Non!" meddai yn y diwedd.

"Sori... drian ni eto, yli," meddwn, gan geisio sobri. Ond chwerthin wnaethon ni'r eildro hefyd. Ond ar y trydydd tro, 'nes i ganolbwyntio o ddifri, a phan ofynnodd Jac/Nia i mi ei briodi, nes i lwyddo i'w h/ateb:

"Dwi'm isio i ti 'mhriodi i jest am bo gen ti bechod drosta i, Jac... "

"Ond tydw i ddim!" meddai Jac/Nia efo ochenaid o ryddhad, "Dwi'n dy garu di ac o'n i wedi gobeithio y bysat ti'n 'y mhriodi i ryw ddiwrnod beth bynnag. Y peth ydi... wyt ti isio 'mhriodi i? Byw efo fi am weddill dy oes a magu teulu efo fi? Fi a neb arall, hyd oni wahaner ni gan angau?"

"Ym... o god, mae hynna'n swnio mor derfynol, tydi?"

Rhowliodd Nia ei llygaid. "Fysat ti'm yn deud hynna wrtho fo, naf'sat?"

"Naf'swn, ond dydi o'm yma, nacdi?"

Saib. "Anghofiwn ni'r *role play*, dwi'n meddwl... " meddai Nia'n hynod bwyllog.

Cytunais.

"Reit ta," meddai, "dwi, Nia, yn gofyn i ti: Wyt ti'n gallu gweld dy hun yn byw efo fo am weddill dy oes a chysgu efo fo bob nos a golchi'i dronsia budron o a magu llwyth o blant efo fo a mynd yn hen efo fo?"

Ystyriais y peth am amser hir. "Wsti be? Yndw. Mae o'n foi mor hawdd gneud efo fo, a 'dan ni'n dod mlaen yn dda, a 'dan ni byth yn ffraeo."

"Wyt ti'n meddwl y bysa fo'n gneud tad da?"

"Yndw, bendant."

"Swnio'n addawol hyd yma. Ond ti'n dal ddim yn gallu deud dy fod ti'n ei garu o?"

"Wel… dydi o'm yn gneud i'n stumog i 'neud *somersaults* fel oedd Adrian…"

"A. Adrian… Wyt ti'n dal i garu hwnnw?"

"Nacdw."

"Ti'n siŵr? Tasa fo'n mynd ar ei linia a deud ei bod hi'n wirioneddol ddrwg ganddo fo a'i fod o isio mynd yn ôl efo ti, be fysat ti'n 'neud?"

Llyncais yn galed a phendroni'n hir cyn ateb. "Os dwi'n berffaith onest, 'swn i'n toddi mae'n siŵr. Ond fyswn i'm yn ei briodi o achos fyswn i byth yn gallu'i drystio fo eto. A phun bynnag, fysa fo byth yn gofyn achos ddim fo 'di'r tad, naci?"

Saib.

"Naci… ond tasa 'na'm babi… ?"

"Be? Taswn i'n cael gwared o hwn, ti'n feddwl?"

"Ia… "

"O. Mae hynna'n wahanol."

"Yndi, tydi?"

Mi fu'r ddwy ohonon ni'n dawel am sbel. Yna, "Ocê," meddai Nia, "os ti'n cadw'r babi, mi fysat ti'n ystyried priodi Jac… "

"Byswn."

"Ond tasat ti'n cael gwared ohono fo, fysat ti'n dal ddim yn meddwl am briodi Adrian achos fedri di mo'i drystio fo."

"Hollol."

"Amlwg felly, tydi? Os ti'n cadw'r babi, a Jac yn gofyn, prioda fo."

"Ond be os na fydd o'n gofyn?"

"Mi neith. Mae o'n nyts amdanat ti. Digon hawdd deud."

"Yndi?"

"Blydi hel, Non! Yndi! Ond... os ti'n penderfynu cael ei wared o, 'sa'n well i ti beidio deud wrtho fo."

"Pam?"

"Achos 'sa fo'n flin tasat ti'n lladd ei fabi o heb hyd yn oed drafod y peth efo fo!"

"Ond 'swn i *yn* trafod y peth efo fo yn byswn!"

"Ond ella 'sa fo isio cadw'r babi! Ac wedyn 'sa chi'n ffraeo 'yn bysech? Achos mi fyset ti eisoes wedi gneud dy benderfyniad, a 'sa fo'n trio gneud i ti 'neud rwbath ti'm isio'i 'neud."

Rhoddais fy mhen yn fwy nwylo ac ochneidio.

"Mae 'mhen i'n troi... " meddwn.

"Snap." Taflodd Nia ei ffag drwy'r ffenest. "Dwi'n siŵr bod petha 'di bod lot mwy syml pan oeddan nhw'n trafod Owain Glyndŵr yma... "

"Be aru nhw benderfynu?" gofynnais.

"Dim clem. Ond ddoth 'na neb i gymryd ei le o, naddo? Felly mae'n rhaid mai penderfynu rhoi'r gora iddi naethon nhw, a bod yn blant bach da a chowtowio i'r Saeson a mynd adre efo'u cynffonau rhwng eu coesa."

"Bechod 'de?"

"Tasan nhw wedi bod yn fwy o fois ella 'sa hanes Cymru'n hollol wahanol heddiw."

"Un penderfyniad bach yn gallu cael effaith mawr tydi..."

"Yndi... felly wyt ti isio'r babi 'ma neu beidio?"

Edrychais arni. Do'n i'n dal ddim yn gwybod, ond doedd dim rhaid i mi ddeud hynny tro 'ma. Edrychodd Nia'n ôl arna i ac ysgwyd ei phen.

"Dwi'n gwbod!" meddai Nia'n sydyn. "Mae gen i gopi o *Woman* yn y cefn yn rhwla. 'Na i sbio ar ein horosgop ni..."

"Ti 'rioed yn dal i goelio yn rheina, wyt ti?" gofynnais.

"Yndw. Pam? Ti ddim?"

"Nacdw. Sbia arnan ni – y ddwy ohonan ni 'di'n geni'n *Scorpios*, ond 'di'n bywyda ni ddim byd tebyg, nac'dyn?"

Mi bwdodd wedyn. Wel, mi gaeodd ei cheg a rhoi'r gora i chwilio am ei blydi *Woman*.

"Y peth ydi, Nia," meddwn ymhen tipyn, "er 'mod i'n gallu gweld fy hun yn priodi Jac ryw ben, dwi'm yn gwbod os dwi'n barod i gael plentyn rŵan. Dim ond 21 ydw i."

"Ia, ond be arall nei di efo dy fywyd? Dio'm fel tasa gen ti yrfa fatha fi, nac'di?"

Rhythais arni, methu credu 'nghlustiau. "Blydi hel Nia..."

"Be?!" ebychodd, yn amlwg methu dallt be oedd hi wedi'i ddeud o'i le. "Y cwbl dwi'n ddeud ydi y bysa cael babi rŵan yn *disaster* i fi yn bysa? Ond i chdi... wel, 'sgen ti'm llawer i'w golli, nag oes?"

"Ti'n mynd yn debycach i dy fam bob dydd," meddwn dan fy ngwynt.

"Be?"

"Ti'n trio deud mai dyna'r cwbl dwi'n da iddo fo, wyt? Magu blydi babis?"

"Do'n i'm yn ei feddwl o fel'na... "

"Sut o't ti'n ei feddwl o ta?!"

"Jest deud y gwir o'n i! Pam? 'Sgen ti ryw *ambitions* dwi'm yn gwbod amdanyn nhw neu rwbath? Wel... 'sgen ti?"

Fethes i ateb. Achos roedd hi'n iawn. Doedd gen i'm blydi *ambitions*, nag oedd? Ddim ar ôl methu'r unig Lefel A 'nes i sefyll. Ro'n i wedi gobeithio bod yn arlunydd neu'n athrawes arlunio neu rwbath nes i hynny ddigwydd. Yr unig bethau creadigol ro'n i'n eu gwneud bellach oedd trio gosod posteri am jymbl sêls a nosweithiau llawen yn ddel yn ffenest y siop chemist, a lapio pethau'n barseli bach taclus pan fyddai cwsmer yn gofyn am hynny. Ond ro'n i'n dal i gystadlu efo'r Ffermwyr Ieuainc – ac wedi ennill am arlunio ddwywaith. Ond dyna'r cwbl.

"Diolch," meddwn yn y diwedd, "os o'n i'n *depressed* cynt..."

"O god, sori... " meddai Nia. "Ond does 'na'm byd o'i le efo bod yn fam 'sti. Mae'n uffar o joban bwysig. Ac ella mai dyna be oedd gan ffawd mewn golwg ar dy gyfer di o'r cychwyn. Mi fysat ti'n gneud clincar o fam dda."

"Os ti'n deud."

"Yndw! Ond yli, mae'n mynd yn hwyr a 'dan ni'n dwy 'di blino. Mi ddo i heibio chdi bore fory i fynd â chdi i weld y doctor, iawn? Does 'na'm pwynt gneud dim nes ti'n 100% siŵr bo ti'n disgwyl."

"Dwi'n gweithio. Fedra i ddim."

"Wnân nhw adael i chdi fynd i weld y doctor, siŵr dduw!"

"Na – 'swn i'n gorfod deud celwydd ynglŷn â pam o'n i'n gorfod mynd ar ffasiwn frys a gas gen i ddeud clwydda."

"Amser cinio ta?"

"Iawn."

Felly aeth hi â fi adre. A'r noson honno ges i freuddwyd 'mod i mewn ogof ar dop Mynydd Moel yn cael babi Owain Glyndŵr, ac ro'n i'n sgrechian mwrdwr ac roedd 'na waed ym mhobman a'r nyrsys 'ma mewn dillad derwyddon coch i gyd yn dawnsio a chanu "Canys dyna yw dy ffawd".

'Nes i ddeffro'n chwys boetsh.

pennod 21

Mɪ ɢᴇꜱ ɪ ɢᴀᴅᴀʀɴʜᴀᴅ gan y doctor o'r hyn ro'n i'n ei wybod eisoes. Ro'n i'n disgwyl. Wedyn ro'n i'n gorfod deud wrth Jac. Dwi'n gwbod bod Nia wedi deud y gallwn i gael gwared ar y babi heb ddeud wrtho fo, ond fyddwn i byth wedi gallu byw efo hynna. Roedd Jac wedi bod mor onest efo fi o'r cychwyn cynta.

'Nes i ddeud wrtho fo ar ôl bod yn gweld *Table for Five*, ffilm uffernol o drist efo Jon Voight yn trio bod yn dad i'r plant roedd o wedi eu gadael. Roedden ni wedi stopio yn ein *lay-by* arferol, ac roedd Jac yn dal i dynnu 'nghoes i am grio cymaint yn y pictiwrs. Ond wedyn 'nath o sylweddoli 'mod i'n dal i grio'n dawel bach.

"Non? Be sy?" gofynnodd yn sydyn.

Edrychais arno a brathu 'ngwefus. Sut ar y ddaear mae deud wrth rhywun? Jest ei ddeud o? Neu weithio i fyny ato fo'n raddol?

"Mae 'na rwbath yn bod, does?" meddai. "Ddim jest y ffilm ydi o, naci?"

"Naci." Roedd o'n disgwyl am eglurhad, yn syllu arna i efo llygaid poenus, yn ofni be o'n i'n mynd i'w ddeud. Llyncais yn galed. "Dwi'n disgwyl."

Ddywedodd o'm byd am amser hir. Felly 'nes i drio llenwi'r tawelwch.

"Ges i wybod gan y doctor bore 'ma… o'n i 'di gobeithio mai *false alarm* oedd o, ond… doedd o ddim… "

"O'n i'n meddwl dy fod ti ar y pil," meddai yn y diwedd.

"Yndw, ond dwi'n anghofio weithia. Sori… " a 'nes i ddechra crio eto.

Rhoddodd ei fraich amdana i a chusanu nhalcen. "Paid â

chrio... fyddi di'n iawn. Fyddan ni'n iawn."

"Byddan? Ond be 'dan ni'n mynd i 'neud? 'Di'm yn rhy hwyr i... 'sti... os mai dyna 'sa ora... "

"Sori?" Doedd o'n amlwg ddim yn dallt.

"I gael *abortion*. 'Di'm yn rhy hwyr."

Edrychodd yn hurt arna i. *"Abortion?"*

"Ia. Ond mi fyswn i'n gorfod talu – ac mae o'n ddrud. Ac ym... "

Roedd o wedi cau'i lygaid a chrychu'i dalcen, fel tasa'i frêns o'n cael trafferth cymryd bob dim i mewn. Roedd o'n edrych fel tasa fo mewn poen.

"Dyna wyt ti isio?" gofynnodd yn y diwedd. "Ei ladd o?"

"Naci! Jest deud wrthat ti ei fod o'n bosib ydw i! Os mai dyna fysa ora... "

"Os mai dyna fysa ora i bwy?"

"I ni. Ti a fi."

"I ladd ein babi ni?" Roedd ei lais o'n gryg.

Damia, doedd hyn ddim yn mynd yn iawn o gwbl.

"Dim ond os mai dyna fysa ora! Tasat ti ddim... ym... "

"Ddim be?"

Blydi blydi blydi hel. Nid fy lle i oedd gofyn, siŵr!

"Tasat ti'm isio i mi ei gael o!" gwaeddais yn y diwedd, yn sbio ar y *dashboard* yn hytrach nag arno fo.

"Be 'nath i ti feddwl na fyswn i isio fo?" gofynnodd yntau'n dawel i'r *dashboard*.

"Dwi'm yn deud hynny nacdw!"

"Be ti'n ddeud ta?"

"Jest 'mod i'n disgwyl – a dwi'm yn gwbod be i 'neud – a dwi'm isio dy fforsio di i 'neud rwbath ti'm isio!" Suddodd fy mhen; ro'n i wedi blino mwya sydyn. "Dwi jest yn deud bod 'na *get-out clause* tasat ti isio fo... dyna i gyd."

Tawelwch hirfaith, poenus. Yna, teimlais ei fysedd yn cyffwrdd fy ngên yn ysgafn ac yn troi fy wyneb tuag ato. Roedd sglein rhyfedd yn ei lygaid.

"'Swn i wrth fy modd yn cael babi efo chdi, Non," meddai.

Aeth fy stumog yn rhyfedd a 'ngheg yn sych a 'mhen yn ysgafn. "Go iawn?"

"Go iawn. A 'swn i wrth fy modd tasat ti'n fy mhriodi i hefyd."

Roedd fy mhen yn troi o ddifri rŵan. "Bysat?"

"Byswn. Yli... sgen i'm modrwy, fel mae'n digwydd, a does 'na'm llawer o le yma i mi fynd ar fy nglinia... ond Non... 'nei di 'mhriodi fi?"

A dyma fi'n dechra gwenu, ac mi wenodd ynta, a dyma ni'n dau'n dechra chwerthin, ac wedyn dyma fi'n dechra crio eto.

"Ia neu na ydi hynna?" gofynnodd Jac.

"Ia! Gwnaf!" chwarddais, a dyma fo'n cydio ynof fi a 'nghusanu i drwy'r chwerthin a'r dagrau, a chyn i mi droi rownd roedd o ar fy mhen i ac roedden ni'n cael rhyw ac roedd o'n berffaith. Mi fyddwn i'n gallu ateb Nia rŵan. O'n, ro'n i'n ei garu o.

'Naethon ni benderfynu deud wrth Mam yn syth – efo'n gilydd. Roedd hi yn y gegin yn golchi llestri pan gerddon ni i mewn – law yn llaw. A dwi'n gwybod ei bod hi wedi sylwi ar hynny achos fydden ni byth yn *touchy feely* fel'na o flaen y teulu fel arfer.

"Ffilm dda?" gofynnodd.

"Oedd. Mam... mae gynnon ni rwbath i ddeud wrthach chi," meddwn yn syth. Gwasgodd Jac fy llaw yn dynn. "'Dan ni'n mynd i briodi."

Edrychodd yn hurt arna i am eiliad, yna lledodd gwên ar draws ei hwyneb – y wên gynta i mi ei gweld ganddi erstalwm iawn.

"Wel... hen bryd!" meddai, "dwi'n falch. 'Dach chi'n siwtio'ch gilydd. Ac mi fysa dy dad yn falch hefyd. Llongyfarchiadau... "

Ac mi sychodd ei dwylo yn y lliain ar yr Rayburn a dod i'n cofleidio ni. Doedden ni'n dwy ddim wedi cofleidio ers diwrnod y cnebrwng.

"Ond mae 'na rwbath arall... " mentrais yn nerfus wedi iddi fy ngollwng.

Cododd ei haeliau.

"Dwi'n disgwyl."

Disgynnodd ei gên ac edrychodd arna i wrth i'r wybodaeth ei tharo.

"O. Dwi'n gweld," meddai yn y diwedd.

"Ond mi fyswn i wedi gofyn iddi 'mhriodi i un o'r dyddia 'ma beth bynnag," meddai Jac yn frysiog, "dim ond cyflymu petha mae hyn, dyna i gyd."

Nodiodd a chwilio am gadair iddi gael eistedd ynddi.

"Cyflymu petha... " adleisiodd. "Bysa, mi fysa babi'n gneud hynny. Dach chi am briodi'n o handi, felly?"

"Yndan," meddai Jac. "Os dach chi'n hapus efo hynny."

"Wel... does gen i fawr o ddewis, nag oes?" meddai gyda gwên wan. "Ond dyna fo, mae'r petha 'ma'n digwydd. Mi fydda i'n nain ynghynt na'r disgwyl, felly. Ro'n i wedi meddwl mai John a Manon fyddai'n rhoi'r fraint honno i mi gynta, ond 'di Manon ddim ar hast i fagu decini... a dyna ni... 'dan ni byth yn gwbod be sy rownd y gornel, nac'dan?"

Ysgydwodd Jac a minnau ein pennau'n fud.

"Ydi dy rieni di'n gwbod eto?" gofynnodd i Jac.

"Nac'dyn, ond mi fyddan nhw'n eu gwelyau erbyn rŵan. 'Na i ddeud wrthyn nhw yn y bore."

"Tisio i mi fod yna hefyd?" gofynnais.

"Fyny i chdi."

"Dyna fyddai ora dwi'n meddwl," meddai Mam, "a' i â chdi draw peth cynta, cyn i ti fynd i'r gwaith. Mi geith dy fam a finna ddechra trefnu'n syth wedyn Jac."

A dyna ddigwyddodd. Roedd rhieni Jac yn grêt am y peth. Mi ddechreuodd ein mamau chwilio am westy addas yn syth, a ffonio'r gweinidog a ballu, pethau doedd gen Jac na finnau syniad sut i'w gwneud. A chyn pen dim, roedd dyddiadau wedi eu sgwennu mewn coch ar y calendr: roedd y babi i fod i gyrraedd yn ystod wythnos gynta Ebrill, ac mi fydden ni'n priodi ar y 5ed o Dachwedd, noson tân gwyllt.

"Wedyn fyddi di'm yn dangos gormod, siawns," meddai Mam – ond doedd hi'm cweit yn iawn yn fan'na. Roedd y bol yn amlwg o fewn dim. Ond dyna fo, mae 'mol i wastad wedi bod yn amlwg.

Roedd Jac isio i John fod yn was priodas iddo fo.

"Ond pwy fydd yn fy 'rhoi i ffwrdd' wedyn?" gofynnais.

"Damia, ia. 'Nes i'm meddwl am hynna. Fedar dy fam ddim gneud?"

"Mam? O'n i'n meddwl bod rhaid cael dyn i 'neud?"

"Wel, ia, dyn sy'n gneud fel arfer, ond dwi'm yn gweld pam na fedar dynes 'neud."

Dwi'n meddwl 'mod i wedi syrthio mwy fyth mewn cariad efo fo pan ddeudodd o hynna.

Mi gafodd air efo'r gweinidog ac mi ddeudodd hwnnw bod 'na'm rheol yn erbyn cael Mam i fy rhoi i ffwrdd, ond "dio'm yn arferol 'sti."

Doedd Mam ddim isio bod y gynta i ddechra ffasiwn newydd beth bynnag, felly mi gynigiodd hi Yncl Bryn, un o frodyr fy nhad, ac mi gytunodd hwnnw'n syth. Ac mi gytunodd John i fod yn was priodas – ar ôl gneud sioe o godi'i aeliau ar ôl dallt 'mod i wedi cael clec, ond 'nath o'm meiddio deud dim byd gwirion – a 'nath o addo peidio cyfeirio at y peth yn y briodas hefyd.

Roedd dewis y morynion yn broblem. Roedd Meinir ar dân isio bod yn forwyn, wrth reswm, ond doedd Leusa ddim. A deud y gwir, dwi'n amau'n gry ei bod hi'n flin efo fi am briodi o'i blaen hi a finna'n iau na hi, ond doedd yr hogan ddim hyd yn oed yn canlyn, felly be arall oedd i'w ddisgwyl? Doedd gan Jac ddim chwiorydd, felly doedd 'na'm problem fan'na. Y broblem fawr oedd 'mod i isio gofyn i Nia. Ond mi fyddwn i'n pechu Linda'n rhacs taswn i ddim yn gofyn iddi hitha hefyd.

"Ti'm angen tair morwyn, siŵr!" meddai Mam, "a meddylia faint gostith y ffrogiau."

"Ac mae Linda wedi bod yn gymaint mwy o ffrind i ti pan oeddat ti ei hangen hi," ychwanegodd John.

"Ond mae Nia wedi bod yn ffrind i mi ers blynyddoedd," meddwn yn bigog, "a dwi wedi gallu maddau iddi... "

Ddeudodd o 'run gair wedyn. Ond mi ddeudodd Mam y byddai un forwyn – sef Meinir – yn hen ddigon.

"Ond dwi isio Nia! 'Naethon ni addo i'n gilydd pan oeddan ni'n fach! Mi fyswn i'n forwyn iddi hi a hitha i mi!"

"Mi fydd hi'n dallt... " meddai Mam.

"Ddim dyna 'di'r peth – 'nes i addo!"

"Ond bydd rhaid i ti gael tair wedyn!"

"Iawn! Tair amdani... "

"Ond os dan ni'n prynu tair ffrog breidsmêd, mi fydd rhaid torri'n ôl yn rhwla arall, Non."

"Iawn. 'Na i 'neud nhw'n hun yn lle eu prynu nhw ta."

"Ond fedri di'm gwnïo, Non!"

"Na, ond dach chi'n gallu, ac os 'newch chi ddangos i mi sut, 'na i 'neud y gwaith caled i gyd."

Mi gytunodd yn y diwedd.

Mi ddoth Nia a Linda efo ni i Gaer i ddewis patrwm a defnydd. Roedd pawb isio petha gwahanol, ond doedd hi ddiawl o bwys gen i be oeddan ni'n ddewis.

"Rhwbath syml!" Dyna o'n i isio. Ond doedd na'm byd yn syml nag oedd. Ac am y byddai hi'n ddechrau Tachwedd, roedd angen defnydd gaeafol fel na fydden ni'n rhynnu wrth gymryd lluniau.

"Allwn ni wisgo thyrmals o danyn nhw," cynigiais, ond mi ges i edrychiad hyll gan bawb arall felly 'nes i gau 'ngheg a gadael iddyn nhw.

Yn y diwedd, aethon ni am ddefnydd hufen i mi, a phatrwm reit syml efo rhyw fath o *cape* coler uchel i 'nghadw i'n gynnes, ac mi gafodd y morynion bethau digon tebyg mewn defnydd marŵn. Ro'n i'n gwbod mai'r defnydd pinc roedd Nia isio, ond gan fod Meinir a Linda wedi troi'u trwynau, mi fu'n rhaid iddi dderbyn y marŵn.

Fues i 'rioed mor falch o adael Caer.

Mi fues i'n diawlio 'mhenderfyniad i wnïo'r dam pethau hefyd. Roedd o'n fwy o lawer o waith nag o'n i wedi sylweddoli, ac ro'n i'n gneud rêl smonach ohoni. Ond mi 'nath Mam ricriwtio Anti Lis i helpu, ac er mawr syndod i ni i gyd mi gynigiodd Meinir helpu hefyd, a diaw, roedd hi'n dda, lot taclusach na fi.

Roedd trio penderfynu pwy i'w gwadd yn boen hefyd. Roedden ni wedi penderfynu mynd am briodas fach 'dan yr amgylchiadau', dim mwy na rhyw hanner cant o bobl, a dim parti nos. Wel, nid un 'swyddogol' efo bwyd o leia. Ond roedd gan Jac lwyth o ewythrod a modrybedd, a mwy fyth o gefndryd, ac roedd gen inna dipyn go lew hefyd, a tasen ni'n eu gwadd nhw i gyd fyddai 'na'm lle i ffrindiau, a'n ffrindiau roedden ni isio wrth reswm. Mi allen ni beidio â gwadd y cefndryd a'r cnitherod, ond rheiny oedd yr un oed â ni. Byddai'n well gen i wneud heb y modrybedd a'r ewythrod, ond aeth y ddwy fam yn honco pan gynigion ni hynny. Felly doedd ganddon ni fawr o ddewis: dim cefndryd na chnitherod, a dim ond y 'chydig lleia o ffrindiau. Felly dyna ddiwedd ar y syniad o wadd y tîm hoci cyfa. Argol, mae'n hawdd pechu pobl wrth briodi.

Roedd Nia'n benderfynol mai hi fyddai'n trefnu fy noson cwennod i, ond dwi'n meddwl bod Linda wedi mynnu rhoi'i phig i mewn. Beryg bod ganddi hithau ofn y byddai Nia'n mynd yn rhy bell. Mae dychymyg Nia'n gallu mynd yn rhemp weithia, ac erbyn dallt roedd hi isio i ni i gyd wisgo fel *French tarts* a mynd rownd clybiau Caerdydd (ro'n nhw wedi dechra rhyw ffasiwn gwisgo i fyny fel'na ar nosweithiau cwennod yn y dinasoedd, mae'n debyg), ond mi 'nath Linda roi stop ar hynna, diolch byth. Dal bws Crosville i'r Bala wnaethon ni yn y diwedd, a mynd 'nôl i'r dre ar y bws naw. A dim ond y fi oedd yn gorfod gwisgo i fyny – mewn pâr o welintyns a *veil*. Roedd Nia isio i mi wisgo sgert hoci hefyd, ond 'nes i wrthod. Nid efo'r coesau buwch 'ma sy gen i.

Gan 'mod i'n feichiog, do'n i'm isio meddwi. Roedd y lleill yn deud 'mod i'n *boring* ac na fysa fo'n gneud drwg i'r babi. Rodd rhai'n deud bod potel o *stout* bob dydd yn gneud lles. Ond gas gen i *stout* ac roedd yn rhaid i rywun yrru adre, felly er i mi gael cwpwl o lagers, es i ar y Britvic Orange a lemonêd wedyn, ac ro'n i'n eitha hapus yn eu sipian nhw'n dawel wrth wylio pawb arall yn meddwi'n dwll.

Erbyn i ni gyrraedd Plas Coch y Bala, roedd Linda wedi penderfynu cynnal cystadleuaeth reslo braich. Duw a ŵyr pam. Wel, na, dwi'n gwbod yn iawn pam. Mae hi'n hogan reit gre a mae'n licio ennill. Ond mi gafodd uffar o sioc pan sgwariodd hi i fyny i Nia. Ella bod honno'n denau fel styllan ond mae ganddi fysls yn y breichiau 'na. Tynnu ar ôl ei thad, beryg. Mae hwnnw fatha llinyn trôns hefyd, ond dwi'n cofio Dad yn deud wrtha i bod Bryn Tynclawdd yn gry fel ceffyl, yn gallu gwthio berfa efo dim ond un llaw a 'cherdded distyn', sef gallu symud ar hyd distyn yn y nenfwd efo'i ddwylo – nid un sy'n glir o'r nenfwd, ond un sy'n sticio allan ychydig fodfeddi o'r plastar – o un pen stafell i'r llall heb drafferth yn y byd. A byddai Bryn Tynclawdd yn gallu ei wneud o efo gwên ar ei wyneb.

Roedd gwên ar wyneb Nia wrth iddi reslo efo Linda hefyd. Ac er mai Linda gurodd yn y diwedd, aeth hi'n biws efo'r ymdrech, ac roedd ei gwythiennau'n popian yn ei gwddw. A chan fod Linda mor nacyrd ar ôl hynna, mi gollodd i Brenda Lloyd, ein *right back* ni, yn y ffeinal. Roedd Linda reit flin am hynny, ond roedd 'na wên ar wyneb Nia drwy'r nos. Ond mi ges i wybod nes ymlaen bod 'na reswm arall dros y gwenu:

"Dwi 'di cael rhan yn *Coleg*!" meddai, a'i llygaid yn sgleinio.

"'Aru nhw ffonio bore 'ma!"

"O, gwych! Llongyfarchiada!" meddwn a'i chofleidio'n dynn. "Ydi hi'n rhan fawr?" gofynnais wedyn.

"Ddim eto… "

"Be ti'n feddwl?"

"Wel, 'di'r rhan fel mae hi fawr mwy nag ecstra a deud gwir, ond pan welan nhw pa mor briliant ydw i, mi wnân nhw 'neud y rhan yn fwy, yn gwnân? Dim ond troed yn y drws o'n i isio 'de, a dyma fo. Dwi 'di ecseitio gymaint, 'sgen ti'm syniad!"

"Mae gen i syniad go lew… ond sut ran ydi hi? *Femme fatale?* Hogan swil? Be?"

"Wel, jest ffrind i ryw hogan arall ar hyn o bryd, ond dwi'n mynd i 'neud yn blydi siŵr y bydd y camera'n fy nilyn i fwy na hi. *Watch this space!*" meddai gan glecio Blue Moon arall.

Mi fu'n rhaid i mi edrych ar ôl sawl un o'r criw yn y lle chwech ddiwedd nos – rhai'n chwydu, rhai'n crio a rhai jest yn llonydd – ac ro'n i methu peidio â meddwl be goblyn oedd pwynt cael noson cwennod i mi o gwbl os mai'r cwbl ro'n i'n 'neud oedd bod yn nyrs ac yn fam. Ond erbyn meddwl, roedd o'n bractis da ar gyfer magu'r babi doedd?

Roedd Nia'n chwil gaib ar ôl cymysgu pob math o siorts, ac ar un adeg roedd gen i ofn y byddai'n mynd yn fwy na reslo breichiau rhyngddi hi a Linda. Dwi'm yn gwbod pwy ddwedodd be wrth bwy, ond 'nes i sylwi bod tair o'r genod hoci'n dal Linda'n ôl yn y gornel tra bod Nia'n cael llond pen gan Leusa wrth y jiwc bocs.

"Oes rhwbath yn bod?" gofynnais i Linda.

"Nag oes," meddai Brenda. 'Nes i sbio i fyw llygaid Linda ac yn y diwedd mi ysgydwodd ei phen a rhoi gwên dila i mi. Es i draw at Nia a Leusa wedyn.

"Oes 'na broblem?" gofynnais. Gwadu wnaeth Leusa, ac er bod Nia'n gwneud ceg Donald Duck, ddeudodd hi'm byd. Felly 'nes i ddeud 'mod i'n barod i fynd adre os oedden nhw isio lifft gen i.

Oedden. Ddeudodd Nia 'run gair yr holl ffordd i Dynclawdd, ond wedi iddi ddringo allan o'r car (cymrodd oes gan fod ei choesau dros y lle i gyd) mi agorodd fy nrws i a phlygu i roi clamp o sws a choflaid i mi.

"Ti'n werth y byd," meddai, "a dwiii'n mynd i fod y fow… forwyn ora yn y byd. Addo. Cris croes tân poeff. Nossda." Ac i ffwrdd â hi yn igam ogam am y drws. Yr eiliad roedd o wedi cau y tu ôl iddi, 'nes i yrru i ffwrdd, yna troi at Leusa a gofyn:

"Be oedd?"

"Be oedd be?"

"Y ffrae 'na rhwng Linda a Nia! Dwi'm yn dwp sti – a dwi'n hollol sobor."

"O ia. Wyt. Ym… wel, oedd o'n hollol pathetig. Y ddwy o'nyn nhw fatha plant bach."

Tawelwch.

"Ffraeo drostat ti oedden nhw, coelia neu beidio; pa un oedd dy ffrind gora di. Glywist ti ffasiwn beth? Genod yn eu hoed a'u hamser?"

Ddeudis i'm byd.

Aeth hi'n ei blaen: "A chega pa un ddylai eistedd wrth dy ymyl di yn y capel ac wrth y *top table*… wir i ti, oedd y peth yn hilêriys!"

Allwn innau ddim peidio â chwerthin.

"Wyddwn i 'rioed dy fod ti mor boblogaidd," meddai Leusa wedyn, efo'r tinc bach lleia o genfigen yn ei llais, dwi'm yn amau. 'Nes i jest gwenu a newid gêr.

"Wel," gofynnodd Leusa toc, "pa un fydd yn eistedd wrth dy ymyl di ta?"

"A bod yn gwbl onest efo ti, dwi'm yn gwbod eto. Do'n i'm wedi meddwl am y peth."

"Well i ti 'neud os na ti isio *World War Three* ar ddiwrnod dy briodas. Ti'm isio breidsmêds efo *black eyes*, nagwyt?"

pennod 22

ROEDD HI'N PISO BWRW ar ddiwrnod y briodas – drwy'r dydd. Ac roedd Jac a finna'n hwyr am fod ei ffrindia wedi parcio Jac Codi Baw reit o flaen yr wtra i'w gartra fo ac wedi gollwng llwyth o goed wrth fynedfa'n buarth ni. Eitha doniol o sbio'n ôl, ond blydi niwsans ar y pryd.

Mi gafon ni'r genod wydraid o siampên bob un gan Yncl Bryn fel roedden ni'n ymbincio, ac ro'n i ei angen o achos ro'n i'n crynu fel peth gwirion. Roedd fy ngholur i dros y lle i gyd felly mi 'nath Nia i mi eistedd i lawr a gadael iddi hi ei 'neud o.

"Fatha erstalwm tydi?" meddai, gan daenu brwsh yn ofalus dros fy llygaid. Ac oedd, mi roedd hi. Hi oedd wedi 'mherswadio i wisgo colur am y tro cynta flynyddoedd yn ôl, a chan 'mod i mor ddi-glem, hi wnaeth o i mi – efo cyfarwyddiadau cylchgrawn *Jackie* wrth ei hochr. Mi fuo hi braidd yn llawdrwm bryd hynny, gormod o *eyeliner*, ond roedd hi'n gwbod yn well erbyn hyn wrth reswm, a rhaid i mi ddeud, 'nath hi joban dda iawn ohoni. Roedd hyd yn oed Linda'n gorfod cyfadde bod fy llygaid i'n edrych yn *stunning*.

"Ond dwi'm yn siŵr am dy wallt di," meddai. Do'n i'm wedi trafferthu i gael gwneud fy ngwallt mewn salon na dim byd felly – does 'na'm llawer allwch chi ei wneud efo gwallt byr, wedi'r cwbl – ond ro'n i'n gorfod cyfadde ei fod o'n edrych yn fflat. Mi dynnodd Nia lwyth o boteli allan o'i bag, rhyw mousses a ballu, ac roedd hi ar fin cydio yn y sychwr gwallt pan sylwodd hi ar wyneb Linda. Mi edrychodd yn sydyn arna i, yna estyn y sychwr i Linda.

"Tisio gneud ei gwallt hi gan 'mod i 'di gneud y mêc-yp?"

Nodiodd Linda'n syth a bwrw iddi. A chwarae teg, mi 'nath hi wyrthiau. Ac mi lwyddodd Nia i beidio â busnesu hefyd – ond efo tipyn o drafferth dwi'm yn deud. Aeth hi at y ffenest i gael ffag – a rhoi winc i mi.

Roedd cael fy mhampro fel'na wedi gneud i mi ymlacio, felly 'nes i stopio crynu ac roedd y siampên yn mynd i 'mhen i. 'Nes i ddechra mwynhau fy hun yn arw a deud y gwir, ac erbyn i mi wisgo fy ffrog bron nad o'n i'n teimlo'n glamorous. Fi!

"Whidiwiw," gwenodd Nia, "*looking good*, mêt! Tydi, Linda?"

"Ffantastig," cytunodd honno. "Fydd Jac ddim yn gwbod be sy 'di hitio fo."

"Fi, os na fydd o'n troi i fyny," meddwn.

"Fydd o yna, siŵr!" meddai Nia. "Tydi o'n gwbod yn iawn ei fod o'n blydi lwcus yn cael rywun fatha chdi yn wraig iddo fo."

"*Too bloody right*," meddai Linda. "Siŵr bod o'n diolch ar ei liniau pan ddeudist ti bo ti'n disgwyl. Reit, Meinir rŵan. Meinir? Lle wyt ti? Mae Nia a finna isio rhoi slap arnat ti..."

"Be 'di'r pwynt?" gwaeddodd honno o'r stafell molchi. "Fydd y glaw 'di smyjo fo i gyd, bydd?"

Ond efo help hanner dwsin o ambarels, roedd ein gwalltiau a'n mascara ni'n saff. Allwn i'm peidio â gwenu wrth weld Nia a Linda'n baglu dros ei gilydd i edrych ar fy ôl i. Do'n i'm wedi codi'r busnes pwy oedd yn eistedd yn lle eto, ond fel roedden ni'n ffaffian a ffysian tu allan i'r capel, 'nes i ddeud:

"Linda, stedda di wrth fy ochr i yn y sêt fawr, iawn?" Mi nodiodd yn frwd efo llygaid fatha pysgodyn a gwên hurt. Wedyn 'nes i droi at Nia, oedd wedi dechra gneud y geg Donald Duck 'na eto. "A Nia, gei di eistedd wrth fy ochr i'n y Lion."

Edrychodd y ddwy ar ei gilydd, a gwenu.

"Lle dwi'n ista ta?" gofynnodd Meinir.

"Ar dy din," meddai Nia, "rŵan ty'd, dwi'n blydi fferru."

"Ond dwi isio pi-pi... "

"Tyff, croesa dy goesa."

"Cofia ddal y bloda dros dy fol," meddai Mam.

"O'n i 'di meddwl eu rhoi nhw dan fy nghesail, deud y gwir," meddwn, cyn gwenu a rhoi sws iddi. Roedd lipstic dros ei boch hi wedyn.

O'r ddiwedd, wedi llwyth o ffafian, i mewn â nhw a 'ngadael i efo Yncl Bryn; mi roddodd fy mraich yn ei fraich o a rhoi sws i mi ar 'y nhalcen.

"Mae dy dad efo ni heddiw 'sti," medda fo. A dyma'r dagrau'n dechra pigo a ges i ddiawl o drafferth peidio crio. Llyncais yn galed a gwenu arno.

"Diolch," sibrydais.

Dwi'm yn cofio llawer mwy am y capel, heblaw bod pawb yn gwenu arna i fatha petha gwirion; do'n i'm yn eu gweld nhw'n unigol, jest llwyth o gegau oedd yn edrych fel tasen nhw'n sownd yn ei gilydd i wneud un wên frawychus o lydan, a bod yr eil yn gul uffernol i'r ddau ohonon ni drio cerdded yn urddasol am y sêt fawr. A bod Jac yn gwenu arna i'n swil ac yn cnoi'i wefus isa, ac wedyn bod ei ddwylo fo'n chwys boetsh a'i war o'n fflamgoch, ac ar un adeg ro'n i – a phawb arall – yn meddwl na fyddai o'n gallu deud ei lwon o gwbl, roedd o'n cecian gymaint. Bechod, os o'n i'n nerfus, roedd o jest â chael hartan, 'ngwas i. Ond mi aethon ni'n dau drwyddi'n diwedd.

Chlywes i'm gair o'r weddi na'r emynau; y cwbl gallwn i feddwl amdano oedd Dad yn sbio i lawr arnan ni, ac y bysa fo wedi bod wrth ei fodd heddiw, er gwaetha'r babi, a bod Duw yn hen ddiawl am fynd â fo ac Aled oddi wrthan ni mor sydyn. Wel, mi ddechreuodd y dagrau ddisgyn wedyn 'yn do, ond roedd pawb yn meddwl mai dagrau o hapusrwydd oedden nhw, ac oedd, roedd 'na rai o'r rheiny yno hefyd.

Mi fu Nia'n twtio fy llygaid cyn i'r ffotograffydd ddechra ein bwlio ni i sefyll fel'na a ffor'na a gwenu a gwenu mwy a gwenu eto. Roedd o'n rêl poen efo'r holl wynt a'r glaw, ac roedd bodiau 'nhraed i'n rhewi. Erbyn i ni gyrraedd y Lion a chael eistedd i fwyta o'r diwedd, do'n i'm yn siŵr pa ran ohona i oedd yn brifo fwya – fy nhraed neu 'ngheg i.

Am y tro cynta yn fy mywyd, do'n i'm yn gallu bwyta; ro'n i jest wedi cynhyrfu gormod, ac yn rhy nerfus dros Jac am y byddai o'n gorfod gneud araith, y creadur. Roedd John yn wych, wrth gwrs, a doedd ei jôcs o ddim yn rhy fudr; 'nath o hyd yn oed wenu ar Nia pan gynigiodd o lwncdestun i'r morynion. Ond doedd hi'm yn gallu dal ei lygaid o'n hir iawn.

Mi 'nath Jac yn rhyfeddol. 'Nath o'm siarad yn hir, dim ond digon i ddeud pa mor falch oedd o ei fod o, o bawb, wedi llwyddo o'r diwedd i 'machu fi. Wedyn 'nath o fwydro am bysgod ac mai fi oedd y pysgodyn delia, gora, yn y llyn a'i fod o wedi bod yn trio'i ora efo'i wialen ers blynyddoedd (doedd ei fam o ddim yn edrych yn rhy hapus pan ddeudodd o hynna) a rhyw lol fel'na. Ond roedd o mor annwyl ac yn sbio arna i drwy'r cwbl, wedyn mi ddechreuodd Nia, o bawb, grio, wedyn 'nes inna ddechrau hefyd, 'yn do. Wedyn roedd Mam a Nain a'r modrybedd wrthi, ond crio chwerthin oedden ni, felly doedd o'm yn ddrwg.

Crio gwahanol oedden ni pan gododd Yncl Bryn i siarad ar ran y teulu a sôn am Dad – ac Aled. Aeth pawb yn annifyr o dawel wedyn, a bu'n rhaid i Mam godi a mynd i'r tŷ bach.

Ar wahân i hynna, roedd hi'n briodas hwyliog iawn, ac ro'n i mor falch pan ddoth Linda ata i a deud: "Wsti be, 'di Nia'm yn ddrwg i gyd wedi'r cwbl, nacdi?"

"Nacdi," meddwn.

"Mae hi'n gallu bod yn reit glên pan mae hi isio, uffernol o glên weithia."

"Yndi."

"Ac mae hi'n uffernol o driw i chdi. Oedd hi'n deud wrtha i eich bod chi wedi rhannu'ch gwaed pan oeddach chi'n iau... 'di hynna'n wir?"

"Yndi tad, efo cyllell, fel ein bod ni'n *blood sisters*."

"Aha. Mae 'na beth o dy waed di ynddi hi felly. Mae hynna'n egluro lot."

"Be ti'n feddwl?"

"Dy waed di ydi'r darn clên ohoni hi 'de."

"Paid â malu! Ti'm yn coelio ryw hen lol fel'na wyt ti?!"

Jest gwenu wnaeth hi wedyn, a symud ymlaen i siarad efo rhywun arall. Tydi pobol yn credu'r petha mwya hurt, dwch?

Er 'mod i wedi mwynhau fy hun, ro'n i mor falch pan oedd y cwbl drosodd. Roedd Nia a Linda wedi mynnu 'mod i'n taflu'r tusw blodau, felly mi 'nes, ac mi gafodd y ddwy afael ynddo, a doedd yr un o'r ddwy'n fodlon gollwng. Roedd 'na ddiawl o olwg ar fy nhusw i wedyn druan, a finna wedi meddwl rhoi'r blodau ar fedd Dad ac Aled, ond ddeudis i'm byd.

Roedd Yncl Bryn wedi meddwi ac yn mwydro pen Mam yn rhacs, ac mi fu a Nia a Linda'n yfed lot gormod hefyd, a'r ddwy'n gweiddi a chwerthin yn rhy uchel o'r hanner ac yn dawnsio'n wirion i sŵn y jiwc bocs yn y bar. O leia roedd y ddwy yn dallt ei gilydd bellach. Ond ro'n i'n falch pan ddeudodd John ei fod o a Manon am ei throi hi. Ro'n i wedi sylwi nad oedd Manon wedi gallu ymlacio o gwbl drwy'r dydd, ac roedden ni gyd yn gwbod pam. Doedd hi'm wedi gadael John allan o'i golwg am eiliad, a dwi bron yn siŵr ei bod hi'n flin bod Jac wedi'i ddewis o fel gwas priodas achos doedd o'm yn eistedd ar yr un bwrdd â hi wedyn, nag oedd? Ond roedden ni wedi gofalu ei bod hi ar ben y bwrdd oedd agosa at John, felly roedd hi lot agosach ato fo nag oedd Nia, chwarae teg. 'Nath Nia'm siarad efo fo o gwbl beth bynnag. Wel, ddim hyd y gwn i. Roedd gen i bethau amgenach i'w gwneud ar ddiwrnod fy mhriodas na chadw llygad ar y ddau yna, doedd.

Roedden ni wedi penderfynu aros dros nos yn y Lion, sbario gorfod gwario ar *going away outfit*, ond ges i ddiawl o drafferth llusgo Jac i'w wely. Wel, i'n gwely ni. Roedd yr hogia'n dal wrth y bar, doedden, ac yn ei feddwi o'n dwll. Mi fu lot o chwibannu a thynnu coes, ond mi ddoth efo fi yn y diwedd. 'Nath o drio 'ngharia i drwy ddrws y llofft ond roedd o'n rhy feddw i 'nghodi i, ac yn y diwedd fi oedd fwy neu lai'n gorfod ei gario fo. Pan lanion ni'n dau'n swp ar y gwely, mi ddechreuodd biso chwerthin, yna estyn amdana i a rhoi clamp o sws i mi. Bechod ei fod o wedi methu 'ngheg i. Dydi rhywun yn sugno 'nhrwyn i ddim y teimlad neisia yn y byd.

'Nes i ei helpu i dynnu ei ddillad ac mi driodd ynta fy helpu inna, ond roedd o'n fwy o hindrans nag o help. Pan drois i'n ôl ar ôl hongian fy ffrog yn ofalus yn y wardrob, roedd y diawl yn cysgu'n sownd. 'Nes i drio'i ysgwyd o, ond roedd o allan ohoni go iawn. Roedd o'n rhy drwm i mi ei symud, felly rhois i flanced drosto fo a dringo dan y dillad gwely orau medrwn i ar yr ochr arall. Felly dyna noson gynta 'mywyd priodasol i. Ond mi 'nath o i fyny amdano fo yn y bore, ac eto wedyn pan gyrhaeddon ni westy reit ddel rhwla ar y ffordd i Brighton. Yn anffodus, doedd y gwesty gawson ni yn Brighton ddim yn neis iawn, ac mi fu'n piso bwrw bob dydd tra buon ni yno, felly roedden ni'n uffernol o falch o gael mynd adre.

Ac 'adre' i mi bellach oedd Coed Foel. Doedd yr hen fwthyn bach roedd Jac ar ganol ei baratoi i ni ddim yn barod eto, felly rhannu tŷ efo rhieni Jac a'i ddau frawd fydden ni am sbel. Er eu bod nhw'n ddigon clên, roedd o'n goblyn o sioc i'r system. Roedd llofft Jac yn rêl llofft hen lanc, yn dywyll ac oer a di-drimings, a matres ei wely o'n hen fel cant. Roedd 'na blydi sbring yn tyllu 'nghefn i bob gafael, a doedd teulu Coed Foel ddim eto wedi darganfod pa mor gyfforddus ydi *continental quilts* ond yn dal i ddefnyddio blancedi mawr trwm. Roedd Jac wedi hen arfer efo'i wely, doedd, ac yn cysgu fel babi drwy'r nos. Mi ges i goblyn o drafferth dod i arfer rhannu gwely, rhaid i mi ddeud, ac roedd cael rhyw yn anodd am fod llofft ei rieni o reit drws nesa ac ro'n i'n gallu clywed ei dad o'n chwyrnu a gollwng gwynt drwy'r wal.

Chwarae teg iddi, roedd Jean, ei fam, wedi trio gneud i'r llofft edrych yn fwy croesawgar drwy osod cyrtens newydd blodeuog yno, ac wedi gneud i Jac hongian ei ddillad yn y wardrob ar y landing er mwyn gneud lle i 'nillad i. Ond roedd hi'n dal yn hen lofft hyll, anghynnes.

Roedden ni wedi cael llwyth o anrhegion priodas uffernol o neis, ond roedden nhw'n dal yn eu bocsys yn y parlwr yn disgwyl i'r bwthyn gael ei orffen. Mi fyswn i wedi gallu agor ambell beth i'w roi yn y llofft, ond roedd gen i ryw deimlad y byddai hynny'n rhoi'r neges 'mod i'n fodlon fel roedden ni ac yn gneud i Jac lusgo'i draed hyd yn oed yn fwy efo'r bwthyn. Felly mi gafodd y bocsys aros yn y parlwr, ond mi fyddwn i'n mynd am sbec reit aml gyda'r nos. Ro'n i jest â drysu isio defnyddio'r set llestri Portmeirion gorjys roedd Nia wedi'u rhoi i ni (mi gostiodd rheina geiniog a dime iddi) a chael lapio fy hun yn y tywelion newydd sbon (y saith set ohonyn nhw) a chysgu yn y dillad gwely blodeuog gawson ni gan John a Manon, a gneud tôst yn un o'r pedwar teclyn gneud tôst, a thaenu menyn drosto fo efo fy nghyllell fy hun yn fy nghegin fy hun.

Roedd gen i ofn cyffwrdd mewn dim yng nghegin Coed Foel. Cegin Jean oedd hi, yndê, ac mae gan bob dynes ei ffordd ei hun o baratoi bwyd a chadw llestri. Roedd ei hoergell hi'n sglyfaethus tu mewn, ond doedd fiw i mi gynnig ei lanhau rhag ofn i mi bechu. Ond roedd gweld yr holl jariau bitrwt a maramlêd oedd wedi pasio'u *sell by date* er 1982 yn troi arna i. Doedd 'na fawr ddim ynddyn nhw beth bynnag, rhyw un bitrwten oedd wedi troi'n frown ac ati, ond nid fy lle i oedd eu taflu nhw, naci? Ro'n i wastad yn teimlo 'mod i dan draed, ond roedd gen i hefyd ofn iddi feddwl 'mod i'n ddiog ac yn dda i ddim am goginio. Dim ond golchi llestri a thorri bara menyn a gneud te fyddwn i am yn hir, ond mi ges i ddechra ffrio wyau yn y diwedd, a phan blesiodd rheiny, 'nes i gynnig gneud tarten riwbob. Diolch byth, roedd hi'n fendigedig, er, mi fethodd Jean osgoi gneud sylw am ôl fy mysedd i rownd yr ymyl. Ond fel'na 'dan ni wastad wedi gneud tarten – mynd rownd yr ymyl a gwasgu'r pêstri i lawr efo dau fys. Os ydi'r bysedd yn lân, be 'di'r broblem?

Mi ges i 'neud cinio dydd Sul ar fy mhen fy hun yn y diwedd, ond yn anffodus 'nes i losgi'r tatws.

"Wel, losgi di monyn nhw eto," meddai Jean. "Cer â'r sosban 'ma i'r cŵn, 'nei di? A fa'ma dwi'n cadw'r *brillo pads*..."

Ro'n i'n gweddïo y byddai'r bwthyn yn barod erbyn i'r babi gyrraedd. Doedd y ffaith 'mod i'n chwydu bob bore ddim yn help chwaith. Mi fyddai'n digwydd heb rybudd yn y byd, boed yn y gegin lle doedd gen i'm dewis ond chwydu yn y sinc, oedd yn hynod embarasing, neu'r tu allan pan o'n i'n bwydo'r ieir. Roedd yr ieir wrth eu boddau... sori. Ond dyna ddigwyddodd, wir yr.

pennod 23
NIA

RO'N I WRTH FY MODD yn gweithio ar *Coleg*. Ro'n i wedi gwirioni efo'r dillad roedd y bobol *wardrobe* wedi'u dewis i mi – *leggings* a *stilettos* oedd yn gwneud i 'nghoesau i edrych yn hir a thenau, crysau mawr ffrili Adam-Antaidd, clust-dlysau mawr plastig ac ati. Do'n i'm yn un o'r rhai oedd yn gorfod gwisgo *dungarees*, diolch byth, di'r rheiny'n gneud dim byd i'n ffigar i. Ro'n i'n reit siomedig 'mod i'm yn cael mynd i siopa efo'r criw *wardrobe* fel y byddai'r cymeriadau pwysica, ond ro'n i'n benderfynol y byddai hynny'n digwydd i minnau ryw ben. Roedd cael rhywun proffesiynol i roi colur arna i'n wych, hyd yn oed os o'n i, fel pob ecstra arall, yn gorfod gneud y tro efo stwff Maybelline a No7. Dim ond yr actorion 'go iawn' oedd yn cael y stwff Clinique ac Estée Lauder oedd yn y drôr arall. A'r Christian Dior os oeddet ti'n actores 'o bwys'. Wrth lwc, ro'n i eisoes wedi dechra codi 'ngwallt reit ar dop fy mhen fatha tap yn llifo, ac fel'na roedden nhw isio fo i'r cymeriad hefyd. A bod yn onest, ro'n i'n edrych yn union fatha fi fy hun.

Mi ges i goblyn o sioc bod cymaint o'r cast a'r criw yn siarad Saesneg efo'i gilydd. Wel, do'n i'm yn synnu efo'r criw technegol – dyddiau cynnar oedd hi i S4C wedi'r cwbl, a doedd fawr o Gymry Cymraeg wedi cael eu hyfforddi i drin camerâu a sain a ballu eto. Ond roedd yr actorion yn gallu siarad Cymraeg yn iawn, wrth reswm, ond bod y rhan fwya ohonyn nhw'n dewis ei gyfyngu i'r adegau pan fyddai'r *first assistant* yn gweddi *Action*!' Saesneg fyddai hi bob gair am weddill yr amser, a hwnnw'n cynnwys galw'i gilydd yn '*darling*' yn aml – chwydlyd o aml a deud y gwir. Wir yr rŵan, roedd o'n digwydd go iawn, ac mi fydden nhw'n swsian ei gilydd a *mwah mwah-io* yn dragwyddol. Nid eu bod nhw wedi fy *mwah mwah-io* i. Dim ond ecstra o'n i wedi'r cwbl, a doedd yr actorion go iawn ddim yn siarad efo ecstras.

Roedd hynny wrth fodd blydi Elliw Wyn, wrth gwrs, ac ro'n i'n amau am hir mai hi oedd y drwg yn y caws, nes i mi sylweddoli bod pob ecstra'n cael yr un driniaeth. Mi fyddai hi'n siarad Cymraeg ar set, ond beryg bod ei Saesneg yn rhy glogyrnaidd iddi fentro ei ddefnyddio'n rhy aml, er mi fyddai'n ynganu'r gair *wardrobe* yn posh a Seisnig i gyd, yn hytrach nag yn y ffordd Gymreig. Rhwbath i gadw dillad ynddo fo ydi 'wardrob'; adran ddillad ar set deledu ydi *'wardrobe'*. Roedd llwyth o actorion wedi bod mewn colegau drama yn Lloegr, felly wedi arfer siarad Saesneg yn fan'no oedden nhw mae'n debyg. 'Sgen i'm syniad be oedd rheswm y lleill. Isio ffitio i mewn am wn i. Meddwl mai dyna sut mae actorion i fod i fihafio.

Felly, er mawr gywilydd i mi, 'nes inna drio gneud yr un fath. Ro'n i gymaint o isio ffitio i mewn, isio iddyn nhw fy licio i a rhoi rhan go iawn i mi. Ac os oedd hynny'n golygu paldaruo yn Saesneg, iawn, Saesneg amdani.

'Nath o'm gweithio am hir. Am fisoedd, mi fu'n rhaid i mi ddiodde gweld mwy a mwy o'r actorion go iawn yn cyrraedd y set yn y Barri yn eu ceir bach del, yn hytrach na gorfod dal y bws mini o HTV Pontcanna am saith y bore fel y gweddill ohonan ni; am fisoedd, bu'n rhaid i mi wrando arnyn nhw'n gwadd ei gilydd i bartïon ei gilydd, ac yn mwydro am y noson flaenorol yn *'totally sozzled, darling'* yn y Casablanca tan yr oriau mân. Mi fyddai hyd yn oed Elliw Wyn yn mynd yno. Ond roedden nhw'n ennill cyflogau bras, toedden, ac er nad oedd fy nghyflog i'n ddrwg o gwbl, doedd o'm patsh ar be roedden nhw'n ei gael.

Rŵan 'mod i'n gyflogedig, doedd gen i'm wyneb i ofyn i Mam a Dad am sybs. Felly 'nes i ddechra cymryd petha. Dim byd mawr, jest petha bach oedd yn hel llwch yng nghefn y set, petha nad oedd neb yn cymryd sylw ohonyn nhw, a doedden nhw'm yn gweld eu colli nhw o gwbl chwaith. Ambell i gwshin bach del, 'throw' reit grand. 'Nes i hyd yn oed fachu ambell mascara a lipstig Clinique o'r drôr pan oedd yr hogan mêc-yp wedi gorfod fy ngadael i i fynd ar set. Ro'n i'n teimlo'n well wedyn, a 'nes i bres go lew wrth werthu cwshins i ffrindiau'r criw oedd yn rhannu fflat efo fi. Mi waries i'r cwbl ar ddillad er mwyn edrych yn debycach i actores nag ecstra. Ac mae'n rhaid bod un o'r hogia wedi sylwi, achos mi 'nath o ddechrau gwenu arna i gryn dipyn a thynnu sylw at fy sgert/clustdlysau newydd. 'Nes i ddigwydd taro arno fo a rhai o'r actorion iau yn yr Halfway un noson, ac mi brynodd ddiod i mi – ac un arall, a'r peth nesa roedden ni mewn parti a'r ddau ohonon ni'n snogio fel petha gwirion. Ond 'nes i'm gadael i betha fynd ddim pellach na hynny. Wel, ddim llawer.

Huw oedd ei enw o, uffar o hogyn smart oedd yn gwisgo'n union fel Don Johnson yn *Miami Vice*. Roedd y rhan fwya o ddynion yn trio gwisgo felly – rhowlio llewys ei siacedi'n ôl, gwisgo sbectol haul ac ati – ond doedd neb yn llwyddo cweit cystal â Huw. Mi ddaethon ni'n dipyn o ffrindiau wedyn. O'n, ro'n i'n teimlo'n euog am tw-teimio Bleddyn, ond dim ond am bum munud. Roedd o wastad yn rhy brysur i ddod i 'ngweld i yng Nghaerdydd, a doedd o'm yn disgwyl i mi droi'n lleian dros nos, nag oedd?

Un pnawn, tra o'n i'n chwarae cardiau efo un o'r ecstras eraill, daeth un o'r *seconds* draw i ddeud bod y cynhyrchwyr isio 'ngweld i. Es i'n chwys oer drosta i i gyd. Oedd rhywun wedi 'ngweld i'n bachu rhywbeth oddi ar y set? O, na, plîs na... Es i draw i'r swyddfa gan drio ymarfer pob math o esgusodion yn fy mhen – problemau personol... *depression*... hiraeth am adre – o god na, mi fysa hynna'n gneud i mi swnio fel rêl babi. Efallai mai gwadu fyddai orau – a chrio. Roedd hynny'n gweithio bob tro. Ac yn sydyn, ro'n i o flaen y drws. Llyncais yn galed ac anadlu'n ddwfn er mwyn trio rheoli fy hun ac edrych yn llon a llawen a chwbl ddiniwed.

Ond nid y dwyn oedd yn eu poeni nhw o gwbl. A deud y gwir, doedd 'na'm byd yn eu poeni – o bell ffordd. Roedden nhw isio ehangu fy rhan i. Ro'n i'n mynd i fod yn actores go iawn! Mi fyddwn i'n ennill uffar o gyflog ac yn gallu fforddio prynu Mini Metro bach fy hun! Ac mi fyddwn i'n cael mynd i'r Conway a'r Halfway a'r Casablanca efo'r criw actorion! Ac mi fyddwn i'n cael Estée Lauder ar fy wyneb yn lle blydi Maybelline! Mi rois i anferth o sws iddyn nhw, a rhedeg yn ôl ar y set yn chwerthin a chrio. Roedd yr ecstras eraill yn falch drosta i, chwarae teg, ond dim ond hanner gwên ges i gan Elliw Haf, er iddi ddeud 'Llongyfarchiadau' – drwy ei dannedd. Mi ges i winc gan Huw ac yna anferth o gwtsh a "Wela i di heno… " A do, mi wnes.

Ges i gyfnod reit hapus wedyn, yn cael mwy o linellau i'w dysgu, mwy o barch gan fy nghyd-actorion a lot mwy o bartïon. Es i dros ben llestri mewn ambell un, wrth reswm – toedden ni i gyd? Barodd y ffling efo Huw ddim yn hir; mi symudodd o mlaen at aelod arall o'r cast oedd â choesau at ei cheseiliau, ac mi wnes inna landio efo un o'r actorion eraill. Un neu ddau.

Do'n i'm yn teimlo'n euog am Bleddyn achos, bellach, roedd ganddo fo fwy o ddiddordeb yn streic y glowyr nag ynof fi, ac roedd o i ffwrdd ar ryw brotest neu ymgyrch hel pres neu rwbath yn dragwyddol. Ond un noson, mi ddoth i aros efo fi – gan 'mod i mor gyfleus ar gyfer mynd i brotestio yn y Rhondda neu rwla'r diwrnod wedyn. Ar ôl sesiwn o ryw digon di-fflach, 'nes i ofyn oedd o ffansi mynd allan am bryd o fwyd. Nag oedd.

"Pam ddim? Mae 'na le Italian ffantastig jest rownd y gornel, 'sa ti wrth dy…"

"Na. 'Sa i'n moyn, a ta beth, 'sa i'n gallu fforddo fe."

"Ond mi rydw i, tydw? Dala i, siŵr."

"'Sa i'n moyn i ti dalu amdano i."

"Pam ddim? Brifo dy *macho pride* di, yndi?" gwenais.

Ond doedd o'm yn gwenu. "Ti'n gwbod yn net nagw i'n *macho*."

Roedd o'n ymddangos yn gymaint mwy o lipryn rŵan 'mod i'n cymysgu efo cymaint o *Alpha males* ar y set yn y gwaith. Ac roedd o'n deneuach nag erioed. Ac yn dal i wisgo'r un dillad.

"Iawn, gad i mi dalu am stecsan fawr dew i ti heno ta, ac mae ganddyn nhw win lyfli… "

"Na! 'Sa i'n moyn, oreit! Neith rhywbeth o'r *chippy* yn iawn i fi."

"Y *chippy*! Dwi isio rhwbath gwell na blydi chips mewn *polystyrene*, diolch yn fawr."

"Pam? O'dd e'n arfer bod yn ddigon da i ti."

"Pan o'n i'n stiwdant, Bleddyn."

"Hynny, lai na blwyddyn yn ôl, Nia."

"Dwi jest ddim isio blydi chips, iawn?"

"Iawn, paid â chymryd y chips te."

"Bleddyn… dwi'm yn dallt be 'di dy broblem di. Dwi'n cynnig talu am stêcen i ti – a gei di chips lot gwell efo hwnnw yn yr Italians."

"Rhy blydi drud! Os wyt ti'n moyn towlu dy arian bant, rho fe i'r glowyr. Maen mwy o angen stecen arnyn nhw na fi."

"Ond dwi'm yn nabod 'run glowr."

"Rho fe i fi te – mae 'da fi ddigon o flyche casglu'n 'y mag. O'n i'n moyn trafod 'ny 'da ti, ta beth. Mae'r criw 'na ti'n gwitho 'da nhw ar y gyfres yn ennill cyfloge mowr, on'd 'yn nhw?"

"Ydyn… "

"Oes rhywun 'di bod yn casglu arian ar gyfer Streic y Glowyr ar y set?"

"Nag oes, ddim i mi sylwi. Pam, ti'm yn…"

"Odw. Allet ti fynd â blwch casglu 'da ti fory?"

"Fi?"

"Ie. Pam lai?"

"Ym… " Do'n i'm yn licio'r syniad o gwbl. Mynd o gwmpas yn gofyn am bres? Ych, doedd o jest ddim yn iawn, cardota fel'na, hyd yn oed ar ran rhywun arall. "'Sa well gen i beidio, sori."

"Pam ddim? Ma fe at achos da, a so cwpwl o bunnodd yn golygu dim iddyn nhw, ody e?"

"Na, 'swn i'n embarasd."

"Pam? Pam yn embarasd?!" Roedd o wedi dechra codi'i lais. "A beth yw cwpwl o funude o fod yn embarasd ta beth? Ma fe'n golygu bwyd ar y ford i bobol sy'n llwgu!"

Wel, doedd o'm yn cael gweiddi arna i fel'na, felly 'nes i weiddi'n ôl 'yn do.

"Dwi jest ddim isio, ocê! Paid â trio 'mwlio i i 'neud rhwbath dwi'm isio'i 'neud!"

"Ffycin hel Nia! Beth sy 'di digwydd i ti?!" gwaeddodd ynta'n uwch.

"I fi? I chdi ti'n feddwl! Ti'm yn gallu sôn am ddim byd arall! Ti'n boring! Ffycin glowyr hyn, glowyr llall! Eu penderfyniad nhw oedd mynd ar streic, yndê!"

Edrychodd yn hurt am chydig, yna mi ddechreuodd edrych arna i fel taswn i'n lwmp o faw ci ar ei esgid o. Wir rŵan, aeth ei wyneb o'n siapiau rhyfedd, hyll i gyd. Ac yna mi gododd oddi ar y gwely ac estyn am ei ddillad.

"Be sy?" gofynnais, wedi dychryn braidd.

"'Wy'n mynd."

"Be? Jest am 'mod i'n deud bo chdi 'di mynd yn boring? Paid â bod yn gymaint o fabi… "

Sythodd a rhythu i fyw fy llygaid i. "Nage 'na pam 'wy'n mynd y bitsh uffarn. 'Wy jest wedi gweld shwd berson wyt ti a 'sa i'n lico beth 'wy'n weld! 'Sa i'n gallu credu bo fi wedi mynd mas 'da ti o gwbl, heb sôn am fod 'da ti am ddwy flynedd! 'Sa i 'di cwrdd â person mor hunanol â ti yn 'y mywyd!"

"Ti'n trio gorffen efo fi?"

"Nage treial 'wy i. 'Wy 'di cwpla 'da ti am byth!"

"Iawn, dim problem," meddwn i'n syth wrtho fo, achos ro'n i wedi blydi gwylltio rŵan. "Cer o 'ngolwg i, a gwynt teg ar dy ôl di os ti isio bod mor blentynnaidd. O'n i 'di cael llond bol o'not ti erstalwm beth bynnag!"

"O't ti nawr?" meddai gan gau balog ei drowsus.

"O'n, a dwi wedi bod yn gweld dynion eraill ers misoedd – dynion, sylwa, ddim rhyw hogia bach plentynnaidd sy'n methu fforddio byta ffycin stêcen."

"Pam nag yw 'na'n 'yn synnu i?" meddai gan dynnu'i grys dros ei ben. Crys hyll iawn, os ga i ddeud.

"Yli, os ti'n trio awgrymu bod yn well gen i ddynion sy'n gwbod be maen nhw isio allan o fywyd, yndw! Mi rydw i!"

"Dynion o'r un teip â ti, yfe?" meddai gan stwffio'i draed i'w sgidia. "Wel, pob lwc i ti Nia, achos mi fyddi di ei angen e. A 'wy'n gobeithio y gwnei di gwrdd â rhywun sy'n gwmws fel ti."

Mi gydiodd yn ei fag a martsio allan o'r llofft gan slamio'r drws mor galed nes y disgynnodd y ffrâm yn dal y llun Equity ohona i ar y llawr. Bastad. Ro'n i wedi gwylltio gymaint, fues i'n crio am hanner awr. Allwn i'm coelio ei fod o wedi gorffen efo fi fel'na. Bastad. Wancar. Coc oen. Ond wedyn 'nes i benderfynu mai ei golled o oedd hi. Fyddai o byth yn bachu hogan fel fi eto. A doedd 'na'm dyfodol i ni beth bynnag, achos doedd Mam ddim wedi cymryd ato fo o gwbl. Roedd o wedi dod adre efo fi am benwythnos jest cyn i mi symud i Gaerdydd, ac er mawr syndod i ni gyd, roedd Dad wedi dod ymlaen yn eitha da efo fo, ond i Mam, fo oedd Satan ei hun.

"Hipi ydi o, Nia! Mewn *commune* fyddi di os arhosi di efo hwnna! A pryd olchodd o'r dillad 'na ddwytha, y? A does gynno fo'm syniad be mae o isio 'neud efo'i fywyd, nag oes? Ar y dôl bydd o am weddill ei fywyd, watsia di, a ti'm isio wastio dy amser efo ryw foi fel'na, dwi'n deud wrthat ti. O Nia, a'r holl hogia neis oedd yn y coleg efo ti… "

Roedd Bleddyn yn reit falch o adael ar ôl y *deep-freeze treatment* gafodd o ganddi. 'Nath o'm deud dim amdani, jest cyhoeddi: "Mae dy dad di'n fachan ffein." A'i gadael hi fan'na. Call iawn. Ro'n i'n gwbod yn iawn bod gan Mam ei gwendidau, ond roedd hi'n dal yn fam i mi, doedd? Ac erbyn hyn, ro'n i'n gweld mai hi oedd yn iawn. *Loser* oedd Bleddyn.

Doedd dim rhaid i mi boeni bellach, meddyliais wrth agor can o lager: roedd Bleddyn yn hanes, yn perthyn i gyfnod o 'mywyd i oedd wedi hen ddod i ben, ac roedd gen i fywyd newydd, cynhyrfus o 'mlaen. Maen nhw'n deud ei bod hi'n bwysig gollwng pethau o'r gorffennol er mwyn gallu symud ymlaen, tydyn? Wel, doedd Bleddyn ddim yn mynd i 'nal i'n ôl rŵan. Ond wedyn 'nes i sbio ar lun ohono fo'n fy albwm lluniau, llun ohono fo ar y prom yn Aber a'i wallt yn chwyrlïo yn y gwynt, a 'nes i ddechra crio eto. Ro'n i'n teimlo mor uffernol o unig, mwya sydyn. Roedd y lleill i gyd wedi mynd allan er mwyn rhoi llonydd i Bleddyn a finna. Damia nhw. Ac allwn i'm ffonio Non. Ro'n i wedi dysgu o brofiad nad oedd hi'n gallu siarad yn iawn efo fi ar ffôn Coed Foel. Roedd y dam peth yn y gegin, felly byddai pawb yn gwrando ar bob gair ac yn sbio'n gas arni am eu bod nhw'n trio gwylio'r teledu. Ac allwn i'm gyrru i fyny i'w gweld hi mor hwyr y nos a hithau ar fin popio babi.

Es i at y rhewgell a dechra claddu i mewn i lwmp mawr o Stilton roedd Sian wedi ei brynu. Dwi'm hyd yn oed yn licio

Stilton, a do'n i'm yn licio'r gweddillion *lasgane* oer chwaith, na'r caniau Guinness. Duw a ŵyr pwy oedd pia'r rheiny, ond mi lyncais y cwbl, bob dim gallwn i 'weld, ac wedyn mi chwydais y cwbl i lawr y pan.

pennod 24

Mi 'nes i ddechra sgwennu llythyr at Non y bore wedyn. Mi fyddwn i'n dal i yrru llythyrau hirfaith ati yn rhestru bob dim ro'n i'n ei 'neud yng Nghaerdydd, ac yn cael llythyrau chydig byrrach yn ôl ganddi hithau'n sôn am ei bywyd ar *Cold Comfort Farm* a sut roedd ei bol yn tyfu. Roedd hi wedi stopio chwydu bob bore, ond roedd hi wedi dechrau cael *cravings* am *sherbert lemons*, ac am ei bod hi'n bwyta cymaint ohonyn nhw roedd top ei cheg hi'n friwiau mân; roedd ei chefn wedi dechrau brifo ac roedd hi'n cael trafferth cysgu.

Roedd hi'n deud ei bod hi'n eitha siŵr mai hogyn oedd o, achos roedd Leusa wedi gwneud yr hen dric 'na efo edau a nodwydd arni, sef dal y nodwydd uwchben cefn llaw yr hogan sy'n disgwyl, tynnu'r nodwydd drosti deirgwaith, yna ei ddal yn y canol. Os ydi'r nodwydd yn troi mewn cylch, hogan ydi hi, ac os ydi hi'n mynd yn ôl a mlaen mewn llinell syth, hogyn ydi o. Mae'n bosib ei 'neud o efo merched sy ddim yn disgwyl hefyd, i weld faint o blant o ba ryw gân nhw pan ddaw'r amser. Roedd Mam wedi trio ei wneud o i mi flynyddoedd yn ôl, ond mae'n rhaid ei bod hi wedi ei 'neud o'n rong achos 'nath y nodwydd ddim symud o gwbl.

Hen lol wirion. Felly 'nes i sgwennu'n ôl at Non yn deud 'mod i'n eitha siŵr mai hogan oedd ganddi ac iddi feddwl am enwau merched hefyd ac i beidio â rhoi enw boring fel Nia neu Sian iddi am fod 'na gant a mil o'r rheiny, ac i roi enw gwahanol, cofiadwy iddi fel Gwenllian neu Angharad neu rwbath. Mi fyswn i wedi ychwanegu Blodeuwedd a Melangell a Melyn (tasa hi'n flondan), ond ro'n i'n gwbod na fysa Jac a hitha'n mynd am rwbath rhy anghyffredin.

Roedd y bwthyn yn dod yn ei flaen yn ara bach, mae'n debyg, felly 'nes i yrru chydig o gwshins iddi. Ia, rhai gymrais i oddi ar y set; ro'n i'n dal wrthi er gwaetha'r cyflog. Anodd tynnu cast o hen geffyl... argol, dwi'n dechra swnio fatha Dad. Dwi'n rhy ifanc i ddefnyddio diarhebion! Dim ond hen bobol sy'n eu defnyddio nhw – a phobl gafodd eu geni'n hanner cant oed, fel Ruth.

Dyna un do'n i'm wedi'i gweld erstalwm. Ro'n i wedi gwadd y genod i gyd i lawr i Gaerdydd, ond welis i byth mo'nyn nhw. Rhy brysur, rhy sgint, pob math o esgusodion. Ond ro'n i'n gwbod nad oedden nhw, ac na fydden nhw, byth mor driw i mi ag oedd Non. Roedden ni'n dal i sgwennu at ein gilydd (Alwenna fyddai'n ateb gan amla) ac ro'n i'n cael peth o'u hanes nhw, ond doedd eu llythyrau nhw byth mor ddigri â rhai Non. Nid fod bywyd yn ddigri iawn iddi ar y pryd, ond roedd hi'n gallu rhoi rhyw ogwydd eironig i bob dim. Asu, ro'n i'n gweld ei cholli hi.

'Nes i chwydu bob dim oedd wedi digwydd efo Bleddyn allan ar y papur melyn llachar – tudalennau ohono fo. Roedd darnau ohono fo'n edrych yn od wedi i mi grio dros y dam peth, a'r inc wedi sbwbio i bob man, ond roedd o'n dal yn ddealladwy. Roedd Non wedi'i gyfarfod o pan ddoth o adre efo fi'r penwythnos hwnnw, ac roedd hi wedi cymryd ato fo.

"Mae o'n gneud lles i ti, Nia," meddai hi. Ac roedd hi'n iawn – ar y pryd. Ond roedd o wedi aros yn yr un lle, doedd, a finna wedi symud ymlaen. A doedd o'n amlwg ddim yn gallu handlo'r ffaith 'mod i'n ennill mwy na fo. Prat.

Ond wrth ddarllen dros y llythyr 'nes i ddechra sylweddoli ella mai fi oedd y prat. Dim ond gofyn i mi ofyn am bres gan bobl oedd â thomen o bres 'nath o, yndê? Ella i mi fod fymryn bach yn hunanol. Ond na, mi fydden ni wedi gwahanu'n hwyr neu'n hwyrach beth bynnag. Doedd o'm yn ffitio i mewn i 'mywyd i bellach. Byddai'n well i mi ganolbwyntio ar bobl oedd yr un fath â fi o hyn allan, pobol oedd ddim yn cael woblars os o'n i'n cynnig mynd â nhw am fwyd.

Felly es i i'r Halfway y noson honno, ac wrth gwrs roedd yr actorion eraill i gyd yno, yn cynnwys rhai o'r dynion hŷn, y rhai oedd yn actio rhannau darlithwyr. Ac roedd un ohonyn nhw wedi bod yn fflyrtio efo fi ers wythnosau. Roedd o'n briod wrth gwrs, ac yn hŷn na ffansi man Ruth hyd yn oed, ond roedd o'n secsi ac yn gwisgo'n dda. Ac yn ddiawl o actor, wedi bod yn y busnes ers blynyddoedd ac yn nabod pawb oedd yn werth ei nabod.

"Sticia di efo fi," sibrydodd yn fy nghlust, "ac mi gei di wybod bod dim sy 'na i'w wybod am actio. Mi gei di'r rhanna mawr i gyd. Edrycha i ar dy ôl di... "

Gwenais yn ddel arno. Be oedd Ruth wedi'i ddeud am fanteision dynion hŷn hefyd? Rhwbath am y gwahaniaeth rhwng parti recorders a cherddorfa; Mini Milk a Black Forest Gateau? Bod hogyn ifanc fel hanner seidar a blac, a dyn aeddfed fel potel o siampên? Pan brynodd o botel o siampên drud a chydio yn fy llaw, 'nes i gymryd y peth fel arwydd. Dyma oedd i fod i ddigwydd. Dyma pam roedd Bleddyn wedi gorffen efo fi – i 'neud lle i hwn. Ac mi gymrodd ei le'n berffaith. Roedd cael rhyw efo fo yn wers ynddi'i hun. Dillad gwely sidan a bob dim, ac roedd o'n gneud y petha rhyfedda efo siampên a rhew. Ac yn addo'r byd i mi. "Watsia di," sibrydodd jest cyn syrthio i gysgu, "ti fydd yr Esther nesa... mi ofala i am hynny."

Mi fues i'n cysgu efo fo'n rheolaidd wedyn; wel, pan doedd o'm yn mynd adre at ei wraig, ac roedd hynny'n digwydd bron bob penwythnos. Roedd o'n fy sicrhau i nad oedd o'n cysgu efo hi ers blynyddoedd, mai dim ond *sham* oedd y briodas, ond nad oedd yn gyfleus iddo ei gadael ar hyn o bryd – oherwydd y plant – a'i ddelwedd o, wrth gwrs. Ro'n i'n gwbod yn iawn mai malu cachu oedd o, ond do'n i'm isio iddo fo adael ei wraig beth bynnag, nag'on? Do'n i'm mewn cariad efo fo o gwbl, hyd yn oed os o'n i'n gadael iddo fo feddwl hynny. Ro'n i'n mwynhau ei gwmni o, yn mwynhau ei straeon o am y byd actio, ac yn ddigon hapus i aros efo fo nes y byddai o wedi gwireddu rhai o'i addewidion. Mi fyddai'n enwi cyfarwyddwyr mawr enwog yn aml, ac yn addo fy nghyflwyno iddyn nhw gynta medrai o. Ond, am ryw reswm, doedden nhw byth allan ganol wythnos – nid yn yr un clybiau â ni beth bynnag. Ond roedd pawb arall yno, a doedd yr un ohonon ni'n trio cuddio'r ffaith ein bod ni efo'n gilydd. Roedd o'n gneud byd o les i'w ddelwedd o ymysg ei gyd-actorion, doedd? Bod hen foi fatha fo'n dal i fedru denu hogan ifanc ddel fatha fi i'w wely? Roedd y genfigen yn serennu allan o lygaid ei gyfoedion. A doedd cael fy ngweld efo fo'n gneud dim drwg i minna chwaith. Roedd pobl yn dechra holi pwy o'n i, yn dechra dod i wybod fy enw i, toedden? Ac mae hi'n bwysig bod pobl yn siarad amdanat ti yn y byd yma. Dyna ddeudodd o beth bynnag; y byddwn i'n diflannu ac yn *has-been* y munud y bydden nhw'n rhoi'r gorau i siarad amdana i.

'Nes i'm sôn gair amdano fo wrth Non. Mae bywyd mewn tre fach wledig mor wahanol i fywyd y ddinas, a fyddai hi jest ddim yn dallt. Ond 'nes i'm sôn amdano fo wrth Alwenna a'r criw chwaith; mi fyddai Ruth wedi bod mor blydi smyg yn un peth, a do'n i ddim am roi'r pleser hwnnw iddi, diolch yn fawr.

Mi ges i gyfle i ddeud wrth Alwenna pan ddoth hi i aros ata i, o'r diwedd, un penwythnos, pan oedd fy Actor Hŷn yn y gogledd efo'i wraig a'i blant. Ro'n wedi gwadd y tair, ond dim ond Alwenna ddoth. Ond mi ges i hanes y lleill ganddi. Roedd Ruth wedi cael swydd dysgu yn ardal Aberystwyth – sypreis sypreis, 'sgwn i pwy helpodd hi i gael honno – ac mi fyddai'n dechrau arni'r mis Medi ar ôl gorffen y cwrs ymarfer dysgu. Ac oedd, roedd hi'n dal i'w weld O – y dyn busnes canol oed.

"Tri deg naw ydi o, Nia," meddai Alwenna, (wps, cryn dipyn yn iau na fy actor i) "ac mae o'n deud ei fod o'n mynd i adael ei wraig."

"O ia, yndi siŵr. Neith o byth."

"Be wst ti? Maen nhw mewn cariad, 'sti."

"Nac'dyn siŵr. Ella bod Ruth yn meddwl ei bod hi – mae gynno fo BMW wedi'r cwbl – ond jest *bit on the side* ydi hi iddo fo yndê."

"Dwi ddim mor siŵr; dwi wedi'u gweld nhw efo'i gilydd, ac mae o wedi gwirioni efo hi."

"Efo Ruth?!"

"Ia, efo Ruth. Pam ti'n synnu gymaint?"

"Achos Ruth ydi hi 'yndê. A phun bynnag, hyd yn oed tasa fo'n gadael ei wraig, meddylia sgandal fysa 'na. Ti wir yn trio deud wrtha i y bydda Ruth yn gallu wynebu hynna?"

"Mae hi'n ei garu o, Nia!"

"Fydd hi'n dal i'w garu o pan fydd o wedi colli'i wallt a'i groen o wedi mynd yn llac i gyd?"

"Bydd siŵr. Mae rhai pobol yn caru mwy na'r plisgyn, 'sti."

Ro'n i'n amau'n gry mai ergyd i mi oedd honna, ond 'nes i benderfynu anwybyddu'r ensyniad.

"Os ti'n deud," meddwn. "Be amdanat ti ta, Alwenna? Sgin ti ddyn byth?"

Doedd ganddi 'run wrth gwrs. Roedd Huw ap be bynnag oedd o wedi dyweddïo efo'r hogan oedd gynno fo adre drwy'r amser. Roedd Alwenna wedi bod yn *depressed* iawn am y peth am hir, ond roedd hi'n dechra dod drosto fo, meddai hi.

"Ond dyna fo, mae dynion fel llefydd parcio, tydyn?" meddai. "Mae'r rhai gorau i gyd wedi mynd a'r gweddill yn *disabled…*"

'Nes i chwerthin, ond allwn i'm peidio â meddwl bod gan Alwenna *handicap* go fawr ei hun: roedd hi'n dal yn rhy dew i ddenu unrhyw ddyn o werth. A deud y gwir, mi fyddwn i braidd yn embarasd yn mynd â hi i'r Halfway efo fi yn y dillad echrydus roedd hi'n eu gwisgo. Doedd ganddi'm job ar gyfer mis Medi eto chwaith.

"Dwi 'di cael llwyth o gyfweliada, ond dim byd eto."

Wel, roedd hi'n amlwg pam ei bod hi'n cael ei gwrthod, doedd?

"Ella sa'n help tasat ti'n colli chydig o bwysa," meddwn. Wel, roedd yn rhaid i rywun ddeud wrthi'n doedd? Edrychodd arna i a sythu.

"Diolch, Nia," meddai. "Dwi'n teimlo gymaint gwell rŵan."

"Dyna be mae ffrindia'n da, yndê," meddwn, "bod yn onest efo'i gilydd."

"Wel, a bod yn onest efo ti, Nia, 'sa well gen i tasat ti'n cadw dy deimlada am fy siâp i i chdi dy hun, iawn?"

Charming. Dim ond trio helpu ro'n i. Mi fuon ni'n dwy'n dawel am chydig wedyn, ar wahân i sŵn crensian y cnau yn ngheg Alwenna.

"Be 'di hanes Leah ta?" gofynnais yn y diwedd.

"Dal i chwysu drwy ei blwyddyn ola a swotio at yr arholiadau."

"Mae'n siŵr mai dyna pam 'mod i'm yn clywed ganddi'n aml iawn."

"Ia, mae'n siŵr… "

"Dal efo Wenlseydale?"

"Ym… nacdi. Mi gafodd hwnnw'r bŵt toc ar ôl Dolig."

"O? Pam? Oes ganddi rywun arall?"

"Ym. Ella. Dwi'm yn siŵr… "

"Y? Be ti'n feddwl? Ti'n byw'n yr un tŷ â hi, dwyt?"

"Ydw, ond... o damia... 'nes i addo peidio deud... "
ochneidiodd.

"Peidio deud be? Wrth bwy?"

"*Shit*, dwi'n hoples... ond fedra i'm deud clwydda... "

"Pa glwydda? Am be ti'n rwdlan?"

"Mae hi'n mynd efo Bleddyn."

"Efo Bleddyn – fy Mleddyn i?"

"Ia. Ond dio'm yn..."

"FFYCIN HEL! EFO BLEDDYN?!"

"Ia... "

"Yr ast! Y bitsh! Y coc oen hyll! Ers pryd?"

"Cwpwl o fisoedd... "

Ro'n i isio chwydu; ro'n i isio sticio cyllell yn y ddau ohonyn nhw, drosodd a throsodd nes eu bod nhw'n waed i gyd, neidio ar eu pennau nhw mewn *stilettos*, dyrnu eu hwynebau nhw'n slwtsh efo gordd. Ffycin bastads dan din dau wynebog! Argol, ro'n i'n flin. Bleddyn a Leah? Mor sydyn?

"Oedden nhw 'di bod efo'i gilydd cyn i Bleddyn a fi orffen?"

"Nag oeddan siŵr."

"Alwenna, ti'n iawn, ti'n blydi hoples am ddeud clwydda."

"Wir yr! Fuon nhw ddim!"

"Hy. Ti'n disgwyl i mi goelio hynna?"

"Wir dduw i ti! Ella eu bod nhw wedi ffansïo'i gilydd cyn hynny, ond naethon nhw'm twtsiad bys yn ei gilydd, addo cris croes tân poeth! Dwi'n cofio Leah yn cyfadda wrthan ni ei bod hi wedi dechra'i ffansïo fo ond doedd hi'm isio dy ypsetio di."

"Gormod o'n ofn i ti'n feddwl."

"Wel ia... a hynny."

Wel, roedd hynny'n rhywbeth. Ro'n i'n licio meddwl bod ganddi f'ofn i.

"Ond pan 'nest ti ddeud eich bod chi wedi gorffen a bod gynnoch chi'm byd yn gyffredin bellach, wel... oedd bob dim yn iawn, doedd?"

Ffycin hel, nag oedd! Roedd meddwl amdanyn nhw efo'i gilydd yn troi arna i. Ella 'mod i'm isio fo, ond doedd hynny'm yn golygu bod gan Leah hawl iddo fo!

"Ond Nia," plediodd Alwenna, "meddylia am y peth... maen nhw wirioneddol yn siwtio'i gilydd... "

"Bleddyn a Leah? Callia, nei di?"

Ond wedyn, ar ôl i 'mhwysedd gwaed i dawelu, 'nes i bendroni o ddifri a sylweddoli ei bod hi'n iawn. Damia nhw.

"Ydyn nhw'n *keen*?" gofynnais.

"Eitha... "

Hynny yw, oedden, roedden nhw dros ei gilydd fel rash brech yr ieir ac yn cnychu fatha blydi cwningod. Bastads.

"Wel, paid â disgwyl 'y ngweld i'n y ffycin briodas... "

Es i deimlo'n reit isel am ddyddia wedyn; roedd Ruth a Leah mewn cariad efo dynion oedd yn eu caru nhw, a doedd gen i neb ond fy Actor Hŷn oedd yn dechra mynd ar fy nerfau i. O leia roedd Alwenna mewn gwaeth sefyllfa na fi. Ond mi ges i sycsan 'yn'do. Cyn pen dim mi ges i lythyr ganddi'n deud ei bod hi wedi cael swydd dysgu'n ôl ym Mhen Llŷn, a'i bod hi wedi gweld Idris, ei chariad cynta, yn Spar Pwllheli yn syth ar ôl y cyfweliad. Ac roedd o wedi mynd â hi am swper y noson honno a gofyn iddi fynd yn ôl efo fo. Dyna brofi mai mater o amseru ydi hi efo dynion a llefydd parcio; os wyt ti'n digwydd bod yn y lle iawn ar yr adeg iawn, mi gei di rifyrsio'n daclus i mewn i'r lle parcio mwya cyfleus o'r cwbl.

Felly dyna ni, roedd fy ffrindiau i gyd un ai'n canlyn neu'n briod. Fi – o bawb – oedd ar y silff. Doedd yr Actor Hŷn ddim yn cyfri, ac ro'n i'n dechra amau mai jest mwydro 'mhen i wrth sôn am edrych ar ôl fy ngyrfa oedd o o'r cychwyn, jest er mwyn fy nghael i i mewn i'r gwely. Iesu, dwi'n gallu bod yn dwp. A dwi'n gallu bod yn flin hefyd – yn uffernol o flin – a dwi'n meddwl mai dyna pam gwnes i'r camgymeriad mwya ohonyn nhw i gyd.

Ella 'mod i wedi bod yn meddwl pa mor hawdd oedd hi i Alwenna ailgynnau tân ar hen aelwyd, dwn i'm, ond rwbath felly 'nes i, a 'nes i 'rioed feddwl y byswn i, a dwi'n difaru'n enaid, ond mi ddigwyddodd.

Mi ges wahoddiad i barti efo criw *Coleg*, ond doedd yr Actor Hŷn ddim yno – roedd o wedi 'gorfod' mynd adre am y penwythnos eto. Roeddan ni wedi bod yn clecio Tequilas yn y Conway cyn mynd, felly do'n i'm yn sobor o bell ffordd pan gyrhaeddon ni'r parti. Roedd y rhan fwya o'r cast yno – gan gynnwys Elliw Wyn – a'i dyweddi hi, Arwel, fy nghyn-Gronw Pebr. Doedd o'm yn sobor chwaith, a mi ges i wên fawr ganddo fo, a 'nes i wenu'n ôl. Dwi'm yn gwbod ai'r sbectol gwrw oedd yn gyfrifol, ond roedd o'n edrych yn blydi gorjys. Roedd o'n amlwg wedi bod yn gwario'i gyflog cyfrifydd ar ddillad da – siwt Armani, a deud y gwir. A doedd ei sgidia fo ddim yn rhad chwaith.

Chwarae teg, 'nes i gadw draw oddi wrtho fo am sbel, ond wedyn mi nes i ddigwydd clywed dwy o'r actoresau hŷn yn trafod fy Actor Hŷn i.

"Blydi Peter Pan. Dyw e'n newid dim, ody e?" meddai un.

"Na, *getting worse if you ask me,*" cytunodd y llall, "a'r *age gap* rhyngddo fo *and his bits of fluff* yn fwy fwy bob tro. Garantîd ei fod o wedi bod yn *promising the world* i'r Nia 'na 'fyd."

"*He told me* y bydde fe'n cael rhan Esther i mi!"

"*Never! Me too! Fifteen years ago* – a ches i byth ddim byd! Oh, *he's terrible isn't he*?" A dyma'r ddwy'n piso chwerthin.

Do'n i ddim yn chwerthin. Do'n i'm yn gweld y peth yn ddigri o gwbl. Felly'r cwbl o'n i oedd un rhif arall mewn rhip o ferched diniwed, *gullible*. O'n, ro'n i wedi amau, ond roedd cael gwbod y gwir yn blydi brifo. Ro'n i wedi gwastraffu misoedd o 'mywyd efo fo, y sinach iddo fo! Iesu, roedd bywyd yn gachu. Pam na fysa pob dim yn gallu aros yn hawdd fel yn nyddia ysgol a choleg?

Mi gleciais i wydraid o rwbath ffiaidd yn syth ac anelu wedyn at y criw yn y gornel oedd yn rhannu sbliffsan anferthol o Feri Jên. Wel, os oedd fy mhen i'n troi cynt... ond doedd o'm yn troi gormod i mi sylwi ar Arwel yn gwau'i ffordd i fyny'r grisiau am y tŷ bach. Es i ar ei ôl o, yn'do. A phan ddoth o allan o'r tŷ bach, mi rois fy llaw ar ei frest a'i wthio'n ôl i mewn. 'Nath o'm protestio.

Naethon ni'm siarad llawer, doedd dim angen. Roedden ni'n dau'n gwbod be oeddan ni isio, ac o fewn dim roedden ni'n dau'n hanner noeth ac yn bwyta'n gilydd fel tasa 'na'm fory. Dwi'm yn gwbod am faint y buon ni wrthi, ond mae'n rhaid ei fod o'n sbel go lew. A bod yn onest, do'n i'm wedi cael rhyw fel'na ers oes, felly mae'n debyg 'mod i wedi bod yn griddfan a gweiddi braidd, felly roedd hi'n gwbl ddealladwy bod rhywun wedi'n clywed ni wrthi, yn enwedig pan ddisgynnodd llwyth o boteli bybl bath oddi ar y silff. Doedd y ffaith bod 'na giw wedi hel wrth ddrws y tŷ bach ddim yn help; na'r ffaith bod fy lipstic i'n dal drosto fo'n bob man pan ddaethon ni allan, a 'nhop i tu chwith allan; na bod Elliw'n sefyll ar dop y grisiau pan agoron ni'r drws. Wp a deis... Do'n i'm wedi clywed distawrwydd mor llethol â hynna ers amser. Ro'n i'n gwbod ei bod hi isio rhoi uffar o slap i mi, ond 'nath hi ddim (cofio'r tro dwytha, debyg) ac Arwel gafodd y slap – reit o flaen pawb. Mi redodd hi allan yn crio wedyn, ac Arwel yn baglu a gweiddi ar ei hôl hi. Felly doedd o'm isio *repeat performance* efo fi felly. 'Yr eneth ga'dd ei gwrthod' – eto.

Ro'n i'n teimlo reit stiwpid yn cael fy nhrywanu gan lygaid cyhuddgar ffrindiau Elliw, felly rhois i'n nhrwyn yn yr awyr, a mynd lawr y grisiau i'r gegin lle 'nes i fachu potel o win a bag o Twiglets a mynd drwy'r ddau ar fy mhen fy hun yn y gornel, yn chwerthin i mi fy hun a dyfynnu T H yn uchel:

"Rhwng pob rhyw ddau a fu 'rioed yn y byd.

Ni bu ond anwiredd, dyna i gyd…"

Yna 'nes i orfod mynd i'r ardd i chwydu. Dwi'm yn cofio sut es i adre.

Ychydig ddyddiau'n ddiweddarach, ges i *summons* i weld y cynhyrchwyr eto. Roedd 'rhywun di-enw' – er roedden ni i gyd yn gwbod pwy – wedi 'ngweld i'n bachu stwff oddi ar y set ac wedi fy riportio i. Wedyn roedden nhw wedi mynd drwy'r *inventory* ac wedi gweld bod tomen o stwff wedi diflannu. Fi oedd yn cael y bai, er bod 'na domen o'r actorion eraill wrthi – ro'n i wedi gweld cwpwl o betha reit gyfarwydd yn y blydi parti 'na yn un peth – ond 'nes i'm trafferthu deud hynny.

Dwi'n meddwl y byswn i wedi cael getawê efo jest y dwyn, ond roedd y ffaith bod cymaint o'r cast wedi cwyno amdana i a deud eu bod nhw methu gweithio efo fi (dim gair o gefnogaeth gan yr Actor Hŷn, wrth gwrs) "yn golygu nad oes ganddon ni ddewis ond terfynu dy gytundeb di, Nia. Bydd dy gymeriad di'n cael ei lladd mewn damwain car ymhen y mis."

Peltan? Roedd o fel *cruise missile*. 'Nes i jest sbio arnyn nhw mewn sioc, yn gwbl fud. Do'n i wir ddim wedi disgwyl hynna. 'Nes i drio pob dim – crio, deud 'mod i'n cael cyfnod anodd a 'mod i'n *depressed* ond 'mod i'n gweld y doctor ac y byddwn i'n siŵr o wella toc, crio mwy, enwi fy Actor Hŷn a deud y byddai o'n fy nghefnogi i. Jest sbio arna i fel baw naethon nhw, felly es i hyd yn oed ar fy ngliniau'n erfyn, a phan doedd hynna'n cael dim effaith 'nes i ddechra cyhuddo Elliw Wyn o fod yn jelys a dechra *vendetta* yn fy erbyn i ac mai hi ddyla gael y sac, ddim fi. Wedyn 'nath yr uwch-gynhyrchydd wylltio efo fi go iawn a deud wrtha i am adael y munud hwnnw, nad oedd o byth isio gweld fy ngwep i eto. Pan 'nes i ddechra protestio eto, mi 'nath o fygwth cael bois *security* i fy llusgo oddi yno, felly mi godais ar fy nhraed reit sydyn, chwythu 'nhrwyn a sychu fy wyneb, sythu nghefn a cherdded allan.

A dyna ni, ro'n i wedi ffwcio petha i fyny eto. Secs yn gêm beryg, tydi? Dim jest yn gallu creu babis ac achosi heintiau mae o, ond arwain at golli ffrindiau a cholli job. Dim rhyfedd bod yr holl grefyddau gwahanol yn trio gneud i ni ei gyfyngu o i un person, a dim ond un person, am weddill ein hoes. Ond ella mai dyna pam ei bod hi'n gêm mor beryg – mae bod yn gyfyngedig i un fel'na'n mynd i 'neud i rywun fel fi awchu am dorri'r rheolau tydi? Wel... rhai ohonan ni.

Am 'mod i'n methu peidio â thorri'r rheolau, methu cadw trefn arna i'n hun, ro'n i'n ôl ar y blydi dôl, a rhywsut yn gorfod egluro wrth Mam a Dad a Non a phawb pam 'mod i wedi colli fy job mwya sydyn. Ro'n i jest yn gweddïo na fyddai Elliw Wyn yn deud y blydi cwbl wrth ei theulu – roedd ei thad hi'n flaenor efo Dad. Ac ro'n i wedi cael y sac am ddau o'r Deg Gorchymyn, ffor ffycs sêc. Wel, fwy neu lai. Doedd Elliw Wyn ac Arwel ddim wedi priodi – ond roedden nhw wedi dyweddïo... a bwcio'r gwesty a phrynu'r ffrog. Roedd Sian, yr hogan o Sir Benfro ro'n i'n rhannu tŷ efo hi, yn digwydd bod yn gnither i hogan oedd yn un o ffrindia Elliw (cenedl fel'na ydan ni wedi'r cwbl) ac mi ges wybod yr hanes i gyd ganddi.

"Mae hi wedi'i dowlu fe mas ac wedi canslo'r briodas."

"O *shit*, go iawn?"

"Na, maen nhw ar 'u mis mêl yn y Seychelles," meddai'n sbeitlyd. "Wrth gwrs bo fe'n 'go iawn'! Pam fydden i'n gweud 'ny os na wedd e?"

Roedd gen i deimlad bod Sian yn dechra colli mynedd efo fi hefyd.

"Jest methu coelio'r peth ydw i, dyna i gyd," meddwn yn bwdlyd.

"Wel creda fe. Ti rîli wedi 'i gneud hi nawr, Nia."

"Wel... ella mai dyma oedd ora," meddwn ar ôl saib hir, annifyr. "Well bo hi 'di ffendio sut foi oedd o cyn ei briodi o na wedyn, doedd?"

"Ond ti ath ar 'i ôl e i'r bog, Nia!"

"Ia, ond 'sa fo 'di gallu deud 'na', 'yn bysa?"

"Sa i'n gwbod amdanot ti," meddai Sian yn bwyllog, "ond sa i'n nabod llawer o ddynon meddw gocls fydde'n gallu gweud 'na' wrth bonc ar blât... "

"O? Felly arna i oedd y bai i gyd, ia?"

"O, gwd *seventy per cent* weden i."

"O'n i'n chwil hefyd, cofia!"

"Nia! We ti jyst moyn 'neud dolur i Elliw, a sdim pwynt i ti drial gwadu'r peth achos ni i gyd wedi clywed ti'n gweud cymaint ti'n casáu'r fenyw. We ti ddim mor feddw â 'ny... a do, ti 'di talu'n ôl iddi am beth ddigwyddodd yn yr ysgol rhyngoch chi. Ma'i bywyd hi'n shils nawr, a smo dy fywyd di mor briliant â 'ny 'fyd, yw e?"

Nag oedd, debyg. Roedd gen i awydd gofyn os mai Ruth oedd ei henw canol hi a faint o Aristotle roedd hi'n ei wybod. Ond doedd hi'm wedi gorffen.

"Wedd e werth e, Nia?"

"Nag oedd. Ydi 'nghlywed i'n deud hynna'n gneud i ti deimlo'n well?"

"'Neud i *fi* dimlo'n well? Dim fi sy 'di 'neud cawl o 'mywyd, Nia! Dim fi sy wedi whalu perthynas cwpwl wedd yn caru'i gili'! Ffycin hel, Nia, sa i'n gwbod pam wi'n boddran... "

Ac mi fartsiodd allan o'r gegin ac i mewn i'w llofft a dechra chwara Tecwyn Ifan yn uffernol o uchel. Dwi'm yn gwbod oedd 'Gwaed ar yr eira gwyn' i fod i 'ngneud i'n nerfus ta be, ond mynd at yr oergell i agor can arall o lager 'nes i.

Gas gen i gael fy meirniadu fel'na. Gas gen i gael row, a phun bynnag, pwy oedd hi i roi row i mi? Roedd hi'n cael affêr efo'i bos yn Radio Rentals!

Ond erbyn y pedwerydd can o lager ro'n i (ond nid Tecwyn) wedi tawelu, a 'nes i sylweddoli ei bod hi yn llygad ei lle. Arna i oedd y bai am y blydi cwbl. Doedd gen i'm job, dim pres, a dim dyfodol yn y byd actio pan fyddai'r stori'n dod allan, a fyddai'r blydi Actor Hŷn yn dda i ddim. Ro'n i wedi gadael rhip o negeseuon iddo ond doedd o'm wedi dod yn ôl ata i o gwbl, y crinc; felly doedd gen i'm dyn chwaith ac ro'n i newydd golli ffrind arall. Roedd yr unig ffrind go iawn oedd gen i yn y byd i gyd ar fin cael babi ac wedyn fyddai 'na'm lle i mi'n ei bywyd hi chwaith. A deud y gwir, doedd gen i'm byd gwerth byw amdano fo ar ôl.

Felly mi godais ac agor y drôr cyllyll a ffyrc a thynnu'r gyllell fara allan. Mi wnes i drio'n wirioneddol galed i dorri 'ngarddwrn ond doedd y llafn ddim yn finiog iawn. Do'n i'm hyd yn oed yn gallu lladd fy hun. Ro'n i'n ffycin hoples.

Wedyn dyma fi'n cofio am y cwpwrdd yn y stafell molchi yn y llofft. Roedd llafnau rasal go iawn yno, wedi eu gadael gan gyn-gariad un o'r lleill. Mi fyddai'r rheiny ddigon blydi miniog, meddyliais. Ac ro'n i'n iawn. Roedden nhw mor uffernol o finiog, roedd 'na waed ar hyd y lle cyn i mi sylweddoli pa mor uffernol o finiog oedden nhw. Doedd fy ngwaed i ddim jest yn llifo, roedd o'n pwmpio allan. Allwn i'm peidio â'i wylio fo. Argol, roedd o'n ddramatig. Mi fyddwn i wedi marw'n uffernol o sydyn ar y rêt yma. Faint o waed sy 'na yn y corff dynol? Rhyw ddeg peint? Ro'n i o leia hanner ffordd yn ôl y pwll o nghwmpas i, pwll oedd yn dechra treiddio i mewn i'r mat bach stiwpid oedd yn cwpanu coes y tŷ bach.

Damia, meddyliais wedyn, mi ddylia 'mod i wedi sgwennu nodyn yn gynta. Mae 'na rwbath mor drist a dramatig am sgwennu llythyr yn deud ta ta wrth bawb. Ac mi fysa pawb yn dyfalu am flynyddoedd be oedd cynnwys y llythyr ond dim ond y teulu agosa fysa'n cael gwybod. Mam a Dad. A Non. A *shit*, 'swn i wedi gallu sgwennu chwip o lythyr hefyd. 'Swn i o leia wedi gallu deud sori. Wrth Mam a Dad am eu siomi nhw. Wrth Elliw ac Arwel. Wrth Non. Fyswn i byth yn cael bod yn Dodo Nia rŵan. Nid 'mod i isio bod yn Dodo chwaith. Dodo'n swnio fel taswn i dros fy 80. Anti Nia fyswn i. Fyswn i wedi bod. A fyswn i byth yn cyrraedd fy 80 rŵan beth bynnag. O leia fyswn i'm yn mynd yn hen ac yn hyll rŵan... mi fyddai pawb yn fy nghofio i fel ro'n i... yn ifanc ac yn ddel... ac yn fethiant... papur tŷ bach... allwn i sgwennu ar hwnnw... ond does na byth blydi beiro ar gael pan tisio un nag oes? Ddim mewn stafell molchi... pan ti'n trio lladd dy hun... ond roedd 'na lot fawr o waed... galwyni ohono fo... fy ngwaed i efo chydig bach o waed Non... yn treiddio i mewn i'n jîns gora i rŵan... bys i mewn i'r pwll mawr coch, coch... a dechra gneud patrymau... llythrennau mawr crwn... 'mae'n ddrwg gen i' yn ormod o drafferth... 'sori' yn haws... ond mor anodd... damia, do'n i ddim mor siŵr rŵan... ddim yn rhy hwyr... ffôn yn rwla... ddim isio marw ar fy mhen fy hun... fan hyn... isio Non... isio Mam a Dad... cropian... dros fy ngeiria gwaed... sbwbio nhw... damia... isio ffonio Non... 'neith hi helpu... 'neith hi ddallt... 'neith hi fadda... ffôn yn rhwla... plîs... ydi o'n canu? Siŵr bod o'n canu... swnio fel ffôn... Non – dwi'n gwbod mai Non sy 'na... ond di hi'm yma... m'ond fi sy 'ma... a'r ffôn mor bell... bob dim mor bell... *shit*... doedd o'm fod i ddigwydd fel'ma... o'n i i fod yn *Esther*... o'n i i fod yn...

Clic. Peiriant ateb.

"Nia? Non sy 'ma! O'n i jest isio deud wrthat ti bod Gwenllian wedi cyrraedd bore 'ma – wyth pwys chwech owns ac mae hi'n gorjys! Brysia draw i'w gweld hi, iawn? Ma hi mor fach a del, fyddi di wedi gwirioni! Ei di'n *broody* i gyd, bet i chdi!

Lle wyt ti eniwê? Allan yn cael hwyl efo dy ffrindia, mwn. Wel... gobeithio i ti gael noson dda, a wela i di'n fuan, iawn? O, a diolch am y llythyr. Ddrwg gen i glywed am Bleddyn... ond ti'n iawn, mae pobol yn newid... a fyddi di'n iawn, sti. Ti'n gwbod hynny. Ti wastad yn dod drwyddi, dwyt? *Chin up, tits out* 'de! Wel... jest brysia draw i'n gweld ni. Dwi jest â marw isio i ti ei gweld hi. Ond paid â gyrru'n wirion, ocê? Damia... gas gen i'r blydi *machines* 'ma. O'n i gymaint o isio siarad efo ti. Dwi mor hapus, sgen ti'm syniad! O wel. Ffonia fi bore fory ta. Nos da... "

Am restr gyflawn o lyfrau'r Lolfa, mynnwch
gopi am ddim o'n catalog
neu hwyliwch i mewn i'n gwefan

www.ylolfa.com

lle gallwch archebu llyfrau ar-lein.

TALYBONT CEREDIGION CYMRU SY24 5HE
ebost ylolfa@ylolfa.com
gwefan www.ylolfa.com
ffôn 01970 832 304
ffacs 832 782